Arena-Taschenbuch
Band 1748

Christina Herrström hat sich in Schweden bereits einen Namen als Theaterautorin gemacht. »Didrik« und »Ebba« sind ihre ersten Kinderbücher. Sie wurden in eine Fernsehserie umgesetzt, die in Schweden mit großem Erfolg lief und auch in Deutschland gezeigt wurde.

Eine hinreißende Erzählung über erste Liebe, poetisch, humorvoll und spannend zu lesen.

Schweizer Bibliotheksdienst

Christina Herrström
Ebba und Didrik

Sammelband:
Band I: Didriks Geschichte
Band II: Ebbas Geschichte

Aus dem Schwedischen von
Christel Hildebrandt

Die Deutsche Bibliothek – CIP-Einheitsaufnahme

Herrström, Christina:
Ebba und Didrik: Sammelband / Christina Herrström.
Aus dem Schwed. von Christel Hildebrandt.
- 1. Aufl., – Würzburg: Arena, 1992
(Arena-Taschenbuch; Bd. 1748)
ISBN 3-401-01748-9
NE: GT

Für Kojal

Zur Herstellung dieses Buches wurde ein Naturpapier verwendet, das vollkommen ohne Elementarchlor und ohne Chlorverbindungen gebleicht wurde.

1. Auflage als Arena-Taschenbuch 1992
»Didriks Geschichte«:
© der deutschsprachigen Ausgabe:
Arena Verlag GmbH, Würzburg, 1991
© Christina Herrström, 1989, und Bonniers Junior Förlag AB, Stockholm
Originalverlag: Bonniers Junior Förlag AB, Stockholm
Originaltitel: »Didrik«
Aus dem Schwedischen von Christel Hildebrandt
Alle Rechte vorbehalten
»Ebbas Geschichte«:
© der deutschsprachingen Ausgabe:
Arena Verlag GmbH, Würzburg, 1991
© Christina Herrström, 1990, und Bonniers Junior Förlag AB, Stockholm
Originalverlag: Bonniers Junior Förlag AB, Stockholm
Originaltitel: »Ebba«
Aus dem Schwedischen von Christel Hildebrandt
Alle Rechte vorbehalten
Umschlagillustration: Ulrike Heyne
Gesamtherstellung: Pfälzische Verlagsanstalt, Landau
ISSN 0518-4002
ISBN 3-401-01748-9

Band I
Didriks Geschichte

1

»Beeil dich!« ruft Mama hinter Didrik her, der aus der Küche auf den Flur stürmt.

»Nun mach schon«, sagt Didrik, während er seine kleine Schwester Ebba beiseite schiebt, die auf seinen Schuhen steht und sich im Flurspiegel bewundert. Didrik hüpft in seine Schuhe und wirft sich die Jacke über.

»Es ist schon spät!« ruft Mama und flitzt ins Badezimmer. Papa rennt die Treppe hinunter, wobei er sich gleichzeitig das Hemd zuknöpft.

»Seid ihr noch nicht weg? Ihr kommt zu spät!«

»Ja, ja, tschüs zusammen!« schreit Ebba, schmeißt sich die Schultasche über die Schulter und verschwindet.

»Und du?« fragt Papa und schaut Didrik an, der seine Jacke erst halb angezogen hat. Er hat plötzlich, mitten in der ganzen Hektik, innegehalten, und ein verträumter Ausdruck tritt in seine Augen. Abwesend starrt er seinen Vater an, ohne ihn zu sehen.

Genau in diesem Augenblick geschieht nämlich etwas, was Didrik öfter passiert – besonders, wenn er es eilig hat, zur Schule zu kommen. Er wird von einer unwiderstehlichen Sehnsucht ergriffen. Er muß Klavier spielen! Es ist, als würde ihn etwas mit einem großen Magneten in sein Zimmer ziehen, wo das Klavier thront. Mit stierem Blick geht er zur Tür, stößt sie auf und stolpert über seine offenen Schnürsenkel zum Klavier, vor dem er sich mit einem glücklichen Seufzer niederläßt. Er beginnt zu spielen, schließt die Augen und singt leise für sich selbst: *I love you, I love you, I love you not only in my dreams* . . . Das ist bisher sein bestes Lied. Er möchte es endlos spielen. Aber Papa erscheint, die Schultasche schwingend, und stört ihn. »Didrik! Dazu hast du jetzt keine Zeit, du mußt zur Schule!«

Didrik blinzelt und murmelt etwas, dann zieht er sich den zweiten Teil der Jacke über, bindet seine Schuhe zu und trollt sich.

Er tritt sein Fahrrad im Takt. *I love you, I love you, I love you not only in my dreams* . . . Er kann es kaum erwarten, wieder zu Hause zu sein. Den ganzen Nachmittag wird er Klavier spielen.

Es ist kurz vor den Sommerferien, und der Staub auf dem Schulhof wirbelt in hellen Wolken auf, als Didrik mit seinem Fahrrad ankommt. Am Fahrradständer wartet Tova. Ihre Augen leuchten, als sie Didrik sieht.

»Hallo!« sagt sie, und ganz oben auf ihren Wangen erscheinen rote Flecken.

»Tja«, antwortet Didrik, wirft sich die Tasche über die

Schulter und geht zum Schuleingang. Tova folgt ihm sofort. Vom ersten Moment an, als ihre Blicke auf Didrik gefallen waren, war sie verliebt in ihn. Jetzt steht sie jeden Morgen am Fahrradständer und wartet. Wenn er nicht kommt, läßt sie den ganzen Tag den Kopf hängen. Aber meistens kommt er, und dann strahlt sie wie eine Löwenzahnblume in der Sonne.
»Was machst du nach der Schule?« fragt sie hoffnungsvoll.
»Klavier spielen«, sagt Didrik. »Und dabei muß ich meine Ruhe haben.«
Didrik sitzt in der Klasse direkt vor Tova. Sie kennt jedes einzelne Haar auf seinem Kopf, so genau hat sie ihn studiert. Manchmal beugt sie sich nach vorn, um Didriks Duft einzuatmen – auch wenn das, was am stärksten riecht, das Waschmittel ist, mit dem sein Pullover gewaschen wurde. Ab und zu merkt Tova, daß Didrik geistesabwesend wird; dann scheint es, als höre und sehe er nicht, was um ihn herum geschieht. Und wenn die Lehrerin ihn dann etwas fragt, muß Tova ihm die richtige Antwort zuflüstern.

Zum Unterrichtsende hat die Klasse eine sogenannte »stille Stunde«. Ruben steht vorn an der Tafel und stellt Rätselfragen, wobei er voll Entzücken zu Tova hinüberschielt.
Didrik hört nicht zu. Er sitzt mit dem Kinn in der Hand da und schaut zerstreut auf den Schulhof. Der Sommerwind raschelt in den Bäumen, und die Sonne

scheint durch die Blätter hindurch. Didriks andere Hand liegt auf der Tischplatte, seine Finger bewegen sich ununterbrochen. Vor seinem inneren Auge sieht er die Tasten, und im Kopf hört er sein Lied: *I love you, I love you* ...

Ruben setzt sich wieder auf seinen Platz, seine Bewegungen sind so gelenkig wie die eines Hundebabys.

»Also, wie ist es, will jemand anders uns jetzt unterhalten?« fragt die Lehrerin und läßt ihren Blick über die Klasse wandern. »Ich lasse euch jedenfalls nicht laufen, bevor es klingelt!« Sie sitzt mit einer Pobacke auf dem äußersten Rand des Pults und säubert sich die Fingernägel. Sie trägt ein rosa Sommerkleid, ihre Haare sind spröde vom zu häufigen Blondieren, und auf den Augenlidern liegt etwas zu viel Lidschatten. Sie versucht, sich auf alle möglichen Arten hübsch zu machen, ohne zu begreifen, daß ihre Anstrengungen ganz unnötig sind. Ihre Person umgibt nämlich ein Hauch von Güte, der allein sie schon hübsch wirken läßt. Ab und zu streichelt sie ihren ringlosen Ringfinger.

Jetzt legt sie ein stämmiges Bein über das andere.

»Gibt es hier denn wirklich keinen, der zu unserer Unterhaltung beitragen kann?«

Da zerstört Tova Didriks friedliche Gedanken. »Ich weiß was!« schreit sie. »Kann Didrik nicht Klavier spielen?«

Didrik möchte am liebsten im Erdboden verschwinden.

»O nein . . . Heißt es nicht ›stille Stunde‹?« protestiert Ruben und sinkt in seiner Bank zusammen.
»Eine hervorragende Idee. Das machst du doch sicher, Didrik«, sagt die Lehrerin und klatscht in ihre kleinen Hände.
»Ächz, stöhn«, sagt Alexander und versinkt genauso tief wie Ruben in seiner Bank. Sie stecken die Köpfe zusammen, schielen zu Didrik hinüber und kichern.
»Bitte, bitte, Didrik!« bettelt Tova.
»Tutti lulli Didrik!« äfft Ruben nach.
»Ja, komm her«, lockt die Lehrerin. »Spiel eines deiner eigenen Lieder.«
Die Lehrerin ist goldig, und in ihren Augen glänzt es. Didrik fühlt sich gezwungen, das zu tun, worum ihn die Frauen bitten. Widerwillig schält er sich aus seiner Bank, von Rubens und Alexanders höhnischen Blicken begleitet.
Die Lehrerin zieht ihn mit ihrem warmen Lachen nach vorn zum Klavier, und als er angekommen ist, sagt sie: »So, jetzt seid ihr leise und hört Didrik zu. Ich habe inzwischen rasch etwas zu erledigen.«
»Versprochen!« ruft Ruben mit leuchtenden Augen.
Didrik ist blöderweise gezwungen, dort zu bleiben, wo er ist. Vor sich hat er ein Klassenzimmer voller gleichgültiger Gesichter.
Die Lehrerin steht in der Tür. »Ich bin gleich zurück. Ich muß nur ein Telefongespräch führen«, sagt sie und hebt warnend einen Finger. »Willst du anfangen, Didrik?«

Didrik räuspert sich und massiert seine Finger. Schließlich beginnt er. *I love you, I love you, I love you not only in my dreams* ... singt er und spürt, wie seine Wangen heiß werden.

Nun schließt die Lehrerin die Tür hinter sich. Sobald aber das Klappern ihrer Absätze nicht mehr vom Flur widerhallt, bricht das Chaos aus. Ruben zwängt sich aus seiner Bank, reißt Tovas Lineal an sich und legt auf den Bänken ein Trommelsolo hin. Er erklimmt mit einem Satz das Lehrerpult, wippt herausfordernd auf den Zehenspitzen und übertönt Didrik mit einer eigenen Nummer.

Die ganze Klasse, ausgenommen Tova, lacht sich halbtot über Ruben, wie der in seinem gestreiften Hemd und seiner Sackhose einen Rocksong zum besten gibt. *Yeah, yeah, baby, rock me, rock me, baby* ... heult er. Er schwenkt die Hüften und stampft auf dem Pult herum, daß die Stifte durcheinanderwirbeln. Er bekommt den Reservevorrat der Lehrerin an Radiergummis zu fassen und bombardiert damit seine grölenden Klassenkameraden ... bis es plötzlich klingelt und das Klassenzimmer in Windeseile seinen wilden Inhalt ausleert. Nur Didrik sitzt immer noch hinterm Klavier. *Ooh – ooh – yes I love, how I love, I do love youuuuu* ...

Dann ist es still. Für einen Augenblick ist es im Klassenzimmer mucksmäuschenstill. Danach raschelt es am Klavier, und Didrik steht auf.

»Hach, bist du toll«, seufzt Tova glücklich. Sie sitzt auf

ihrem Platz und strahlt Didrik an. Er fällt wieder auf den Stuhl hinter dem Klavier zurück.
»Kann ich heute mit zu dir kommen?«
»Nein, ich will Klavier spielen«, antwortet Didrik.
»Nur ganz kurz. Ich verspreche auch, leise zu sein. Bitte!«
»Nein, geht nicht. Mein Vater hat die Papageienkrankheit«, sagt Didrik schnell.
»Ist das ansteckend?« fragt Tova erschrocken.
»Man kann nie wissen.«
Da schaut Ruben zur Tür herein.
»Tova, komm schon! Du sollst mit uns Brennball spielen, du bist in meiner Mannschaft.«
Tova bleibt in ihrer Bank sitzen, den Blick auf Didrik geheftet.
»Tova!« drängelt Ruben. Aber Tova bleibt eisern sitzen. Ruben schnauft ungeduldig und verschwindet.
»Tschüs dann«, sagt Didrik zu Tova und sammelt seine Siebensachen zusammen. Sie verfolgt jede kleinste Bewegung von ihm. Er hebt die Hand zu einem Winken, nickt ihr kurz zu und geht. Erst als er verschwunden ist, gibt sie die Hoffnung auf. Rasch steht sie auf und rennt nach draußen zu Ruben und den anderen.

2

Didrik wirft das Fahrrad auf den Gartenweg, zieht den Schlüssel aus der Tasche und öffnet die Haustür. Niemand ist zu Hause. Er schleudert die Schuhe von den Füßen, daß sie in verschiedene Richtungen fliegen, wirft die Schultasche in eine Ecke, nimmt sich nicht einmal Zeit, die Jacke auszuziehen, reißt die Tür zu seinem unaufgeräumten Zimmer auf. Erst als er beim Klavier angekommen ist, beruhigt er sich.
Und in dem Augenblick, als Didriks Hände die Tasten berühren, geschieht etwas Phantastisches: Aus dem klobigen, plumpen Möbelstück mit Rissen im Lack dringen die reinsten, klarsten Töne. Diese Töne vereinigen sich zu langen Melodien, die bis unters Dach klingen. Didrik spricht mit dem Klavier, indem er mehrere Tasten anschlägt, und das Klavier antwortet Didrik, indem es seine verborgenen Töne klingen läßt. So kann Didrik sich stundenlang mit dem Klavier unterhalten. Er spielt leidenschaftlich und singt laut, denn im Haus ist niemand, der ihn hören könnte. *I love you, I love you, I love you . . .*
Da fliegt die Tür auf, und herein rauscht Ebba, ihr Freundschaftsbuch in der Luft schwingend.
»Wo kommst denn du her?« faucht Didrik.
»Ich wohne hier«, antwortet Ebba, legt sich auf den Fußboden und schlägt eine Seite ihres Freundschaftsbuches auf. »Ich muß dich was fragen.«
Die einzige Möglichkeit für Ebba, ihren Bruder zu

treffen, besteht darin, sich ihm aufzudrängen. Sie wird nie in sein Zimmer eingeladen. Er erzählt ihr nie etwas.
»Mußt du unbedingt hier sein?« fragt Didrik gequält.
»Ich hab' keine Lust, alleine drüben zu sitzen«, antwortet Ebba. »Nun hör mal, was ist deine Lieblingsfarbe?«
»Blau«, seufzt Didrik. Ebba schreibt »blau« in ihr Freundschaftsbuch. Didrik klimpert lustlos weiter.
»Dein Lieblingssänger?«
»Stevie Wonder«, antwortet Didrik.
»Das kann ich nicht schreiben, sag mir jemand anderen.«
»Auf keinen Fall«, protestiert Didrik.
»Weißt du, daß er blind ist?« fragt Ebba.
»Mmh.«
»Du kannst nicht so gut spielen wie er – und dabei auch noch mit geschlossenen Augen!« ärgert Ebba ihn.
Didrik starrt seine jüngere Schwester an. Dann kneift er die Augen zu, legt die Hände auf die Tasten und spielt. Ebba betrachtet zweifelnd ihren Bruder, wie der versucht, die richtigen Tasten zu treffen. Plötzlich reicht es ihr, sie klappt das Freundschaftsbuch zu, schiebt sich den Stift hinters Ohr und geht.
»Tschüs, ich verstehe sowieso nichts davon«, sagt sie und wirft die Tür hinter sich zu.
Erleichtert spielt Didrik weiter. Und nun geschieht es wieder. Wenn er in Ruhe und Frieden spielen kann,

ist es, als hörte die Zeit auf zu existieren. Der Klavierschemel wird zu einem fliegenden Teppich und erhebt sich hoch in den Himmel, um über den Wolken zwischen herrlichen Winden zu tanzen ...
Unverhofft wird die Tür erneut aufgerissen. Didrik erwacht aus seinen Träumen und wird unsanft auf die Erde zurückgeholt. Diesmal steht Papa in der Tür.
»Was machst du?« fragt er, und er sieht dabei müde aus.
»Klavier spielen«, antwortet Didrik.
Papa seufzt. Im Arm hält er eine Tüte mit Lebensmitteln. »Vielleicht kannst du mir statt dessen helfen, Essen zu machen?«
Didrik bleibt auf seinem Klavierschemel sitzen. »Ich spiele«, wiederholt er.
»Ich bin der Meinung, daß du damit jetzt mal aufhören solltest, Didrik«, sagt Papa freundlich.
Didrik hockt regungslos auf dem Schemel und atmet heftiger. Warum läßt man ihn nie in Ruhe Klavier spielen?
»Du klimperst ja doch nur. Wenn du wenigstens deine Lektionen üben würdest! Weißt du, was mich deine Klavierstunden kosten?«
Didrik kann nicht einmal mehr seufzen. Sein ganzer Protest besteht in einem ungeduldigen Gesichtsausdruck. Papas Bedingung dafür, daß sie das Klavier behalten, besteht darin, daß Didrik Unterricht nimmt und »ordentlich« zu spielen lernt, das heißt nach Noten. Aber Didrik möchte viel lieber das spielen, was

ihm selbst einfällt. Er hat schon mindestens 10 Lieder verfaßt, doch es zählen anscheinend nur die Klavierstunden. Papa erklärt, »das Geklimper« sei »uninteressant«, und redet immer mal wieder davon, das Klavier zu verkaufen. Er findet, daß Didrik genausogut Fußball spielen könnte.

»Du solltest rausgehen und was Vernünftiges tun. Na los!« sagt Papa aufmunternd.

Didrik sitzt stumm da und starrt auf die Klaviertasten. Seine Backen röten sich. Papa merkt nichts davon, er dreht sich um und geht in die Küche. »Ich bin heute etwas früher nach Hause gekommen, weil ich das Mittagessen machen will. Ich werde dazu ein eigenes Curry herstellen! Wußtest du, daß Curry nicht *ein* Gewürz ist, sondern eine Mischung aus einer ganzen Menge verschiedener Stoffe? Das habe ich auch nicht gewußt, aber jetzt habe ich gelernt, wie man es macht. Willst du sehen, wie man Curry herstellt?«

Papa baut alle Zutaten in der Küche auf, glücklich wie ein Kind. »Kommst du?« fragt er und bindet sich die Schürze auf dem Rücken zu.

In Didriks Zimmer ist es immer noch still.

»Didrik?« ruft Papa. »Na, jetzt brauchst du doch nicht mehr sauer zu sein. Hilf mir lieber!« sagt er vergnügt, während er auf Didriks Zimmer zugeht.

Er öffnet die Tür. Das Zimmer ist leer.

»Was?«

Das Fenster steht offen. Didrik hat sich davongemacht.

3

Didrik springt den Hügel hinunter. Vor lauter Wut und Ärger läuft er ganz schnell. In seiner Brust spürt er einen dumpfen Schmerz. Warum müssen sie immer meckern, wenn er spielt? Warum darf er darüber nicht selbst entscheiden? Eines Tages, wenn er groß genug ist, wird er allein über sich bestimmen. Dann wird er spielen, so lange er will, und niemand darf ihm dabei reinreden! Aber bis dahin dauert es noch lange, unendlich viele Jahre und Tage.

Didrik überquert den Marktplatz und läuft weiter in Richtung Meer. Am Meer liegt eine Wiese, die von Steinen und Bootsschuppen eingefaßt ist. Die meisten Schuppen sind verlassen, aber in dem einen oder anderen findet sich noch ein kleines Boot. Es gibt einen speziellen Schuppen, zu dem Didrik geht, wenn er seine Ruhe braucht. Manchmal geht er dorthin, weil er glücklich ist, manchmal, weil er traurig ist. Er kann stundenlang dort sitzen und das Meer betrachten, wie es sich ununterbrochen bewegt. Dann ist es, als flössen Meer und Himmel durch ihn hindurch und machten ihn wieder stark. Zu diesem Schuppen ist er jetzt unterwegs.

Doch vorher muß er am Fußballplatz vorbei. Dort spielen Ruben, Alexander, Tova und die anderen Brennball. Tova macht gerade eine Freirunde, und ihre Mannschaft mit Ruben an der Spitze spornt sie lautstark an. Didrik hofft, daß er unbemerkt vorbei-

kommt. Er hat keine Lust, mit irgend jemandem zu reden. Aber Tova entdeckt ihn genau in dem Augenblick, als sie die Freirunde beenden soll. Ihre Augen beginnen zu strahlen, und sie rennt direkt auf Didrik zu.
Ruben rauft sich die Haare und schreit: »Tova! He, was machst du? Spinnst du? Komm zurück!«
Tova hört die Proteste nicht. Mit glühenden Wangen läuft sie zum Gitter, das den Fußballplatz umgibt.
»Didrik!« ruft sie. »Spielst du mit Brennball?«
Didrik geht außen am Gitter entlang, Tova läuft innen und wirft ihm Blicke zu.
»Bist du nicht gerade eine Freirunde gelaufen?« fragt er.
»Ja, aber das interessiert mich sowieso nicht mehr. Was machst du? Kann ich mitkommen?«
»Nein«, antwortet Didrik, ohne sie anzusehen. »Ich will meine Ruhe haben.«
Tova drückt sich ans Gitter und umklammert mit ihren Fingern die großen Drahtmaschen.
»Didrik...« bittet sie, und ihre Augenbrauen tanzen wie unruhige Vögel auf der Stirn. Aber Didrik reagiert nicht. Er geht einfach weiter.
»Didrik, bist du traurig?« fragt Tova. Ihre Stimme klingt zärtlich.
»Nein! Ich habe Zahnschmerzen!« faucht Didrik. »Tschüs!«
»Tova!« schreit Ruben, daß seine Stimme umkippt. »Komm endlich, Tova!«

Aber sie bleibt stehen und sieht zu, wie Didrik verschwindet.
»Didrik!« ruft sie.
»Tova!« ruft Ruben.

Didrik geht hinunter zur Wiese. Die Sonne glitzert im Meer, und der Himmel ist hoch und blau. Aber Didrik marschiert wütend vor sich hin, die Augen auf den Boden gerichtet.
Plötzlich hört er durch den Wind einen sonderbaren Gesang. Er bleibt stehen, legt eine Hand über die Augen und blinzelt. Ein fremder Mann steht bei Didriks Schuppen und singt etwas, das nach Oper klingt. Er breitet seine Arme mit leidenschaftlichen Gesten aus und wirft den Kopf hin und her, daß die dünnen Haare hinter den Ohren flattern. Dann, mitten in einer dramatischen Stelle, entdeckt der Mann Didrik.
»Aha! Ich sehe dich! Ich sehe dich! Komm nur her!«
Didrik geht vorsichtig auf den Mann zu. Dessen strahlender Blick verdunkelt sich, und nun betrachtet er Didrik unter gerunzelten Augenbrauen.
»Wer bist du?« fragt er schroff.
»Didrik Reng«, antwortet Didrik.
Sie sehen einander einen Moment lang an, dann streckt der Mann seine Hand aus und gibt sie Didrik.
»Kai Husell. Angenehm. Nun, wer bist du, Freund oder Feind?«
»Von wem?« fragt Didrik verwirrt.

»Natürlich von mir«, sagt Kai Husell.

»Freund«, erklärt Didrik.

»Und wie steht's mit Euterpe?« erkundigt sich Kai Husell, und seine Augen blitzen und funkeln.

»Wer ist das?« fragt Didrik.

»Mein lieber Freund!« ruft Kai Husell und schüttelt den Kopf. Dann beugt er sich dicht zu Didrik hinunter. »Euterpe ist eine der neun Musen und die Beschützerin der Musik! Mit ihr stehe ich in Verbindung.«

»Wie denn?« fragt Didrik.

Kai Husell lacht ein leicht spöttisches Lachen. »Ich öffne meine Sinne; ich lasse meine Zunge wie ein schlaffes Steak im Mund liegen, atme tief ein, hisse mein Gaumensegel und lasse mich mit Euterpes bezaubernden Ideen füllen. So wird aus meinen vibrierenden Stimmbändern liebliche, göttliche Musik geboren!«

»Ach ja?« sagt Didrik.

Kai Husell streckt sich, faltet die Hände unter seinem kleinen Bauch, öffnet den Mund sperrangelweit und läßt zwei Töne aus seinem Rachen tanzen. »LA LAAAA ... Nun ja, ich habe meistens ein wenig Probleme mit dem Gaumensegel«, entschuldigt er sich und schiebt seinen Schlipsknoten zurecht. »Außerdem neige ich dazu, die Kiefer zu verkrampfen. Ich müßte häufiger entspannen üben ...«

Kai Husell läßt das Kinn bis zur Brust hängen, schiebt die Zunge über seine hängende Unterlippe und entspannt sein ganzes Gesicht. Dann beginnt er, den Kopf von einer Seite zur anderen zu schaukeln, wobei er im Kreis geht.

»Blö blö blö blö blö blö blööööö ... ich soll Zunge und Kinn einfach nur hängen lassen ... blö blö blö ... so sollte ich immerzu reden, aber meine Frau hält nichts davon ... blö blö blö blö blö ... versuch du auch mal!« fordert er Didrik auf.

»Blö blö blö blö blö ...« sagt Didrik mit einem gewissen Zweifel in der Stimme.

Kai Husell ist begeistert. »Genau! Genau so! Vielleicht bist du ein Naturtalent!«

Aber auf einmal wird er wieder ernst. Er setzt sich mit gedankenvoller Miene hin und bringt eine Thermoskanne zum Vorschein. Er gießt Tee in einen Becher, nickt Didrik auffordernd zu und schenkt ihm auch eine Tasse ein.

»Meine Frau«, sagt er. »Meine Frau, sie versteht mich überhaupt nicht. Sie fängt an zu weinen, wenn ich zu Hause singe. Dann wirft sie mit Gegenständen nach mir. Sie sagt ... sie sagt, daß sie sich von mir scheiden lassen will, wenn ich nicht aufhöre zu singen. Ich glaube, sie ist eifersüchtig auf Euterpe und auf mein Talent. Kannst du dir etwas Hemmenderes für ein Genie vorstellen?«

Kai Husell sieht Didrik mit wehmütigen, ernsten Augen an. Didrik schüttelt teilnahmsvoll den Kopf.

»Darum singe ich meine Liebeslieder eben für die Möwen«, fährt Kai Husell fort.

Die Möwen, die über ihren Köpfen kreisen, stoßen spöttische Schreie und Gelächter aus.

»Aber eines Tages«, fährt Kai Husell fort, »eines Tages werde ich für die Massen singen. Du!« ruft er aus. »Willst du meine Interpretation des *Erlkönigs* hören?«

»Ja . . .« sagt Didrik.

Kai Husell zuckt zusammen. »Willst du das? Oh, willst du das wirklich?«

Er stellt sich in Positur, um zu singen. Den Rücken kerzengerade, die Hände unterm Bauch gefaltet, den Blick auf den Horizont gerichtet, atmet er tief und sperrt den Mund auf. Und dann singt er. Das ist, als würde seine gesamte Gestalt von einer wunderbaren Kraft durchströmt. Er wirft den Kopf zurück und sieht vollkommen unbezwingbar aus. Plötzlich, mitten im Gesang, hört er auf und verbeugt sich tief. Didrik applaudiert.

»Danke, danke, Didrik, danke! Endlich jemand, der Ohren hat! Obwohl du nicht gemerkt hast, daß ich Roccos Arie aus Beethovens *Leonore* gesungen habe, weißt du, *Fidelio*, die Version von 1805. Hahaha«, lacht er. »da haben wir dich aber angeschmiert, Euterpe und ich!« Entzückt fischt er aus seiner Westentasche einen Notizblock und schreibt mit elegantem Schwung seinen Namen, um ihn dann Didrik zu geben. »Hier hast du mein Autogramm. Du sollst es bekommen, Didrik, obwohl ich sonst aus Prinzip keine schreibe, damit ich den Sammlerwert nicht aufs Spiel setze. Aber du sollst eins haben. Bitteschön!«

»Danke!« Didrik nimmt dankbar den Zettel entgegen. »Paß gut darauf auf. Kai Husell wird eines Tages weltberühmt werden«, gluckst der Sänger und singt eine jubelnde Tonleiter auf seinen Namen. »Kai Husell, Kai Husell, Kai Husell!«
In diesem Augenblick ertönt ein rauhes Hundebellen. Kai Husell erschrickt. Dann hört man noch einmal Gebell, und noch einmal. Ein großer Hund kommt über die Wiese gesprungen, auf Didrik und Kai Husell zu.
»Euterpe, Hilfe!« wimmert Kai Husell und sammelt eilig seinen Notenständer und all seine Notenblätter zusammen. Ohne Didrik auch nur noch eines Blickes zu würdigen, läuft er mit flatternden Noten unterm Arm davon.
»He, hallo . . .« ruft Didrik hinter ihm her. Doch anscheinend will Kai Husell keine Zeit mehr mit Höflichkeiten verlieren. Didrik sieht ihn verschwinden, den großen Hund auf den Fersen.

4

»Fransbertil – Fransbertil, komm zurück! Du verrückter Hund, komm her!«
Ein Mädchen rennt über die Wiese hinter dem Hund her. Fransbertil läßt Kai Husell in Ruhe und widmet sich statt dessen Didrik. Der Hund ist ein zottiger

Riese mit freundlichen Augen unter einem gewaltigen Haarschopf. Seine Begrüßung für Didrik fällt so überwältigend aus, daß der zu Boden geworfen wird. Voller Begeisterung leckt der Hund ihm das Gesicht.
»Du brauchst keine Angst zu haben, er ist nicht erkältet«, sagt die junge Frau und lacht Didrik an, der unter dem Hund auf dem Boden liegt.
»Beruhige dich endlich, du verrücktes Vieh!« sagt sie, und der Hund setzt sich auf sein Hinterteil und schaut Didrik an, während der sich aufrappelt.
Didrik ist völlig überrumpelt. Das Mädchen trägt ein dünnes Sommerkleid und hat nackte Arme und Beine. Hinters Ohr hat sie einen kleinen Fliederzweig gesteckt. Sie ist hübsch, und sie lacht Didrik an. Didrik weiß nicht, was er sagen soll. Aber er muß nicht lange darüber nachdenken, denn sie ergreift selbst das Wort.
»Wohnst du hier?« fragt sie.
Didrik bejaht. Als er seine Stimme hört, ärgert er sich. Sie klingt so klein und hell.
»Aha. Weißt du dann vielleicht, wie es hier mit dem Postboten ist?« fragt das Mädchen.
Didrik versteht nicht, was sie meint.
»Was?« sagt er und ärgert sich noch mehr, nicht nur weil seine Stimme so hell ist, sondern auch weil er nicht versteht, was sie meint.
»Wann kommt die Post normalerweise?«
»Zu uns kommt sie so gegen zehn, glaub' ich . . .« antwortet Didrik, versucht seine Stimme tief klingen

zu lassen und runzelt nachdenklich die Augenbrauen.
»Darf ich hier sitzen?« fragt das Mädchen und ist schon dabei, sich neben Didrik zu setzen.
»Nein, ich bin erst zwölf!« platzt er heraus.
»Was hast du gesagt?« fragt sie verblüfft.
»Doch, natürlich. Bitteschön«, verbessert Didrik sich und rutscht etwas zur Seite, damit sie Platz hat.
»Ich bin oft hier«, sagt sie. Sie rutscht so nahe zu Didrik, daß ihm von ihrem Körper ganz warm wird. Sie zupft einen Grashalm los und kaut gedankenverloren auf ihm herum. Das Meer spiegelt sich in ihren Augen. Sie hat kleine Sommersprossen auf der Nase. Die Härchen auf ihren Armen leuchten in der Sonne. Sie duftet gut.
Didrik schluckt. Er räuspert sich. Er möchte etwas Interessantes sagen. Wenigstens könnte er doch, ganz spontan, ausrufen, daß er auch oft hier ist, denn das stimmt ja. Aber der spontane Ausruf bleibt ihm in der Kehle stecken. Da beugt sich das Mädchen zu ihm und sieht ihm tief in die Augen.
»Ist es immer derselbe Briefträger?«
Didrik bleibt stumm.
» . . . oder sind es viele verschiedene?« fährt sie fort.
»Ich weiß nicht«, antwortet Didrik. Er wünscht, daß er es wüßte.
Sie lehnt sich wieder zurück und schaut aufs Meer.
»Ich habe nämlich gedacht, daß es vielleicht Sommeraushilfen sind, die sich nicht überall auskennen. Ich

weiß nicht, ich wohne ja sonst nicht hier. Ich bin nur zu Besuch«, erklärt sie.

»Wartest du auf etwas?« fragt Didrik.

»Ach, es ist nur ein Brief, den ich wahrscheinlich bekommen soll«, sagt sie. »Aber vielleicht bekomme ich auch gar nichts, und das ist eigentlich genausogut, denn der Brief ist bestimmt nicht sehr lustig. Es ist alles bloß albern! Ich *weiß*, daß es kindisch ist!« murmelt sie, mehr zu sich selbst. Dann spuckt sie den Grashalm aus und seufzt. »Ich bin viel zu sentimental, ganz einfach . . .«

»Jaha«, sagt Didrik. Etwas Klügeres fällt ihm nicht ein.

»Denk dir, wenn der Briefträger sich nicht zurechtfindet . . .« sagt sie.

»Wo wohnst du denn?« fragt Didrik.

»Ach, da hinten . . .« Sie winkt zerstreut mit der Hand. Didrik dreht sich um und versucht zu erkennen, was sie meint. Da schlüpft sie mit den Füßen in ihre Schuhe und steht auf. »Ich glaube, ich gehe zur Post und schaue nach, ob da ein Brief für mich liegt.«

»Findest du die Post?« fragt Didrik in der Hoffnung, ihr helfen zu können.

»Ja, ja sicher«, sagt sie. Sie pfeift nach dem Hund, der fröhlich aufspringt, nimmt ihn an die Leine und will gehen.

»Ist das dein Hund?« erkundigt sich Didrik schnell, damit sie noch einen Augenblick bleibt.

Tatsächlich bleibt sie stehen und guckt ihn an. »Ge-

wissermaßen«, antwortet sie. »Er heißt Fransbertil, getauft nach dem Prinzen Bertil.«
Fransbertil schüttelt sich, daß die Lefzen schlackern. Schlatt, schlatt, schlatt, klingt das.
»Und wie heißt du?« fragt das Mädchen und schaut Didrik an.
»Didrik. Und du?«
»Yrla«, antwortet sie.
»*Wirbeln?*«
»Nein, Yrla.«
»Das klingt wie wirbeln«, sagt Didrik.
Sie lacht ein wenig. »Ja, ja, vielleicht sehen wir uns ja mal wieder«, sagt sie und macht Anstalten, endgültig wegzugehen.
»Sitzt du oft hier?« ruft Didrik hinter ihr her.
Sie bleibt noch einmal stehen. »Ja«, sagt sie. Dann zieht sie los.
»Tschüs also, Didrik«, sagt sie. Didrik schaut nur. Sie dreht sich um und winkt. Dabei lacht sie ihm über die Schulter zu.
»Tschüs, Didrik!« ruft sie wieder.
»Tschüs . . . Yrla!«
Er blickt ihr nach. Der Wind spielt in ihrem langen Haar. Yrla, denkt er, und ihr Name wirbelt in seinem Kopf herum. Da taucht unerwartet Tova auf.
»Wer war denn das?« fragt sie.
Didrik verdreht die Augen. »Ich weiß nicht«, antwortet er.
»Du hast doch mit ihr gesprochen«, bemerkt Tova.

»Nee.«
»Ich hab' doch gesehen, daß du mir ihr gesprochen hast! Wo kommt sie her?«
»Ich weiß nicht«, sagt Didrik.
Tova sucht seinen Blick. »Kennst du sie?«
»Nee.«
»Was hat sie gesagt?« fragt Tova beharrlich.
»Nichts«, knurrt Didrik.
»Wie heißt sie?«
»Das kann ich doch nicht wissen!« schreit er.
»Weißt du denn gar nichts?«
Didrik seufzt laut. Tova schaut ihn mit großen Augen an. »Kommst du jetzt mit und spielst Brennball?« fragt sie vorsichtig.
»Nein«, erwidert Didrik kurz.
»Was machst du dann?«
»Hierbleiben«, sagt Didrik.
»Aber hier gibt's doch nichts zu tun!« Zwischen Tovas Augenbrauen bilden sich unruhige kleine Grübchen.
»Doch«, sagt Didrik.
Tova überlegt, was sie noch sagen könnte – etwas, das ihn dazu bringt, sie anzusehen. Da kommt Ruben. Er bleibt ein Stück entfernt stehen und gestikuliert herüber. »Tova, nun mach schon!«
Aber Tova bleibt im Gras sitzen und schaut Didrik an.
»Tschüs«, sagt Didrik.
Sie senkt den Blick. »Tschüs«, sagt sie leise und geht zu Ruben zurück.

Als Didrik allein ist, entdeckt er eine Fliederblüte neben seinem Fuß. Vorsichtig hebt er die kleine violette Blume auf und verbirgt sie in seiner Hand.

5

Es ist Abend, und die Nachtigall singt ihr Lied in den Bäumen. Didrik hat seinen Schlafanzug angezogen, er will sich ins Bett legen und Tagebuch schreiben. Er kriecht unter das Klavier und tastet mit der Hand zwischen der Wand und dem Instrument entlang. Aber das Tagebuch ist nicht da! Erschrocken fährt er hoch, läuft zum Bett und hebt die Matratze an – dort ist es auch nicht! Er zieht jede einzelne Schublade aus der Kommode und wühlt in dem Durcheinander herum: Nirgends ist das Tagebuch zu finden. Er robbt unters Bett und untersucht die Kartons mit Steckdosen und anderem Krimskrams – wieder nichts.
Da wird die Tür aufgerissen, und Ebba trabt in einem blaugepunkteten Schlafanzug herein.
»Was suchst du?«
»Wer hat gesagt, daß du hereinkommen darfst?« schnauzt Didrik sie unterm Bett hervor an.
»Du. Das habe ich gehört. Was suchst du?«
»Wenn du nicht gehst, sobald ich bis drei gezählt hab', dann werfe ich dich aus dem Fenster oder spül' dich durchs Klo!« warnt Didrik und krabbelt ins Freie.

»Suchst du dein Tagebuch?« fragt Ebba mit süßer Stimme, setzt sich ans Klavier und beginnt zu klimpern.
»Ich habe kein Tagebuch«, murmelt Didrik.
»Das liegt nämlich da oben im Schrank!« triumphiert Ebba.
Didrik wirft ihr einen bitterbösen Blick zu, erklimmt einen Stuhl und wirft eine Menge Gerümpel aus dem Schrank.
»Ganz hintendrin. Unter einem Haufen Papier«, erklärt Ebba ihm. Und richtig, in der hintersten Ecke unter einem Papierstapel liegt das Tagebuch.
»Könntest du jetzt gehen?« zischt Didrik zwischen den Zähnen hervor.
Aber Ebba bleibt auf dem Klavierschemel sitzen und klimpert. »*I love you, I love you* ...« singt sie ohne jeden Respekt.
Da reißt Didrik der Geduldsfaden. Er springt vom Stuhl, packt sie und schmeißt sie hinaus.
»Faß mein Klavier nicht mit deinen schmierigen Fingern an!«
»Was willst du schreiben? Was über Tova?« johlt Ebba.
»Du hast keinen Funken Anstand in dir! Wiedersehen!« Didrik drängt sie hinaus und knallt die Tür hinter ihr zu. Ebba wirft sich dagegen, trommelt mit den Fäusten und ruft: »Tova ist verrückt nach dir!«
»Auf Wiedersehen für immer und ewig«, gibt Didrik zurück.

»Miststück«, antwortet Ebba. »Mach auf, doofer Kerl! Doofer, doofer Kerl!«
»Haha! Du Wickelbaby!« brüllt Didrik, als es Ebba nicht gelingt, die Tür wieder aufzudrücken. Ebba ihrerseits schreit wie am Spieß. Zum Glück erscheint Papa und fischt sie auf.
»Na komm, mein Herzblatt, wir wollen gute Nacht sagen . . .« sagt er und trägt sie fort.
»Es bringt nichts, wenn ich nett bin. Ich habe nur versucht, ein bißchen freundlich zu meinem Bruder zu sein, damit wir irgendwas miteinander zu reden haben, und dann macht er so was. Ist das vielleicht nett?« murmelt Ebba, während sie sich in ihr Zimmer tragen läßt.
Didrik atmet inzwischen auf. Er verkriecht sich in seinem Bett und sucht eine leere Seite im Tagebuch. Vorsichtig legt er Yrlas Fliederblüte auf das Papier. Mit behutsamen Fingern klebt er sie fest und fängt dann an zu schreiben.
Heute hab' ich ein Mädchen getroffen. Sie heißt Yrla. Yrla wie wirbeln. Sie ist nur zu Besuch hier. Hoffentlich fährt sie nicht weg. Ich möchte sie wiedertreffen. Wenn ich morgen genau zur selben Zeit wieder auf die Wiese gehe, ist sie vielleicht da. Sie war nett und irgendwie hübsch . . .
Weiter kommt er nicht, denn nun klopft es an der Tür. Schnell schlägt er das Buch zu und stopft es unter die Decke.
»Darf ich reinkommen?« fragt Mama.
Sie hat kleine Vögel an den Ohren schaukeln und die

schönsten Augen, die Didrik kennt. Wenn alle anderen schreien und mit den Türen schlagen, bleibt Mama ruhig. Je lauter die anderen werden, desto leiser und beharrlicher spricht sie. Sie ist das Gegenteil von Papa – vielleicht damit das Gleichgewicht gewahrt bleibt. Papa springt hin und her, wedelt mit den Armen und redet so eifrig, daß er oft selbst den Faden verliert. Dann beruhigt Mama ihn, als wäre er ein Kind, und erinnert ihn daran, was er sagen und tun wollte. Mama ist stark und stolz. Wenn Didrik sie sieht, wird ihm innerlich immer ganz warm. Obwohl er ab und zu findet, daß es ganz schön wäre, wenn sie auch mal die Geduld verlieren und anfangen würde, die Türen zuzuschmeißen. Aber so ist sie eben nicht. Sie hat eine andere Geschwindigkeit in ihrem Körper. Die ist eher wie ein ruhiger, breiter Strom, der langsam, aber unerschütterlich fließt. Mama hat etwas Geheimnisvolles in ihrem Wesen. Vielleicht sind Didrik und sie sich sogar ein bißchen ähnlich.
Jetzt sitzt sie auf seiner Bettkante und streicht ihm lachend über die Wange.
»Willst du schlafen?« fragt sie.
»Mmh«, antwortet Didrik und lacht zurück.
Er schlüpft unter die Decke. Die harte Kante des Tagebuchs scheuert an seinem Bauch.
»Was hast du denn da?« fragt sie.
»Nichts«, antwortet Didrik.
Und Mama beharrt nicht auf ihrer Frage. Sie beugt sich hinunter und gibt ihm einen Kuß.

»Gute Nacht, mein Schatz«, flüstert sie, und die Vögel an ihren Ohren klingeln. Sie legt ihre Hand an seine Wange und schaut ihn mit ihren schönen Augen an, ohne etwas zu sagen. Dann steht sie auf. »Wir sehen uns morgen!« sagt sie und schließt die Zimmertür hinter sich.

Didrik schaut einen Augenblick lang auf die geschlossene Tür, dann zieht er das Tagebuch wieder hervor. Vorsichtig öffnet er es und legt es sich übers Gesicht. Er atmet den Duft der Fliederblüte ein. Vor allem aber riecht er Papier. Er konzentriert sich, so stark er kann, und denkt: Du mußt morgen dasein! Du mußt morgen genau zur gleichen Zeit auf die Wiese kommen! Du mußt dasein, Yrla!

6

Am nächsten Morgen steht Didrik vorm Spiegel und muß zwischen zwei Pullovern auswählen. Der eine ist blau, der andere ist rot. Er kann sich nicht entscheiden, welchen er nehmen soll. Der blaue ist ein bißchen zu eng, so daß man deutlich sieht, wie schmächtig Didriks Körper ist. Aber der rote hat die Farbe der Liebe; das könnte peinlich werden. Didrik wühlt in seiner Kommode. Zum Schluß holt er einen lilafarbenen Pullover hervor, und den zieht er an.

Er schaut auf die Uhr. Es wird höchste Zeit, zur Wiese

hinunterzugehen. Yrla, denkt er, und ihr Name kitzelt in seiner Brust, daß ihm kalt und warm zugleich wird. Da steckt Mama den Kopf ins Zimmer.

»Hast du alles?« fragt sie und guckt, als müßte Didrik verstehen, was sie meint.

»Was?« fragt er und schaut sie dumm an.

»Wir wollen gleich losfahren.«

Mama verschwindet wieder. Vor Didriks Augen dreht sich alles. Losfahren? Wir wollen losfahren? *Wohin* wollen wir losfahren?

»Losfahren???« ruft er hinter ihr her.

»Wir machen doch heute einen Ausflug, hast du das vergessen?«

Didrik bleibt fast das Herz stehen. »Wann kommen wir wieder zurück?« fragt er.

»Irgendwann am Abend. Nun beeil dich!«

Didrik verstummt. Im Spiegel sieht er ein bleiches Gesicht mit Augen, die wild aus ihren Höhlen hervorstarren. Das geht nicht! Er kann nicht den ganzen Tag wegbleiben! Yrla könnte in dieser Zeit verschwinden – für immer!

Papa, Mama und Ebba stehen inzwischen in der Küche und packen den Ausflugskorb. Papa putzt sein Fernglas, Mama zählt Geld, und Ebba nascht an einem Hefebrötchen. Die Sonne scheint durchs Fenster, und die Stimmung ist vergnügt. Die Familie wird den ganzen Tag zusammensein, ohne sich um die Zeit kümmern zu müssen. Papa redet munter drauflos: »Ich werde mal meine Kamera mitnehmen, und dieses Mal werde ich nicht den Film vergessen, und vielleicht sollten wir Badezeug mitnehmen, was hältst du davon, Lena? Denk dir nur, vielleicht können wir baden!«

In diesem Moment stürzt Didrik in die Küche. Er rollt mit den Augen, keucht und läßt die Zunge heraushängen wie ein kranker Hund. Dann läuft er genau gegen den Küchentisch, so als wäre er blind.

»Didrik!« ruft Mama erschrocken.

»Au ... au ... au ...!« Didrik verzieht das Gesicht zu einer Grimasse.

»Didrik, was ist passiert?«

Didrik windet sich, als hätte er innere Schmerzen, und kneift die Augen zusammen, wobei er schreit: »Ich bin krank! Ich bin krank!«

Papa wirft ihm einen gleichgültigen Blick zu und fährt unverdrossen fort, einzupacken.

Didrik atmet so heftig, daß seine Lunge pfeift. »Ich krieg' keine Luft mehr!« wimmert er kläglich und stößt gegen einen Stuhl. »Ich bin vergiftet!« fährt er fort und zuckt wie im Krampf. »Alles dreht sich vor mir! Ich seh' nichts, es ist ein einziger Nebel! Ich kann nicht mitkommen ...«

Ebba betrachtet forschend ihren Bruder. »Ich möchte nur wissen, was du *eigentlich* vorhast«, sagt sie mißtrauisch.

Didrik sinkt langsam auf einem Stuhl zusammen und stöhnt, als hätte er unbeschreibliche Schmerzen. »Au ... au ... oh ... au!«

»Also, langsam vergeht mir die Lust!« ruft Papa. »Dann bleiben wir eben hier! Wir bleiben alle zu Hause!«

»Nein, ihr könnt losfahren«, protestiert Didrik. »Ich leg' mich nur ins Bett. Fahrt ihr ruhig.« Sofort merkt er, daß er viel zu gesund klingt, darum bekommt er einen neuen, noch schlimmeren Anfall. »AU ... AU ... AU ... AU ... AU, SOLCHE SCHMERZEN!« Papa schaut ihn kurz an und beginnt dann entschlossen, den Ausflugskorb wieder auszupacken. »Na gut. Das war's also.« Demonstrativ reiht er den Proviant, das Fernglas und die Kamera auf dem Tisch auf.

»Mußt du dich jetzt auch noch so kindisch aufführen, Fredrik?« fragt Mama.

»Ich bin nicht kindisch!« antwortet Papa erregt. »Ich hatte mich auf diesen Ausflug mit der Familie gefreut. Aber gut, gut, wenn ihr es so haben wollt – wir bleiben zu Hause. Macht euch keine Gedanken um mich!«

»Nein, fahrt doch. Ich will euch nicht daran hindern«, ächzt Didrik großmütig, während er sich weiterhin vor Schmerzen krümmt.

»Ach, ich habe auch keine Lust, den ganzen Tag im Wald herumzulaufen und mich zu Tode zu langweilen«, sagt Ebba.

Mama seufzt. Papa schaut zur Decke. Didrik atmet dramatisch.

»Didrik, nun reicht es mit den Dummheiten.« Wenn Mama so klingt, muß man auf der Hut sein. Aber Didrik verdreht die Augen und rutscht vom Stuhl zu

Boden, wo er nun der Länge nach ausgestreckt liegt und heult: »Ich kann mich nicht rühren!«
Ebba platzt mit einem Riesengekicher heraus. Papa und Mama betrachten Didrik hilflos.
»Mein Blut gefriert!« Didrik versteift sich mit abgespreizten Armen und Beinen und weit aufgesperrten Augen. Ebba kullert neben ihn und kreischt vor Lachen.
»Wir bleiben hier, habe ich gesagt!« tobt Papa und macht Anstalten, die Küche zu verlassen.
»Was hast du vor?« fragt Mama.
Papa setzt eine beleidigte Miene auf. »Ein Video leihen.«
Er knallt laut die Türe hinter sich zu. Ebba versucht, mit dem Lachen aufzuhören. Didrik öffnet vorsichtig ein Auge und sieht Mama dastehen, wie sie, die Hände in die Hüften gestemmt, vor sich hinstarrt.
»Wir bleiben hier, habe ich gesagt!« ruft Papa, der gerade draußen am Küchenfenster vorbeigeht.

Kurz darauf läuft Didrik mit klopfendem Herzen durch den Ort. Beim letzten Hügel ist er so in Fahrt, daß der Schotter unter seinen Schuhen aufspritzt. Unruhig hält er unten auf der Wiese Ausschau nach Yrla. Ist sie gekommen? Ist sie wieder weggegangen? Ist sie auf dem Weg hierher, oder ist sie für alle Zeiten verschwunden?
Während er so läuft und schaut, entdecken ihn Ruben und seine beiden Anhängsel Alexander und Erik; die

drei radeln gerade gelangweilt durch die Gegend. Aus Mangel an besserer Beschäftigung fahren sie drauflos, um ihm den Weg abzuschneiden. Als Didrik um die letzte Ecke biegt, stehen sie mit ihren Rädern wie eine Mauer vor ihm.
»Oho, was hast du es denn so eilig, bist du unterwegs zu deinem kleinen Klavierfräulein?« fragt Ruben.
Didrik kommt nicht weiter. Sie umringen ihn mit ihren Fahrrädern.
»Sollst du ihr deine goldigen Lieder vorspielen?« kichert Alexander.
»Nimm bloß Ohrenpfropfen zu deiner Liebsten mit!« tönt Erik.
»Macht Platz«, sagt Didrik und versucht sich vorbeizudrängen.
»Du bist es, der im Weg steht«, brummt Alexander und rückt drohend mit seinem Fahrrad näher. Dann fangen alle drei an, »*I love you, I love you!*« zu grölen. Ihre Münder sind weit aufgerissen, das einzige, was Didrik sieht, sind drei höhnisch lachende Öffnungen. Sobald er sich vorbeizudrücken sucht, hält ihn einer der drei mit seinem Fahrrad zurück. Ihre Stimmen werden immer schriller und ihre Augen immer boshafter. Sie fühlen sich stark, und etwas Grausames erscheint in ihren Gesichtern.
Da hören sie einen Hund bellen.
»Was macht ihr Feiglinge da? Verschwindet, sonst lasse ich den Hund auf euch los, und der beißt!«
Jäh verstummen alle. Yrla steht dort mitten auf dem

Weg mit Fransbertil, der ungeduldig an der Leine zerrt und knurrt. Ruben, Alexander und Erik gucken sie dumm an. Sie ist hübsch, sogar wenn sie böse ist, denkt Didrik.

»Auf einen allein losgehen, das könnt ihr, ihr Feiglinge!«

Fransbertil knirscht mit den Kiefergelenken.

»Haut ab, sonst hetze ich den Hund auf euch!« Sie löst die Leine, und der Hund macht einen Satz auf die Jungen zu. Er bellt wie wild.

»Hilfe!« kreischt der freche Ruben jämmerlich und verschwindet als erster. Einen Augenblick später ist keine Spur mehr von den dreien zu sehen.

Didrik und Yrla lachen. »Haben sie dir was getan?« fragt sie.

»Nee, die wollten sich nur ein bißchen aufspielen«, antwortet Didrik und schielt zu ihr hinüber.

»Du bist heute also wieder da«, sagt sie.

»Ja, ich war gerade auf dem Weg, als das hier passiert ist«, erklärt Didrik mit gespielter Lässigkeit.

»Hm«, sagt Yrla und will offensichtlich mit Fransbertil weiter.

Didrik kramt fieberhaft in seinen Gedanken nach etwas, was er zu ihr sagen könnte. »Wie läuft es mit der Post?« fragt er.

»Was?« sagt Yrla.

»Ist ein Brief gekommen?«

»Nein . . .« sagt Yrla unbestimmt. »Ich muß jetzt nach Hause und Fransbertil zu fressen geben. Tschüs!«

Sie geht los. Aber Didrik will sie nicht fortlassen. Er hüpft hinter ihr her. »Ich habe gesehen, daß es im Laden ein Sonderangebot für Hundefutter gibt!« verkündet er.

»Ach ja«, sagt Yrla uninteressiert.

»Was für Futter frißt er denn? Trockenfutter, Frischfutter, Mischmasch oder Dosenfutter?«

»Er frißt alles mögliche«, antwortet Yrla und geht mit Fransbertil weiter.

Didrik blickt ihr nach. »Hilfe!« ruft er.

Yrla bleibt stehen und dreht sich verwundert um.

»Ich bin ausgesperrt!«

Sie sieht ihn an, wie er mit hängenden Armen dasteht und ganz verlassen dreinschaut.

»Ausgesperrt«, wiederholt Didrik. »Wirklich.«

»Ach ja?« Sie runzelt die Stirn.

»Und alle sind weg. Sie kommen erst heute nacht wieder«, sagt Didrik.

»Ja . . .« sagt Yrla. Sie denkt einen Augenblick lang nach. »Dann mußt du wohl für eine Weile mit zu mir kommen.« Didrik hüpft das Herz in der Brust.

»Das heißt, wenn du willst.«

Didrik verzieht das Gesicht, als müßte er überlegen, ob er wirklich Zeit hat, mit Yrla zu gehen. Dann zuckt er mit den Achseln.

»Tja . . . doch, ja, mir bleibt wohl nichts anderes übrig.« Er wirft Yrla einen unschuldigen Blick zu.

»Dann komm«, sagt sie.

Und Didrik geht mit Yrla den Weg entlang.

7

»Hier wohne ich«, sagt Yrla und öffnet das Tor zu einem verwilderten Garten. »Bei Teofil.«
»Wer ist denn das?« fragt Didrik, während er ihr folgt.
»Ein alter Freund meiner Mutter.«
Didrik ist erleichtert. Es hätte ja auch Yrlas Verlobter oder irgendwas anderes Gräßliches sein können.
In dem Garten, in den Yrla ihn geführt hat, wachsen nur Blumen, die sich von selbst ausgebreitet haben. Das alte Haus ist mit einer Glasveranda geschmückt, die von Geißblatt fast völlig überwuchert ist. Hohe Bäume breiten ihre riesige Kronen aus und lassen den Sonnenschein durch ihre Blätter sickern.
»Bitteschön, steig ein!« sagt Yrla und öffnet die Verandatür.
Und Didrik muß wirklich steigen. Drinnen auf dem Fußboden liegen Berge von Zeitungen und Zeitschriften. An den Wänden lehnen, säuberlich aufgereiht, Plastiktüten, die vollgestopft sind mit zusammengefalteten Tageszeitungen. In einer Ecke steht ein Aquarium und blubbert vor sich hin. Ganz oben auf einem Bücherstapel liegt eine weiße Katze mit einem gelben und einem blauen Auge und späht zu Didrik herüber. Fransbertil springt über alle Papierhaufen und steuert in die Küche. Von irgendwoher sind Musik und Stimmen zu hören. »Teofil ist anscheinend wach«, sagt Yrla und geht an der Küche vorbei weiter ins Haus hinein. Tatsächlich sitzt in einem Zimmer mit herun-

tergezogenen Rollos Teofil an einem Schreibtisch, der sich unter dem Gewicht von Büchern biegt. Wie besessen schreibt er irgend etwas auf, während er gleichzeitig in einem dicken Buch blättert. Auf dem Kopf trägt er eine grasgrüne Mütze, ansonsten ist er mit einem Schlafanzug und einem weinroten Morgenrock bekleidet. Das Radio spielt, außerdem ist der Fernseher eingeschaltet, und von irgendwoher tönt eine verkratzte Schallplatte.

»Teofil . . . Teofil?« sagt Yrla vorsichtig, um ihn nicht zu erschrecken. Er schaut auf.

»Gut, daß du kommst!« ruft er. »Schau mal, was ich entdeckt habe: Du und deine Mutter, ihr seid Verwandte 10. Grades! Genau wie ich vermutet habe. Das hier ist die Familie Thilke, weißt du, von der ich heute nacht gesprochen habe. Diese Anna Thilke . . . du erinnerst dich, daß ich von Anna Thilke erzählt habe, die mütterlicherseits eine merkwürdige verwandtschaftliche Beziehung zu Oliver Grams hatte? Und genau hier, glaube ich, kommt sogar dein unbekannter Vater ins Spiel, obwohl ich darüber bisher nicht genug weiß, aber ich habe so meine Theorie, auch wenn das gar nichts mit der Verwandtschaft zu deiner Mutter zu tun hat, komm, schau hier . . .«

»Moment mal, wir haben Besuch«, unterbricht Yrla.

»Dieses Buch ist die reinste Schatzkammer! Da kann man es wieder sehen, man soll niemals etwas wegwerfen. Ich habe es heute nacht gefunden, als ich aufräumen wollte.«

»Teofil, wir haben Besuch!«
»So?« fragt Teofil verwundert. »Und ich habe mich noch gar nicht angezogen. Wer ist es denn?«
Yrla schiebt Didrik vor.
»Guten Tag«, sagt der.
Teofil blickt einen Moment lang prüfend, dann zieht ein Lächeln über sein Gesicht. Das Lächeln beginnt bei den Augen, und von den Augen aus verbreiten sich eine Menge feiner Falten, die sich mit den Lachfältchen um den Mund vereinen.
»Ja, guten Tag, junger Mann. Wie heißt du?«
»Didrik Reng«, antwortet Didrik.
Teofils Augen bekommen einen versonnenen Ausdruck. »Hm, Reng«, sagt er und schiebt sich zwischen Schreibtisch und Bücherregal hindurch, um Didrik ordentlich zu begrüßen.
»Ich für mein Teil heiße Teofil Huske«, sagt er und gibt Didrik die Hand. »Nun, woher stammst du?«
»Von hier«, sagt Didrik einfach.
Teofil schüttelt den Kopf. »Ja, das meinst du wohl. Woher kommen denn deine Mutter und dein Vater?«
»Das weiß ich nicht. Die kommen sicher auch von hier«, antwortet Didrik unsicher.
Da lacht Teofil ein schelmisches Lachen. Dann legt er Didrik die Hand auf die Schulter und führt ihn zu einem Bild. Das zeigt einen Maskenball. An der Decke hängt ein gewaltiger Kronleuchter mit Kerzen, und auf der langen Tafel stehen gefüllte Silberteller in endloser Reihe. Ein Mann sinkt blutend zu Boden,

und ein anderer Mann in einem schwarzen Umhang flieht.
»Weißt du, wer das ist, der da erschossen wurde?« fragt Teofil.
»Nein«, sagt Didrik und schaut sich über die Schulter nach Yrla um, die sich im Hintergrund bewegt.
»Es ist Gustaf der Dritte«, sagt Teofil. »Und der Mörder, der flieht, ist Anckarström. Das geschah 1792 in der Oper von Stockholm. Der berühmte Maskenball.«
Didrik hört geduldig zu. Er weiß nicht so recht, was das mit seinem Ursprung zu tun haben soll.
»Jetzt kommen wir zur Hauptsache«, sagt Teofil. »Wer ist der Mann, der hinter Gustaf III. mit dem Glas in der Hand steht?«
Teofil ist eifrig wie ein Kind, das ein großartiges Geheimnis verrät.
»Ich weiß nicht«, sagt Didrik.
»Frans Itter!« ruft Teofil und macht einen Satz.
Didrik starrt ihn an. »Frans Itter?« fragt er.
»Der Vater der Großmutter meines Großvaters! Ihm war es an diesem schicksalsschweren Abend geglückt, sich auf das Fest einzuschleichen. Man dachte, er hätte sich als gewöhnlicher Mann verkleidet ... Und Frans Itter sorgte dafür, daß er mit den schönen Damen tanzen konnte und genügend zu essen und trinken bekam. Er bediente sich allerdings ein bißchen reichlich bei den Getränken, und so wurde er mutig genug, um zu beschließen, daß er dem König das eine oder andere zu sagen hatte. Deshalb schritt er zum

Monarchen – und zwar im selben Augenblick, als Anckarström den Schuß abfeuerte! Eine schwindelerregende Sekunde lang sah es so aus, als wäre Frans Itter statt des Königs getroffen worden! Aber zum Glück schwankte Frans – er war wohl irgendwie ein bißchen beschwipst –, so daß der Schuß nur seinen Arm streifte, bevor er sein eigentliches Ziel, König Gustaf III., traf!«

Jetzt ist Teofil so voll bei der Sache, daß er laut schreit. »Verstehst du, was ich meine?« fährt er fort und schaut Didrik erwartungsvoll in die Augen.

»Nein«, sagt Didrik.

Teofil kratzt sich am Kopf. Dann verkündet er mit noch mehr Nachdruck: »Aber ja doch! Der Vater der Großmutter meines Großvaters, Frans Itter, hätte an Stelle des Königs sterben können! Und dann hätte es niemals Kinder von Frans Itter gegeben, und auch keine Kinder von ihnen, und folglich würde *ich* nicht existieren, und dann könntest *du* nicht in genau diesem Augenblick hier stehen und mit mir und Yrla darüber sprechen, daß Gustaf III. statt Frans Itter starb! Verstehst du, was für ein göttlicher Zufall es ist, daß es ausgerechnet *uns* gibt?«

»Ja«, sagt Didrik.

»Und das ist nur einer der Zufälle, die meine Existenz möglich machen. Also, nun erzähl mir mal, was für Leute ihr in der Familie habt! Was für Abenteuer verbergen sich hinter dir?«

Teofil wendet sich wieder seinem Schreibtisch zu,

rückt seine grüne Mütze gerade und spitzt sorgfältig seinen Stift.

»Ja, also, mein Vater heißt Fredrik. Meine Mutter heißt Lena, und ich habe noch eine jüngere Schwester, die Ebba heißt und sich in alles einmischt.«

»Fredrik Reng . . .« Teofil notiert. »Wie hieß deine Mutter mit Nachnamen, bevor sie geheiratet hat?«

Das weiß Didrik nicht. Er hat auch keine Ahnung, wie die Eltern seiner Mutter mit Nachnamen heißen. Teofil schüttelt über so viel Unkenntnis den Kopf.

»Geschichte, Geschichte!« murmelt er vor sich hin und blättert in seinem Buch.

»Aber ich kann es rauskriegen«, sagt Didrik, der jetzt selbst neugierig auf seine Herkunft geworden ist.

»Mach das! Mach das bis zum nächsten Mal, wenn du herkommst.« Teofil nickt aufmunternd. »Yrla, biete deinem Kavalier etwas an und führe ihn auf unserem Grund und Boden herum. Aber trampelt nicht in meine Wäsche, die auf der Treppe liegt. Ich habe sie noch nicht sortiert.«

Damit wendet sich Teofil wieder seinen Büchern zu. Yrla bugsiert Didrik aus dem Zimmer, sie selbst aber bleibt auf der Türschwelle stehen und fragt: »Habe ich einen Brief gekriegt?«

Teofil schaut zu ihr hoch. »Nein, nein, meine kleine Yrla«, sagt er mit sanfter Stimme. »Nichts. Gar nichts.«

Yrla seufzt. Dann legt sie ihre Hand auf Didriks Nacken und lotst ihn zwischen Stößen von Zeitschrif-

ten und Büchern durch den Flur. Ihre Hand kitzelt in
Didriks Nacken. Es fühlt sich an, als würden tausend
Marienkäfer – warme Marienkäfer – seinen Rücken
hinunterlaufen.
»Komm, wir gehen zu mir hoch«, sagt sie.

8

Yrla stößt die Tür zu ihrem Zimmer auf. Helles Licht
fließt durchs Fenster herein. Sie öffnet die Flügel weit,
lehnt sich hinaus und atmet den Geruch des Meeres
ein. Didrik bleibt auf der Türschwelle stehen und
betrachtet das Zimmer. In der Ecke steht ein Himmelbett, und auf dem Nachttisch steht eine Vase mit einer
roten, getrockneten Rose. Auf dem Fußboden neben
dem Bett liegt eine Masse Papier, anscheinend Briefbögen.
»Komm rein«, sagt Yrla und geht zum Bett. Sie sammelt die Papiere zu einem Stoß zusammen und legt
sie in eine Schublade.
»Willst du da auf der Schwelle stehenbleiben?« fügt
sie hinzu und lacht ein wenig.
Didrik betritt das Zimmer und stolpert als erstes über
einen Koffer. Kleider liegen darin. Will sie abfahren?
Yrla kommt angelaufen und schiebt den Koffer in eine
Ecke.
»Ich habe noch nicht ausgepackt«, sagt sie.

Mitten im Zimmer steht ein altmodisches Klavier mit Kerzenhaltern auf jeder Seite. Es steht schräg, genau in der Diagonale des Zimmers.
»Warum steht das Klavier schräg?« fragt Didrik.
»Weil Eufemia das so wollte.«
»Eufemia?«
»Die Cousine meiner Großmutter. Sie hat hier gewohnt«, antwortet Yrla.
Didrik schlägt eine Taste an. Der Ton klingt spröde und ein wenig verstimmt – wehmütig wie ein zu oft vorgetragenes Liebeslied.
»Sie fand es wichtig, daß das Klavier in der richtigen Richtung stand. Sie hoffte, ihr Geliebter werde merken, daß sie für ihn spielte, wenn es in seiner Richtung stand . . .« sagt Yrla. Didrik setzt sich und beginnt tastend, mit einer Hand, seine *I love you*-Melodie zu spielen; dabei hört er weiter zu.
»Da saß dieses arme Wesen und spielte seine albernen romantischen Stücke jahrein, jahraus«, seufzt Yrla.
»In wen war sie denn verliebt?« fragt Didrik und beginnt auch mit der zweiten Hand zu spielen.
»Ach, in irgend so einen schrecklichen Dummkopf, der irgendwas mit U hieß. Sune oder Ture oder wie auch immer. Sie hatte ihn auf einem Ball getroffen. Er hatte sie zu einem Walzer aufgefordert, und die beiden haben die ganze Nacht getanzt. Dann hat sie den Rest ihres Lebens auf ihn gewartet. Jeden Tag tischte sie Tee und Gebäck auf, und dann stand sie am Fenster und starrte nach draußen. ›Bald kommt mein

Geliebter!‹ sagte sie. ›Er hat sich nur ein wenig verspätet.‹ Ich selbst habe sie gesehen. Da war sie alt, krumm und fast blind. Wir haben über sie gelacht. ›Die Verrückte‹ nannten wir sie.«
»Ist er nie gekommen?« fragt Didrik.
Yrla steht am Fenster. Er sieht nur ihr Profil, in ihren Augen glänzt es.
»Nein«, sagt sie. Dann dreht sie sich um und kommt ins Zimmer.
»Was spielst du?« fragt sie.
»Ach, das ist nur so eine Melodie . . .« murmelt Didrik.
Yrla stellt sich hinter ihn, so dicht, daß er die Wärme ihres Körpers spürt. Er merkt, wie ihm ganz komisch wird, wenn sie ihn ansieht.
»Was für eine Melodie?« fragt sie.
»Eine, die ich geschrieben habe«, antwortet er. »Nichts besonderes.«
»Du hast die geschrieben?« fragt Yrla interessiert. »Wo hast du denn spielen gelernt?«
»Ich muß zu einer muffigen alten Tante. Todlangweilig! Jede Woche spiele ich die gleichen Übungen. Ich möchte viel lieber das spielen, was mir selbst einfällt.«
»Hast du schon mal vierhändig gespielt?« fragt Yrla, geht zu einer Vitrine und holt ein paar zerfledderte Notenhefte heraus. Sie stellt sie aufs Klavier vor Didriks Augen und klemmt sich neben ihn auf den Klavierschemel. »Das ist der Walzer, den Eufemia immer gespielt hat! Es ist der, zu dem sie der schreck-

liche U aufgefordert hat. Ich spiele leidenschaftlich gern vierhändig, aber ich finde nie jemanden, der mit mir spielen will. – Das ist dein Part«, sagt sie und deutet auf die Baßstimme.

Mutlos betrachtet Didrik die unbegreiflichen Noten.

»Jetzt laß uns anfangen!« sagt Yrla begeistert.

Aber Didrik sitzt wie gelähmt und starrt auf die Noten. Sie verschwimmen vor seinen Augen. Auch die Tasten lösen sich auf und werden zu einer grauen Masse. Warum geschieht kein Wunder?

»Jetzt fangen wir an«, sagt Yrla noch einmal und zählt los.

»Ich kann nicht«, jammert Didrik.

Yrla sieht ihn verwundert an. »Was?«

»Ich kann keine Noten lesen!«

»Wirklich nicht?« Die Begeisterung in Yrlas Augen erlischt.

»Vielleicht kann ich es ja irgendwann . . .« versucht Didrik.

Yrla steht vom Klavierschemel auf und legt das Notenheft wieder in die Vitrine. Als sie verschwindet, wird es ganz kalt. Didrik weiß nicht, was er machen soll. Warum kann er keine Noten lesen? Wie lange dauert es, Noten richtig zu lernen? Er schafft es nicht so schnell! Und Yrla kann irgendwann plötzlich abreisen.

»Es wäre doch bestimmt gut, Noten zu kennen, wenn man eigene Melodien komponiert«, sagt Yrla und dreht den Schlüssel der Vitrine um.

»Ich merke sie mir so«, antwortet Didrik blitzschnell. Er fürchtet, daß sie über ihn lachen wird.
»Schreibst du auch Texte dazu?« fragt sie.
»Ab und zu . . .« antwortet Didrik unsicher.
»Kann ich nicht mal was hören?« fragt sie und sieht wieder fröhlich aus.
»Ich habe eine Stimmbandentzündung«, antwortet Didrik blitzschnell. Er fürchtet, daß sie über ihn lachen wird.
»Du kannst ja leise singen«, sagt Yrla bittend.
Für einen Augenblick ist es, als wäre Didriks Gehirn in Streik getreten. Er kann sich an keine einzige Melodie erinnern. Yrla sieht ihn an, erwartungsvoll. Er merkt, wie ihm heiß wird. Er ist gezwungen zu spielen! Er holt tief Luft, hebt die Hände und senkt sie im Zeitlupentempo auf die Tasten. Die Hände sind angeschwollen wie Boxerhandschuhe. Die Finger treffen die Tasten, ohne daß er selbst darüber entscheidet – und plötzlich beginnen sie, sich zu bewegen. Er hat das Gefühl, daß er daneben sitzt und zuschaut. Er sieht seine Finger über die Tasten gleiten und hört sich selbst singen: *I love you, I love you, I love you* . . .
Es klingt unbeschreiblich albern! Der Text ist so lächerlich, daß Didrik am liebsten im Erdboden versinken möchte. Mit einem Mal versteht er, daß sein Vater recht hat, wenn er sich über das Klavierspielen beklagt. Er hat absolut recht, es wäre auf jeden Fall besser, wenn das Klavier verkauft würde und Didrik sich eine andere Freizeitbeschäftigung suchte. Und

Didrik versteht auch sehr gut, daß Ruben sich zum Eingreifen veranlaßt fühlte, als Didrik in der Klasse spielte. Ruben hat ihm in Wirklichkeit einen Dienst damit erwiesen, daß er ihn übertönte! Wie konnte er nur so stur und vernagelt durchs Leben gehen? Er sollte wirklich damit aufhören! Sofort! Abrupt unterbricht er seinen Gesang.
»Ach, das ist alles so albern«, sagt er und traut sich nicht, Yrla anzusehen.
»Nein, mach weiter!«
Didrik schaut verwundert zu ihr auf. Und es ist merkwürdig, aber allein durch den Ton ihrer Stimme und den Ausdruck in ihren Augen verschwindet seine Angst. Jetzt packt ihn geradezu Lust, für sie zu spielen, und er macht weiter: *I love you so, not only in my dreams* ...
Und Yrla sitzt daneben und hört zu. Es ist, als ob eine Blume in Didriks Innerem Licht bekommt und sich in der Wärme öffnen kann.

Als er an diesem Abend Teofil Huskes Haus verläßt, da will sein ganzer Körper springen. Er springt und hüpft und nimmt nichts um sich herum wahr. Er merkt nicht, daß Kai Husell ihm zuwinkt, und er merkt nicht, daß Tova auf der Eisenbahnschranke sitzt und strahlt, als sie ihn kommen sieht. Er läuft den ganzen Weg nach Hause, wirft sich gegen die Tür, rennt in sein Zimmer, zum Klavier. Er stemmt sich gegen die Wand und preßt sich mit seinem ganzen

Gewicht dagegen, um das große Möbelstück zu verrücken. Langsam gelingt es ihm, das Klavier so zu verschieben, daß es in Yrlas Richtung steht. Dann wirft er sich ermattet aufs Bett.

9

Es sind nur noch wenige Tage bis zu den Sommerferien. Die Lehrerin hört englische Hausaufgaben ab. Didrik allerdings ist tief in ein Gedicht versunken, das er gerade schreibt. *Dann kamst du zu mir an den Strand und küßtest mich auf die Hand ...* Die Lehrerin schmiert hellrosa Creme auf ihre Hände und reibt sie sorgfältig ein, wobei sie ihre Augen auf Didrik richtet. Aber der merkt nichts. Tova pikst ihn in den Rücken und flüstert: »Didrik!«
Didrik wacht auf.
»Und womit bist du beschäftigt?« fragt die Lehrerin und zieht eine Augenbraue hoch. Didrik knüllt schnell den Zettel zusammen und versteckt ihn in der Hand.
»Vokabeln«, antwortet er unschuldig.
»Er schreibt Tova einen Liebesbrief«, stichelt Ruben. Die ganze Klasse kichert, doch Tova reckt sich geschmeichelt. Als Ruben sieht, wie glücklich sie ist, werden seine Augen ganz dunkel.
»Das stimmt nicht!« protestiert Didrik.

»Was dann? Was steht auf dem Zettel?« fragt die Lehrerin und streckt ihre duftende Hand aus, um das Papier zu erwischen.

»Eier, Milch, Dickmilch, Kaviar!« ruft Didrik und preßt den Zettel fest an seine Brust. Im gleichen Augenblick klingelt es zur Pause, und Didrik flieht vor den mißtrauischen Blicken der Lehrerin. Aber er kommt nicht an Tova vorbei. Sie folgt ihm schnell und drängt ihn an die Wand, rosig vor Begeisterung.

»Da steht nicht Eier, Milch, Dickmilch, Kaviar – ich habe mitgekriegt, daß du gereimt hast. Darf ich sehen, was da steht?«

»Doch! Und Leberpastete auch noch!« beharrt Didrik und versucht sich davonzuschlängeln, um in der Menge der Kinder unterzutauchen. Aber Tova folgt ihm auf dem Fuß und schiebt ihn erneut in eine Ecke.

»Das brauchst du gar nicht erst zu versuchen. – Darf ich sehen?« bittet sie mit sanfter Stimme.

»Nein, es ist streng geheim«, probiert Didrik es mit einer anderen Masche, doch Tova erwischt seine Hand, obwohl er sie wie wild schüttelt, um wieder freizukommen. Unter triumphierendem Kichern gelingt es ihr, die Hand zu öffnen und den Zettel zu ergattern. Didrik gibt auf.

Feierlich entfaltet sie den Zettel und liest mit steigender Freude und glühenden Wangen.

»Dann kamst du zu mir an den Strand . . . und küßtest . . . mich auf die Hand, meine Liebe zu dir wird ewig bleiben . . . deinen Namen will in den Sand ich schrei-

ben . . . wirbelnde Yrla Wirbelwind, wirbelnde Yrla Wirbelwind . . .!«

Tovas Blick verschwimmt vor lauter Liebe, als sie den bleichen Didrik anschaut. »Du bist süß!« sagt sie, beugt sich vor – und küßt ihn mitten auf den Mund. »Ich fühl'mich genauso!« flüstert sie, dann dreht sie sich auf dem Absatz um und läuft davon. Didrik schaut ihr entsetzt nach. Langsam sinkt er gegen die Wand.

Als der Unterricht an diesem Tag beendet ist, versteckt Didrik sich so lange in der Toilette, bis er sicher sein kann, daß Tova fort ist.
Aber auch danach kann Didrik sich nicht dazu durchringen, nach Hause zu fahren. Er muß sehen, ob Yrla noch da ist. Er hat keine Ruhe, bevor er nicht weiß, daß sie nicht abgereist ist. Schnell, ganz schnell radelt er zu Teofils Haus. Doch je näher er kommt, desto langsamer wird er. Sein Herz klopft in der Brust, und er fürchtet sich davor, zu entdecken, daß sie verschwunden ist. Und falls sie da ist, wird er zwar einerseits bestimmt glücklich sein, aber gleichzeitig wird er sich weiter Sorgen machen, weil sie ja immer noch jeden Augenblick abfahren kann.
Er steht vor der Hecke und holt ein paarmal tief Atem. Er versucht, durch die Blätter zu spähen, aber die Hecke ist einfach zu dicht. Mit weichen Knien geht er zur Pforte. Er kneift die Augen zu. Sie muß dasein! denkt er. Dann macht er die Augen auf – und da ist

sie. Sie liegt in einem Liegestuhl und sonnt sich. Ihr Gesicht ist von einem breitrandigen Sonnenhut verdeckt. Didrik schluckt, bleibt regungslos stehen und schaut sie an. Da gibt Fransbertil Laut, und Yrla schaut auf.
»Hallo! Bist du's?« sagt sie.
»Ja ... doch ...« sagt Didrik. »Ja, ich mußte sowieso in diese Richtung.« Gleichzeitig versucht er, genauso überrascht wie sie auszusehen.
»Warum stehst du so da? Komm rein!«
Didrik öffnet die Pforte und geht durch den verwilderten Garten. Er steht vor ihr und hat keine Ahnung, was er sagen soll. Sie trägt einen lavendelblauen Bikini.
»Ja, so«, sagt er. »Hallo.«
»Hallo Didrik«, antwortet Yrla.
Als er sie lächeln sieht, möchte er ihr sofort sein Gedicht geben. Aber das kann er natürlich auf keinen Fall. Er räuspert sich und tritt auf der Stelle. Was soll er sagen? Er möchte irgend etwas Einfaches und Selbstverständliches von sich geben, am liebsten etwas, das sie dazu bringt, ihn weiterhin anzulächeln.
»Was machst du?« fragt er. Es ist alles, was ihm einfällt.
»Ach, ich lese so einen dämlichen Liebesroman«, seufzt sie, schlägt das Buch zu, auf dessen Umschlag ein küssendes Paar zu sehen ist, und legt es weg.
»Aha«, sagt Didrik und kichert auf sehr alberne Weise. Er senkt den Blick. Dann schaut er wieder auf. Yrla

und Didrik lachen sich gegenseitig an. Für einen Augenblick ist es ganz still.
»Wollen wir baden gehen?« fragt Yrla.
»Ja!« ruft Didrik. »Nein«, schreit er. »Doch«, korrigiert er. »Aber ich habe keine Badehose!«
»Dann hol sie doch«, sagt Yrla. »Ich warte.«

Didrik rast nach Hause, reißt die Tür zu seinem Zimmer auf und rennt zwischen Kleiderschrank und Kommode hin und her. Er zieht alle Schubladen heraus und wühlt in seinen Sachen, wirft mit Kleidungsstücken um sich und ruft: »*Wo ist meine Badehose? Wo ist meine Badehose? Ich werde noch verrückt! Wo ist meine Badehose?*«
Mama hört seine aufgeregte Stimme und eilt zu ihm. »Was ist denn los?«
Didrik schmeißt alles aus seinem Kleiderschrank. Die Sachen segeln durch die Luft und landen in einem großen Haufen auf dem Fußboden. »Ich muß sie haben! Wo ist sie?«
»Warum steht eigentlich das Klavier schräg?« fragt Mama irritiert, und im selben Augenblick findet Didrik seine Badehose. »Da ist sie! Tschüs!«
Er stürzt an Mama vorbei und verschwindet.
»Wohin willst du?« ruft sie hinter ihm her.
»Baden natürlich!« Didrik ist bereits auf sein Fahrrad gesprungen.
»Warum steht das Klavier schräg?«
Aber Didrik verschwindet, ohne zu antworten.

»Didrik!« ruft Mama.
Er radelt, so schnell er kann. Die Badehose hat er in der Hand. Fast fährt er dem Auto des Briefträgers hintendrauf, der in Teofils Straße Briefe austrägt. Vor der Pforte von Teofils Haus bremst er ab, daß der Kies hochfliegt. Dann sammelt er sich einen Moment. Er ist völlig außer Atem und fürchterlich überdreht. Er pustet und keucht und preßt sich die Hand an die Brust. Als er sich endlich bereit fühlt, streckt er sich, setzt eine ruhige Miene auf und gondelt unbeschwert in den Garten, die Badehose um den Finger wirbelnd. Aber Yrlas Liegestuhl ist leer. Sie ist nirgends zu sehen. Didrik schaut sich enttäuscht um. Nicht einmal Fransbertil ist da.
»Yrla?« ruft Didrik.
Er bekommt keine Antwort. Vorsichtig steigt er die Verandatreppe hinauf und schleicht ins Haus. Es ist ganz still. Die Rollos vor den Fenstern sind heruntergelassen.
»Yrla?« wiederholt er leise.
Er schlüpft in Teofils Arbeitszimmer. Irgendwo hinter den Bücherregalen hört er dumpfes Schnarchen. Dort drinnen liegt Teofil auf einem Bett, seine grüne Mütze über die Augen gezogen. Didrik geht die Treppe zu Yrlas Zimmer hoch. Ihre Türe ist angelehnt. Leises Schluchzen ist zu hören.
»Yrla?«
Sie hockt am Fenster und versucht, das Schluchzen zu unterdrücken. Fransbertil sitzt eng an sie gepreßt. Sie

wickelt ununterbrochen eine Franse seines langen Fells um einen Finger.
»Bist du traurig?« fragt Didrik.
Yrla nickt. Sie schaut ihn nicht an, sondern blickt auf ihre Knie. Zu ihren Füßen liegen ein paar Reklameblätter und ein ungeöffneter Brief für Teofil. Plötzlich begreift Didrik.
»Hast du heute wieder keinen Brief gekriegt?«
Yrla schüttelt den Kopf.
»Ich kann dir einen Brief schreiben«, sagt er. Sie hebt ein klein bißchen den Kopf.
»Es ist nicht gut, wenn man traurig ist«, fährt Didrik fort, und da wischt sie sich die Tränen ab.
»Dieser Mensch, der dir einen Brief schicken soll, der hat vielleicht vergessen, daß er schreiben soll.«
»Mmh«, sagt Yrla.
»Und wenn man vergißt, einen wichtigen Brief zu schreiben, dann ist man doch dumm.«
»Mmh«, sagt Yrla leise.
»Und wenn jemand so dumm ist, dann hat es doch keinen Sinn, traurig zu sein, weil man keinen Brief von ihm kriegt . . .«
»Nee«, sagt Yrla und hebt ihren Kopf noch ein bißchen höher.
»Obwohl *ich* ja nicht weiß . . .« sagt Didrik.
Jetzt schaut sie ihn an. Dann holt sie tief Luft und lacht ein kleines Lachen. Sie sieht ihm direkt in die Augen.
»Ich habe meine Badehose geholt!« sagt Didrik und läßt sie um den Finger kreisen.

Das Meer glitzert einladend, ist aber noch kalt. Fransbertil ist als erster im Wasser. Er schwimmt eine Runde, dann schüttelt er sich, daß die Tropfen in Kaskaden wegspritzen. Yrla und Didrik kreischen laut, als sie ebenfalls ins Meer springen und sich einer schäumenden Welle entgegenwerfen. Sie purzeln übereinander und planschen wie zwei Fischotter, und Yrla stößt laute Lachsalven aus.

Dann liegen sie am Strand, lassen sich von der Sonne trocknen und den warmen Sand durch die Finger rinnen. So bleiben sie stundenlang liegen und reden – und die Worte springen leicht zwischen ihnen hin und her. Es ist, als würden sie sich schon immer kennen. Und als könnte nichts sie trennen.

10

Am letzten Tag des Schuljahres verkündet die Lehrerin, daß die Klasse machen kann, was sie will, außer nach Hause gehen. Sie legt eine Kassette in ihren rosa Kassettenrecorder, und die meisten holen Stifte und Papier, ein Kartenspiel oder Würfelbecher hervor. Aber Didrik zieht aus seiner Schultasche eine Holzdose, die er für Yrla gebastelt hat. Sorgfältig befestigt er Steine, die von der Meeresbrandung abgeschliffen sind, auf dem Deckel. Er schreibt »Yrla« mit den Steinen. Es wird eine sehr schöne Dose.

Die Lehrerin geht von Bank zu Bank und beobachtet die Beschäftigungen ihrer Schüler. Didrik möchte nicht, daß sie die Dose sieht. Er will nicht, daß irgend jemand sie sieht. Es gelingt ihm jedoch nicht, sie schnell genug wegzupacken.

»Und was machst du, Didrik?«

Als die Lehrerin die Dose erblickt, stößt sie einen entzückten Laut aus. »Oh, wie schön! Ist das ein Geschenk für die Mama?«

Welche Mama? denkt Didrik mürrisch. Deine Mama? Die Lehrerin steht dicht neben seiner Bank, so daß er den Duft ihrer Cremes einatmet.

»Hm«, antwortet er kurz und hofft, daß sie sich damit zufriedengibt und zum nächsten weitergeht. Doch sie bleibt stehen.

»Da wird sie sich aber freuen«, sagt sie gerührt.

Was weißt du denn davon? denkt Didrik. Vielleicht bekommt sie andauernd Dosen. Vielleicht verabscheut sie Dosen. Dosen sind vielleicht genau das, was sie auf keinen Fall haben möchte!

»Hat sie bald Geburtstag?« fragt die Lehrerin, die die schlechte Angewohnheit hat, sich besonders für Didrik zu interessieren, wenn der seine Ruhe haben will.

»Hm«, sagt er. Er kneift fest seine Augen zusammen und denkt: Jetzt hau ab! Jetzt hau ab! Leider haben dieses Mal seine innersten Wünsche keinen großen Erfolg. Sie bleibt beharrlich stehen – beugt sich sogar noch über Didrik, um die Dose näher betrachten zu können.

»Was steht denn da? Heißt deine Mutter ... Ylva?«
»Ja, so heißt sie«, sagt Didrik und legt die Hände auf die Dose. Aber die Lehrerin bohrt weiter: »Heißt sie nicht Lena?«
»Ylva«, sagt Didrik und umklammert die Dose noch fester. Die Lehrerin ist jedoch eine hartnäckige Frau, die in allem Klarheit haben möchte; also schiebt sie seine Hände weg. Sie zieht ihre gezupften Augenbrauen in die Höhe und ruft: »Aber wie buchstabierst du das denn? Du hast die Buchstaben vertauscht. Da steht ein R, und das sollte ein V sein, und dann muß es andersherum stehen!«
Sie lacht.
Didriks Klassenkameraden lachen auch. Alle schauen Didrik an.
»Nein, das stimmt nicht! Das soll so sein!« Er wischt die Hand der Lehrerin weg, packt seine Dose und befördert sie eilig in die Schublade seines Tisches. Danach stützt er sich auf die Tischplatte auf und starrt wütend vor sich hin.
Die Lehrerin runzelt ihre dünnen Augenbrauen und wirft den Kopf in den Nacken, daß ihr die blondierten Locken um die Ohren tanzen. Dann geht sie endlich. Didrik atmet auf. Da stößt Tova ihn in den Rücken und sagt mit einschmeichelnder Stimme: »Ach Didrik! Was für eine schöne Dose! Ja, am 29. habe ich Geburtstag ...«
Didrik macht sich auf seinem Stuhl klein.
»Das muß dir nicht peinlich sein. Es macht doch

nichts, daß ich sie schon gesehen habe«, flüstert sie. »Ich finde, das ist ein schöner Name – Yrla.«
Sie beugt sich in ihrer Bank nach vorn. Er spürt ihren Atem in seinem Nacken, als sie, vor Anstrengung schnaufend, flüstert: »Ich werde für dich auch einen schönen Namen finden!«

Als es an diesem Tag zum Unterrichtsende klingelt, beeilt sich Didrik noch mehr als sonst, wegzukommen. Es gelingt ihm tatsächlich, durch die Scharen von Kindern zu schlüpfen, während Tova zurückbleibt.
Er hört sie rufen, aber da ist er bereits auf seinem Fahrrad unterwegs.
Das elterliche Haus ist leer, er holt sein Gedicht hervor und setzt sich ans Klavier. Ganz konzentriert beginnt er zu spielen. Schnell hat er eine Melodie für die erste Textzeile: *Dann kamst du zu mir an den Strand und küßtest mich auf die Hand* ... Immer und immer wieder spielt er, bis ihm plötzlich die Melodie für die zweite Zeile einfällt ... *meine Liebe zu dir wird ewig bleiben, deinen Namen will in den Sand ich schreiben* ... Zeit und Raum lösen sich um ihn auf. Es ist, als schwebte er hoch über der Erde. Strahlend singt er: *Wirbelnde Yrla, Wirbelwind* ...
Da klopft jemand an die Tür. Ehe Didrik antworten kann, wird sie geöffnet, und Papa steht da. Er lehnt sich an den Türpfosten und betrachtet zweifelnd seinen Sohn.

»Sind das deine Klavierübungen?« fragt er.
»Nein«, murmelt Didrik.
»Du weißt, was ich von diesem Geklimper halte ...« sagt Papa sanft.
»Mmh«, antwortet Didrik. Er kann nicht viel mehr dazu sagen.
»Hast du heute schon deine Klavieraufgaben geübt?« fragt Papa.
»Jaha«, lügt Didrik.
Papa seufzt. »Dann reicht es wohl für heute. Draußen scheint die Sonne. Es ist nur einmal im Jahr Sommer!« Papa versucht, aufmunternd zu klingen. Er denkt wahrscheinlich, daß der ungezwungene Ton Didrik herauslockt, doch so leicht ist das nicht. Didrik wirft demonstrativ den Klavierdeckel zu und steht so heftig auf, daß der Schemel umkippt.
»Aber was ist denn, Didrik?« fragt Papa erstaunt.
Didrik antwortet nicht. Es lohnt sich ja doch nicht. Oh, wie er sich danach sehnt, groß zu sein, damit er selbst bestimmen kann, ob er spielen will oder nicht! Mit zusammengebissenen Zähnen wirft er sich seine Jakke über und geht.
»Wohin willst du?« fragt Papa.
»Ans Meer«, sagt Didrik und knallt die Tür ins Schloß, daß die Flurlampe an der Decke zittert.
Übelgelaunt trottet er durch den Garten. In diesem Augenblick öffnet Papa das Fenster und ruft hinter ihm her. Eine schwindelerregende Sekunde lang glaubt Didrik, daß Papa hinter ihm herruft, um ihm

zu sagen: »Verzeih mir, ich verstehe dich ja, spiel nur!«
»Warum steht das Klavier schräg?« ruft Papa.
Didrik schaut seinen Vater an. Dann zuckt er mit den Schultern und geht. Papa bleibt am Fenster stehen und sperrt vor Verwunderung den Mund auf.

11

Didrik läuft den Hügel hinunter, überquert den Marktplatz und läuft weiter bis zur Wiese. Er klettert über die Eisenbahnschranke, springt über die Schienen, bleibt dann stehen und hält Ausschau. Yrla und Fransbertil sind nicht zu sehen. Er geht hinunter zu seinem speziellen Platz am Bootsschuppen. Dort steht Kai Husell und singt eine unsäglich traurige Arie. Über seinem Kopf segeln die Möwen mit ihren weißen Leibern, und ab und zu stoßen sie spöttische Schreie aus.
Die Sonne blitzt auf Kai Husells Glatze. Er singt mit großer Wehmut.
»Was für traurige Lieder du singst!« sagt Didrik.
»Traurige Töne in trauriger Brust«, sagt Kai Husell und zupft an seinen Noten.
»Warum bist du traurig?«
»Wegen meiner Frau«, antwortet Kai Husell. »Sie sagt, daß sie findet, ich sei ... geschmacklos! O Euter-

pe, welchen Prüfungen setzt du mich unter solchen Schafen aus?«

»Deine Frau ist doch kein Schaf.«

»Das weiß ich nicht! Ich weiß nicht, ich weiß nicht...« schnaubt Kai Husell und schüttelt verzweifelt den Kopf. »Gestern hatten wir Hochzeitstag. Ich habe das schöne *O du meine Geliebte* von Gluck einstudiert. Ich sang dann zwar *Plage mich nicht mehr* von Scarlatti, aber ich habe es *schön* gesungen. Und sie forderte mich auf, den Raum zu verlassen! ›Sofort, Kai, und rühr mich nicht an!‹ An unserem Hochzeitstag!«

Kai Husell schluchzt auf und streichelt seine Noten.

»Und ich werde von meinem Vater rausgeschmissen, wenn ich Klavier spiele«, seufzt Didrik.

»Ach, wir teilen das gleiche Schicksal!« ruft Kai Husell aus.

Eine Zeitlang sitzen sie stumm da und denken darüber nach. »Als ich klein war«, fährt Kai Husell schließlich fort, nachdem er sich die Nase geputzt hat, »als ich klein war, pflegte ich sonntags für meine Familie zu singen. Die Eltern und Verwandten luden ihre Freunde ein, stellten mich auf den Tisch und baten mich zu singen. Glücklich über ihr Interesse, legte ich meine ganze Kinderseele in den Gesang. Und weißt du, was sie taten?«

»Nein«, sagt Didrik.

»Sie haben gelacht! Sie haben über mich gelacht. Das haben sie *Unterhaltung* genannt. Damals träumte ich immer davon, groß zu werden, denn dann sollte kei-

ner mehr über mich lachen. Und jetzt – jetzt lacht meine eigene Frau über mich.« Er kratzt sich gedankenvoll am Kopf.
»Es ist nicht einfach, heutzutage Mann zu sein. Da ist es schon besser, so klein wie du zu sein, Didrik.«
»Nein!« ruft Didrik. »Ich will groß werden. Ich will Yrla einholen. Wir wollen vierhändig zusammen spielen.«
»Versteht sie dich?« fragt Kai Husell voller Sehnsucht in der Stimme. Didrik denkt nach.
»Ja, das tut sie«, antwortet er, und in diesem Augenblick spürt er mit seinem ganzen Wesen, daß das wirklich stimmt. Yrla versteht ihn.
»Was für ein Glück du hast! So klein und soviel Glück!«
Plötzlich wird es schwarz vor Didriks Augen. Ein weicher Körper wirft sich über seinen Rücken, und zwei Hände halten ihm die Augen zu. »Rate mal, wer das ist«, zwitschert eine fröhliche Mädchenstimme.
»Tova«, stöhnt Didrik.
Tova hüpft vor ihn. »Ich habe gehört, was du gesagt hast!«
»Mein Gott, Mädchen, hast du mich erschreckt«, ächzt Kai Husell, eine Hand auf dem Herzen.
»Wer bist du?« fragt Tova.
»Kai Husell«, antwortet Didrik. »Er ist ein Genie.«
Aber das interessiert Tova nicht.
»Weißt du was?« sagt sie zu Didrik und versucht, seinen Blick einzufangen. »Meine Mutter meint, daß

ich im Herbst anfangen soll, Klavier zu spielen. Bei deiner Klavierlehrerin. Toll, nicht, wenn wir dann vierhändig spielen können!«
»Aha, du bist also Yrla?« fragt Kai Husell, ohne Didriks Grimassen zu bemerken.
»Hat er das erzählt?« fragt Tova und dreht sich selbstzufrieden hin und her. »Ja, er nennt mich Yrla, aber eigentlich heiße ich Tova.«
Kai Husell läßt den Namen auf seiner Zunge zergehen. »Yrla ... Yrla ... woher hast du das, Didrik?«
Tovas Augen glänzen, als sie, genauso neugierig wie Kai Husell, ihren Blick auf Didrik richtet.
»Ich weiß nicht«, murmelt er.
»Yrlalala ... Yrlalalala ...« singt Kai Husell.
Tova ist entzückt.
»Das ist ein schöner Name, Yrla«, stellt Kai Husell fest.
»Finde ich auch, aber nur Didrik darf mich so nennen!« sagt Tova. Sie rückt nah an ihn heran. »Stimmt's, Didrik?«
Didrik wendet sich ab und preßt einen undefinierbaren Laut hervor. Tova gefällt das. »Er ist ein bißchen schüchtern«, verrät sie Kai Husell. »Du, Didrik, du weißt doch, daß ich am 29. Geburtstag habe, und da feiere ich eine Fete. Kommst du auch, um drei Uhr?«
»Mmh«, sagt Didrik und starrt finster auf seine Schuhe.
»Meinst du, daß du bist dahin das Gedicht fertig hast?« bohrt Tova unerbittlich weiter. »Das, wo ich an den Strand komme und dich auf die Hand küsse.

Obwohl ich dich noch nie auf die Hand geküßt habe
– aber das kann ich ja jetzt tun!« Sie lacht und versucht,
seine Hand zu erwischen, aber er dreht sich weg und
preßt seine Arme fest an den Körper. Die ganze Zeit
blickt er hartnäckig auf den Boden. Doch sein Widerstand fordert Tova nur um so mehr heraus.
»Herrje, was bist du schüchtern«, kichert sie und wirft
Kai Husell einen Blick zu. »Aber das finde ich ja
gerade so toll!« Und sie rückt Didrik noch dichter auf
den Pelz. Dann steht sie plötzlich still und wird ganz
ernst. Sie entfaltet feierlich einen Zettel, den sie in
ihrer Tasche verborgen hat.
»Didrik«, sagt sie, und ihre Stimme klingt ganz anders
als vorher. »Ich habe etwas geschrieben.«
Zwei rote Flecken erscheinen auf ihren Wangen. Ihr
Verhalten steckt an. Kai Husell reckt sich und faltet
seine Hände vor dem Bauch. Didrik überläuft ein
Schauer.
Tovas Blick wandert vom einen zum anderen. Dann
beginnt sie vorzulesen:
»Ich habe einen Freund, den find' ich lieb,
ich sehne mich nach ihm, wo ich auch blieb,
ich wünsche immer, er ist hier,
hier bei mir
und nicht dort,
wo er blieb,
ich find' ihn lieb.
Jetzt ist die Schule aus,
wir gehen nach Haus

die ganzen Ferien lang,
doch mir ist bang,
zu sein, wo er ist . . .
wenn ich kann . . .«

Sie hat die Augen aufgeschlagen und schaut Didrik direkt ins Gesicht. »Bitteschön. Das ist für dich«, sagt sie.

Didrik sieht sie entsetzt an. Sie streckt die Hand aus, um ihm das Gedicht zu geben, aber im gleichen Augenblick erhält sie einen Stoß in den Rücken, daß sie der Länge nach auf dem Boden landet. Über ihr steht Fransbertil, zufrieden mit dem Schwanz wedelnd. Tova ist sofort entzückt.

»Seht mal, was für ein süßer Hund!« ruft sie und krault Fransbertil. Fransbertil blickt sich fröhlich um und schaukelt seinen mächtigen Körper. Kai Husell hat sich hinter seinem Notenständer in Sicherheit gebracht.

Als Didrik Yrla sieht, bleibt ihm fast das Herz stehen. Sie geht über die Wiese, der Wind zerzaust ihr Haar, und mit jedem Schritt kommt sie näher. Sie winkt mit ihrem braunen Arm. »Hallo Didrik!«

Aber Didrik bringt nicht mehr als ein ersticktes Geräusch zuwege.

»Was für ein hübscher Hund! Wie heißt er?« fragt Tova und gräbt ihre Finger in Fransbertils zottigen Pelz.

»Fransbertil«, antwortet Yrla.

»Der ist wirklich schön, findest du nicht, Didrik?«

meint Tova, während Didrik stumm vor sich hinstarrt.
Kai Husell streckt seine Hand aus und begrüßt Yrla.
»Kai Husell, angenehm«, sagt er.
»Oh, von dir habe ich schon gehört«, antwortet Yrla, ohne zu sagen, wie sie selbst heißt. »Du bist es doch, der singt?«
»Ja, genau! Genau! Ja, gerade eben stand ich hier und habe geübt«, sagt Kai Husell und reckt den Hals.
»Ich heiße Tova«, sagt Tova und schaut Yrla mit fröhlichen Augen an.
Jetzt hört Didrik auf zu atmen. Wenn doch die Erde sich auftäte und ihn verschlingen würde!
»Ich heiße Yrla.«
Und da bleibt die ganze Welt stehen. Tovas Gesicht erstarrt zu einer Grimasse.
Dann – genauso plötzlich, wie sie anhielt – dreht sich die Welt weiter. Doch der Wind erscheint mit einem Mal kalt, die Schreie der Möwen klingen schärfer, und die Wellen zerschellen mit solcher Kraft an den Steinen, daß das Wasser bis hoch aufs Land spritzt. Und Tovas Gesicht fällt zusammen.
Yrla sieht verwirrt aus. »Ja, also. Ich muß mit Fransbertil weitergehen«, sagt sie. »Er war den ganzen Tag noch nicht draußen.«
Kai Husell, Didrik und Tova schauen ihr stumm nach. Sie wendet sich um und winkt Didrik zu. »Kommst du mich bald mal wieder besuchen?«
Didrik bringt keinen Ton hervor. Sein Körper ist so

schwer, als sei er zu Stein geworden und stünde jetzt in der Erde fest verankert.

»Heißt sie auch Yrla?« fragt Kai Husell, als Yrla fort ist. Da kommen Tova die Tränen.

»Tova . . . das wollte ich nicht . . .« versucht Didrik. »Tova!«

Sie steht ganz still da. Sie schaut ihn nicht an, sie sagt nichts, nur die Tränen rollen ihr übers Gesicht.

»Tova!« bittet Didrik.

»Jaja, hmhm, ich werde mal dort hinten hingehen und lieber etwas üben«, sagt Kai Husell und verschwindet mit einer Verbeugung hinter einem Busch. Dort stellt er seinen Notenständer auf und stimmt eine furchtbar traurige Arie an.

Didrik geht einen Schritt auf Tova zu. Da erwacht sie. Blitzschnell springt sie davon. »Laß mich in Ruhe!« schreit sie, und ihre Augen funkeln, wie Didrik es nie zuvor gesehen hat. Ehe er nur mit der Wimper zucken kann, ist sie fort. Als sie ein Stück gelaufen ist, bleibt sie noch einmal stehen und ruft: »Du bist mir sowieso viel zu lahm!«

Dann verschwindet sie über die Wiese, und ihr Weinen wird vom Wind zerrissen. Am Meeresufer steht Kai Husell und singt seine traurige Arie, während die Möwen mit ihren weißen Bäuchen segeln und ihr Gelächter ausstoßen, als wäre nichts geschehen.

12

Die Sommerferien dauern schon ein paar Wochen, und Didrik kann sich seine Zeit selbst einteilen. Mama und Papa arbeiten wie immer, so daß er viel Zeit hat, am Klavier zu sitzen und zu spielen. Er feilt an dem Lied für Yrla. Eines Tages will er es ihr vorspielen, und bis dahin muß jeder Ton sitzen. Er übt auch seine Klavieraufgaben. Die Klavierlehrerin macht nämlich nie Urlaub, und da Didriks Familie in den Ferien zu Hause ist, muß er weiterhin einmal die Woche zum Unterricht gehen.

Papa hält das für richtig. Er meint, es sei eine Probezeit. Wenn Didrik Fortschritte zeigt, kann er sich vorstellen, das Klavier zu behalten, wenn er jedoch weiterhin nur klimpert, hämmert, Krach macht, herumspielt und sich nie um seine Aufgaben kümmert – dann wird das Klavier verkauft!

In diesem Fall muß Didrik sich eine andere Freizeitbeschäftigung suchen, sagt Papa, zum Beispiel könnte er anfangen, Fußball zu spielen. Das sagt er nur, weil er selbst Fußball gespielt hat, als er in Didriks Alter war.

Geduldig arbeitet Didrik an seinen Klavierübungen. Er findet nicht gerade, daß das besonders unterhaltsam ist, aber er träumt davon, eines Tages zu Yrla zu gehen und zu sagen: »Schließ deine Vitrine auf!«, und dann wird sie im Handumdrehen ihre alten Noten hervorholen. Dann werden sie sich gemeinsam ans

Klavier setzen und vierhändig spielen! Und Yrla wird glücklich sein.

Jeden Tag nach seinen vormittäglichen Übungsstunden am Klavier läuft Didrik leichtfüßig zur Wiese hinunter, in der Hoffnung, Yrla zu treffen. Jedesmal ist er gleich erwartungsvoll, doch dabei auch von Unruhe geplagt, daß sie vielleicht verschwunden sein könnte.

Aber sie ist immer da. Mit Fransbertil machen die beiden gemeinsam ausgedehnte Spaziergänge. Manchmal packt Yrla einen Picknickkorb, so daß sie richtig lange wegbleiben und an fremden Stränden baden können.

Dort liegen sie dann den ganzen Tag im Sand, lesen und reden, bis es kühl wird.

Didrik hat noch nie in seinem Leben so viel geredet. Und Yrla geht es genauso. Worte und Gedanken fliegen mühelos zwischen ihnen hin und her. Oft lachen sie. Aber sie können auch eine ganze Weile still sein, ohne daß es stört.

Ab und zu liegt Yrla in dieser Stille da und lacht mit geschlossenen Augen. Da kann sie sehr, sehr schön sein. Aber es geschieht genauso oft, daß ein Schatten über ihr Gesicht huscht. Sie runzelt die Stirn, zieht die Mundwinkel herab und kneift die Augen zusammen. In solchen Augenblicken ist es, als ziehe sie sich ganz und gar von Didrik zurück. Und er traut sich nicht, sie zu fragen, was sie denkt. Einmal hat er es versucht, aber da hat sie nur den Kopf geschüttelt und gesagt,

daß sie einfach dagelegen und von nichts geträumt habe.
Es gibt Tage, an denen Yrla keine Zeit für Didrik hat. Dann sagt sie, sie müsse einen Brief schreiben. Sie kann den ganzen Tag lang an so einem Brief schreiben, aber nie schickt sie ihn ab. Um sie trotzdem kurz zu treffen, bleibt Didrik an solchen Tagen mit Fransbertil im Garten. Aber Yrla kommt nicht heraus, egal wie schön das Wetter ist. Schließlich wird Didrik müde und geht, er schließt die Pforte und kehrt gedankenversunken nach Hause zurück. An solchen Tagen ist das Klavier für ihn besonders wichtig.
Kein Mensch außer Teofil weiß, daß Didrik Yrla trifft. Mama und Papa glauben, er gehe zu Tova, denn er hat festgestellt, daß sie nicht weiter nachfragen, wenn er sagt, daß er sich mit Tova trifft; sie lachen nur ein wenig. Und das können sie ja ruhig.
Zur Zeit sind seine Eltern sehr zufrieden mit ihm. Einen großen Teil des Tages ist er draußen, und er kommt rosig und mit glänzenden Augen nach Hause. Die Eltern haben auch gemerkt, daß er neuerdings ein ausgeprägtes Interesse an Hunden hat. Wenn ein großer Hund auf der Straße bellt, läuft Didrik sofort zum Fenster, um nachzusehen. Außerdem hat er angefangen, sich für die Geschichte seiner Familie zu interessieren. Mit großer Sorgfalt hat er seine Vorfahren auf einen Block geschrieben, der nur dafür bestimmt ist. Mama und Papa denken, daß dieses Interesse sicher zu irgendwas gut ist, und antworten auf seine Fragen,

so gut sie können. Und dann will er aus irgendwelchen Gründen das Klavier schräg im Zimmer stehen haben, aber da er brav regelmäßig übt, erlauben sie es ihm:
Jeden Abend, wenn er ins Bett gegangen ist, schließt Didrik fest die Augen und konzentriert sich, so stark er kann. Er wünscht sich von ganzem Herzen, daß Yrla am nächsten Tag noch da ist. Sie *muß* da sein.

Es ist ein windiger Tag. Weiße Wolkenfetzen jagen über den blauen Himmel, so daß die Sonne immer nur kurz auf der Erde aufblitzt. Didrik läuft durch den kleinen Ort und weiter zur Wiese. Yrla ist nicht zu sehen. Aber gerade als Enttäuschung und Unruhe sein Herz ergreifen, hört er Fransbertils Bellen unten vom Wasser.
Dort liegt Yrla auf den Knien. Sie hat einen Korb neben sich, einen Korb voller Steine. Es scheint, als sammle sie, aber sie macht genau das Gegenteil: Sie legt einen Stein nach dem anderen ins Wasser.
»Ich habe sie mir den Winter über ausgeliehen, aber jetzt brauche ich sie nicht mehr, denn jetzt bin ich ja hier«, sagt sie, während sie einen Stein ins Wasser taucht. »Ich glaube, sie sehnen sich nach dem Meer.«
Dann hängt sie sich den Korb über den Arm und läuft ein Stück weiter. Didrik folgt ihr.
»Wie lange bleibst du hier?« fragt er.
Das wollte er schon seit dem ersten Mal, als sie sich getroffen haben, fragen.

»Ich weiß nicht«, antwortet Yrla zögernd. Plötzlich wandert wieder ein Schatten über ihr Gesicht, so wie manchmal am Strand, wenn sie mit geschlossenen Augen daliegt.
»Wo wohnst du eigentlich? Ich meine, da, wo du richtig wohnst?«
»In der Großstadt«, antwortet Yrla.
»Und deine Eltern auch?« fragt Didrik.
Er hat keine Ahnung, wie Yrlas normales Leben aussieht. Er hat sich nie erlaubt, daran zu denken. Er will, daß ihr Leben hier ist, bei Teofil und unten am Meer.
»Nein . . . meine Mutter ist dort draußen«, sagt sie und deutet mit der Hand übers Meer.
Didrik schaut verwundert auf das aufgewühlte Meer.
»Ist sie Seemann?« fragt er.
»Sie ist tot«, antwortet Yrla. Als sie das sagt, klingt ihre Stimme ganz kurz angebunden.
Didrik wird es kalt. »Entschuldige«, sagt er.
»Da ist nichts zu entschuldigen!« Yrla streckt sich, atmet tief ein und schaut zum Himmel. Die Sonne lugt zwischen den Wolken hervor und spiegelt sich in ihren Augen. Als Yrla Didrik wieder ansieht, sind ihre Augen anders als sonst.
»Ich glaube, sie ist trotzdem noch bei mir«, sagt sie.
»Ja«, sagt Didrik. »sie paßt wie ein kleiner Engel, der auf deiner Schulter sitzt, auf dich auf.«
Da überzieht ein rasches Lachen Yrlas Gesicht, und sie drückt Didrik an sich. »Du bist der beste kleine Freund, den ich mir vorstellen kann!« sagt sie leise.

Didriks Gesicht versinkt tief in ihrem kratzigen Wollpullover. »Du auch«, sagt er mit schwacher Stimme. Er möchte eigentlich noch viel mehr sagen. Er will Yrla erzählen, daß sie das wunderbarste Mädchen der Welt ist. Er wünscht sich, er könnte das ganz einfach und natürlich sagen, aber die Worte müssen so einen langen Weg zurücklegen. Sie müssen durch seine Brust, über die Stimme, durch Mund und Gesicht, bevor sie in der Welt zu hören sind. Und auf diesem Weg kann es passieren, daß sie verdreht werden. Sie können furchtbar künstlich klingen. Darum sagt er nur mit leiser Stimme: »Du auch . . . obwohl du ein Mädchen . . .«

Doch offensichtlich genügt das, damit Yrla sein Gesicht in ihre Hände nimmt und es küßt. Millionen Marienkäfer laufen Didriks Bauch und Rücken hinunter, als er ihre Lippen spürt.

Sie ergreift seine Hand, schwingt sie hin und her und lächelt. Dann beginnt sie laut zu lachen, und da lacht Didrik auch.

»Deine Hände sind ja ganz kalt!« sagt Yrla.

Didrik fängt an, gräßlich mit den Zähnen zu klappern. Yrla nimmt seine beiden Hände in ihre und versucht, sie warm zu kneten. Er schaut ihr ins Gesicht, das zur Hälfte von den Haaren verborgen ist. Sie lacht und lacht. Er klappert noch mehr mit den Zähnen und zittert am ganzen Körper. Er zittert, als wäre er gerade aus einer Schneewehe gestiegen. Er springt bibbernd auf und ab.

»Unter meinem Pullover ist es jedenfalls warm«, sagt Yrla und stopft Didriks kalte Hände unter ihren großen Wollpullover. Dort ist es tatsächlich warm – unglaublich warm! Aber Yrla schreit auf und schiebt schnell die Hände wieder weg. »Iiihh«, kichert sie, »wie kalt die sind! Ach komm, wir gehen zu mir und wärmen uns lieber bei Teofil auf.« Und sie legt die letzten Steine ins Wasser. Eng aneinandergeschmiegt gehen Didrik und Yrla nach Hause, ihren Arm hat sie um ihn gelegt.

Sie steigen in Teofils Veranda ein. Fransbertil rennt in die Küche und springt dabei wie immer über die Zeitungsstapel. Aus Teofils Zimmer sind Radio, Fernseher und Plattenspieler gleichzeitig zu hören. Teofil rennt von Regal zu Regal mit Zwischenlandungen am Schreibtisch, wo er hastig Angaben, die er in Büchern gefunden hat, aufschreibt. Wie üblich trägt er Schlafanzug und Morgenrock, und oben auf dem Kopf leuchtet seine knallgrüne Mütze. Mitten während eines Laufs zwischen den Bücherregalen erblickt er Yrla und Didrik.

»Hallo, ihr beiden!«

»Hat jemand angerufen?« ist das erste, was Yrla fragt. Aber Teofil kratzt sich nur am Kopf. Erneut sieht Didrik einen Schatten über Yrlas Gesicht gleiten. Er ist nur ganz, ganz leicht – als wenn ein großer Vogel über sie hinweggeflogen wäre und ein Flügel ihr Gesicht gestreift hätte. Es geht so schnell, daß man es kaum merkt.

»Soso, und was hat uns Didrik Reng zu sagen?« fragt Teofil, und Didrik faltet den Zettel auseinander, auf dem er die Namen seiner Vorfahren aufgeschrieben hat. »Tja, bevor meine Mutter geheiratet hat, hieß sie . . .«
»Holvin«, unterbricht Teofil.
»Woher weißt du das?« fragt Didrik verdutzt.
»Was hast du noch ausfindig gemacht?« fragt Teofil.
»Die Mutter meines Vaters hieß . . .«
Erneut unterbricht Teofil ihn. »Maja Söderström.«
Didrik sieht völlig verblüfft aus.
»Sie stammt aus einer abenteuerlustigen Familie, die auf den sieben Weltmeeren umhergesegelt ist. Kannst du dir vorstellen, daß die Mutter deines Vaters, deine Großmutter, drauf und dran war, das Mittagessen für einen riesigen Seeadler zu werden, als sie ein Jahr alt war?«
Das klingt nicht gerade so, daß man es sofort glaubt, aber schon folgt die ganze Wahrheit über Didriks Großmutter. Teofil erzählt: »An einem sonnigen Apriltag saß die Mutter deiner Großmutter auf dem Oberdeck eines Schiffes mit ihrer einjährigen Tochter neben sich und stickte. Da erblickte ein riesiger Seeadler, der fürchterlich hungrig gewesen sein muß, das wohlgenährte Mädchen. Er steuerte mit ausgestreckten Krallen auf sie zu und packte die Kleine mit gewaltiger Kraft. Zum Glück war die Mutter deiner Großmutter schneller und bekam im letzten Augenblick das Bein des Mädchens zu fassen; ein heftiges

Tauziehen setzte zwischen ihr und dem Adler ein. Gerade als sie den Halt verlor, kam einer von der Besatzung ihr zu Hilfe, warf eine Decke über den Vogel und rettete deine Großmutter.«
»Woher kannst du das alles nur wissen?« fragt Didrik.
»Ich lese, ich merke es mir und füge es zusammen«, antwortet Teofil beiläufig.
Didrik schaut nachdenklich drein. Wenn der Adler das Mädchen, das seine Großmutter wurde, gegessen hätte, dann gäbe es ihn, Didrik, nicht. Und niemand hätte ihn vermißt. Doch jetzt gibt es ihn, er läuft in der Welt herum und lebt. Sein Herz schlägt, das Blut fließt in seinen Adern, und er denkt und fühlt, weint und freut sich. Die Chance, daß es ihn geben würde, war eigentlich verschwindend gering! Das ist gleichzeitig erschreckend und wunderbar.
Er fühlt sich plötzlich wie ein Wunderwerk. Und im Grunde genommen *ist* er ein Wunder, genau wie Teofil und Yrla. Sogar Ebba ist ein Wunder ... Alles, was es gibt, ist ein Geheimnis! Besonders Yrla.

13

Tova bürstet ihr Haar. Sie bindet es im Nacken mit ihrer schönsten Haarspange zusammen. Auf dem Bett liegt ihr bestes Kleid. Es ist rubinrot, genau wie die Haarspange. Auf dem Bettvorleger stehen die roten Geburtstagsschuhe, die aus Italien stammen. Tova will sich erst um Viertel vor drei anziehen.

In Unterwäsche geht sie ins Wohnzimmer. Ihre Mutter hat den großen Speisezimmertisch dorthin gestellt. Mitten auf dem Tisch prangt Tovas Blumenstrauß in Großmutters Vase. Auf jedem Teller liegt eine Karte. Da sitzt Elin, da sitzt Alexander, dort Hanna, dort Jakob, Lina, Kim, Sofia, Ruben, Tova ... und dort sitzt Didrik. Sie hat auf seine Karte rote Blumen mit herzförmigen Blättern gemalt. Wenn sie seinen leeren Stuhl anguckt, schlägt ihr Herz schnell.

Die Uhr zeigt Viertel vor drei. Tova läuft in ihr Zimmer und schlüpft in das rubinrote Kleid. Sorgfältig zieht sie die italienischen Schuhe an, und zum Schluß schiebt sie ihre Haarspange zurecht. Nachdem sie fertig ist, steht sie stolz und aufrecht da. Als die Uhr fünf vor drei zeigt, besichtigen die Mutter und Tova noch einmal gemeinsam den Tisch. Tovas Wangen glühen. Immer wieder muß sie sich vergewissern, daß auf ihrer Karte wirklich Tova steht und Didrik auf der Karte daneben. Und da klingelt es auch schon an der Tür.

Es sind Hanna und Lina, und sie haben Geschenke dabei. Tova packt aufgeregt plappernd die Päckchen aus. Sie hat kaum angefangen, die Geschenke zu bewundern, als es wieder an der Tür klingelt. Jetzt kommen Jakob und Kim, und hinter ihnen Elin. Dann tauchen Sofia, August, Jens und Luise auf.

Tova empfängt sie freudestrahlend. Alle finden ihre Schuhe schön. Alle finden, daß der Tisch einladend aussieht. Und alle haben fröhliche Augen, während sie Tova gratulieren. Dann klingelt es erneut. Tova läuft, um zu öffnen, wirft aber vorher noch einen Blick in den Spiegel. Draußen auf der Treppe steht Ruben. Er trägt ein sommerliches Jackett, und um den Hals hat er eine gepunktete Fliege. Er gibt Tova ein riesiges Paket, um das eine Goldschleife gebunden ist. Hinter dem Rücken holt er einen Blumenstrauß hervor. Als er ihn Tova überreicht, strahlt er auch.
Schließlich tauchen noch Alexander und Erik auf. Jetzt sind fast alle da. Sie gehen um den Tisch und gucken, wo sie sitzen sollen. Langsam werden sie ungeduldig. Und wieder klingelt es an der Tür. Tova beeilt sich: Es ist Nisse. Und wieder: Das ist Pia. Nun stehen alle hinter ihren Stühlen und wollen sich setzen. Nur Tova steht am Fenster und schaut hinaus. Luftballons flattern am Briefkasten. Die Straße ist leer. »Komm, Tova!« ruft ihre Mutter. »Du bist die Gastgeberin – es ist schon halb vier!«
Sie faßt Tova am Arm.
»Also, herzlich willkommen«, sagt Tova, ohne jedoch ihren Gästen in die Augen zu sehen. Ruben zieht höflich ihren Stuhl zurück. Sie setzt sich und ißt drei Bissen von ihrem Tortenstück. Ruben versucht, ihr lustige Dinge zu erzählen. Aber sie hat keine Zeit, zuzuhören. Sie rennt wieder zum Fenster.

Didrik sitzt auf seinem Bett und packt ein Paket ein. Er kann sich nicht entscheiden, welches Geschenkpapier er nehmen soll. Das rote wirkt wegen seiner Farbe so verräterisch. Er versucht es mit einem geblümten Papier. Nein, das ist nicht gut. Vielleicht ist das blaue besser? Er entscheidet sich für das blaue, bindet dann ein grünes Band herum und befestigt eine Blume unter dem Band.
Er hört das Telefon klingeln, kümmert sich aber nicht darum. Mama läuft und nimmt den Hörer ab.
»Lena Reng«, sagt sie.
Tovas Mutter ruft an. »Kommt Didrik bald?« fragt sie.
»Wieso denn?« fragt Mama verwundert zurück.
»Na, zu Tovas Fest natürlich!«
Mama kramt in ihrem Gedächtnis.
»Wir haben schon vor einer Stunde angefangen«, erklärt Tovas Mutter.
»Das muß er vergessen haben. Er hat mir nichts davon gesagt«, sagt Mama.
»Kann er denn nicht jetzt noch kommen? Tova hat sich in der Toilette eingeschlossen und weigert sich, herauszukommen! Sie ist ganz unglücklich.«
Mama muß lächeln. Sie denkt an all die Male, als Didrik gesagt hat, daß er bei Tova ist. »So was!« sagt sie.
Sie ist richtig stolz, daß ihr Sohn solche Verzweiflung bei einem Mädchen hervorrufen kann. Stolz, daß ein Mädchen so verliebt in ihn sein kann. »Mein Gott, wie niedlich«, fährt sie verträumt fort.

Tovas Mutter lacht. »Wahrscheinlich ist das für die beiden genauso ernst, wie es für uns war«, sagt sie.
»Ja!« ruft Mama entzückt. »Wer weiß? Was sind sie süß!«
Die Mütter fühlen sich in ihrer Rührung über ihre verliebten Kinder miteinander verbunden.
»Aber gerade jetzt ist es ziemlich anstrengend. Können Sie Didrik nicht herschicken?«
»Natürlich, er kommt sofort! Um halb sechs hat er allerdings Klavierunterricht. Können Sie dafür sorgen, daß er rechtzeitig dorthin geht?«
Didrik versteckt das hübsch verpackte Geschenk in der Schrankschublade unter den Strümpfen, als Mama an seiner Türe klopft und hereinkommt. Rasch schließt er die Schublade.
»Didrik, du sollst zu Tovas Fest. Hast du das vergessen?«
»O nein!« stöhnt Didrik und schlägt sich an die Stirn.
»Es hat schon vor einer Stunde angefangen.« Mama öffnet den Schrank und holt eine Hose hervor, die sie Didrik zuwirft, während er theatralisch auf dem Bett zusammengebrochen ist.
»Zieh dich schnell an!«
Didrik knurrt etwas vor sich hin, während er die Hose überzieht. Mama öffnet inzwischen eine Schublade im Kleiderschrank, um nach einem Pullover zu suchen. »Hast du ein Geschenk?« fragt sie und befördert einen sauberen Pullover ans Tageslicht.
»Nein«, seufzt Didrik.

»Du mußt dich beeilen. Sie ist völlig verzweifelt! Sie hat sich in der Toilette eingeschlossen und weigert sich, herauszukommen, bis du da bist.«

Mama hebt Didriks Fuß hoch und schnüffelt an seinen Strümpfen. »Aber Didrik...« sagt sie und runzelt die Stirn. Und ehe Didrik sie daran hindern kann, zieht sie mit einer schnellen Bewegung die Schublade mit den Strümpfen auf.

»Nein! Ich brauche keine Strümpfe!« protestiert Didrik. »Mama!«

Aber Mama hat bereits das kleine Paket zwischen den Strümpfen entdeckt. Sie lacht schelmisch in die Schublade hinein. »Didrik«, sagt sie liebevoll. »Hier ist ja ein kleines Paket.«

»Nee«, sagt Didrik.

»Na, das sehe ich nur zu gut, daß das ein Geschenk ist!« Mama lächelt Didrik an.

»Nee«, sagt Didrik.

»Ich begreife schon, daß es für Tova ist. Deswegen brauchst du dich doch nicht zu genieren, kleiner Schlingel!« Mama streichelt Didrik die Wange und schaut ihn verständnisvoll an. Didrik gibt auf.

»Nun beeil dich aber. Sie wartet auf dich.« Mama fährt Didrik durch die Haare, treibt ihn vor sich her auf die Treppe und schließt die Türe hinter ihm. Da steht er nun mit gekämmtem Haar, sauberer Kleidung und Yrlas Geschenk in der Hand. Didrik seufzt laut. Ihm bleibt nichts anderes übrig, als sich auf den Weg zu Tova zu machen.

An Tovas Briefkasten wippen zwei Luftballons im Wind. Didrik entschließt sich noch in letzter Sekunde zu fliehen. Aber genau in diesem Augenblick erscheint Tovas Mutter am Fenster und winkt ihm zu. Mit gesenktem Kopf trottet er also den Gartenweg hinauf.
»Jetzt kommt er! Er kommt!« ruft Tovas Mutter in Richtung der verschlossenen Badezimmertür. Doch das glaubt Tova nicht. Mama schmiert sie sicher an.
»Willst du nicht aufmachen?«
Tova denkt gar nicht daran. Selbst wenn es stimmt, was Mama sagt: Sie denkt nicht daran, wie ein Hund angelaufen zu kommen, sobald es Didrik beliebt, einzutreffen! Als es an der Tür klingelt, lauscht Tova gespannt.
»Hallo Didrik! Willkommen. Tova, nun komm!« Die Mutter versucht, mit fröhlicher und entspannter Stimme zu sprechen. Didrik schaut sie skeptisch an.
»Komm raus! Komm!«
Tovas Mutter packt Didrik bei der Hand und schleppt ihn vor die verschlossene Badezimmertür. Wütend klopft sie mit ihrer kleinen Faust dagegen wie ein hungriger Sprecht. »Tova«, zischt sie. Aber Tova antwortet nicht. »Sprich mit ihr«, bittet Tovas Mutter. »Hol sie da raus!«
» . . . Hallo . . .« sagt Didrik.
Aus dem Badezimmer ist zuerst ein Schluchzen zu hören. »Hallo«, sagt Tova dann mit einem Kloß im Hals.

»Sag doch noch was! Hol sie da raus! Ich gehe mal inzwischen . . .« Tovas Mutter klopft Didrik auf die Schulter, blinzelt ihm mit listiger Miene zu und macht sich dann davon. Sie glaubt, daß es besser ist, wenn die Kinder ihre Liebesprobleme selbst lösen. Einen Moment lang stellt sie sich hinter die Ecke und lauscht, doch dann geht sie zu den Gästen, die sich aus ihren gebogenen Strohhalmen gegenseitig bespritzen.
Didrik starrt die verschlossene Tür an. Seine Gedanken fliehen zu Yrla, und er preßt ihr Geschenk tief in seine Tasche.
»Ich wünsche dir . . .« sagt er.
»Danke . . .« antwortet Tova mit einem Fünkchen Hoffnung in der Brust. Was wird er noch sagen?
» . . . einen herzlichen Glückwunsch . . .« fährt er fort. Er räuspert sich und wirft einen sehnsuchtsvollen Blick zur Haustür.
»Mmh«, sagt Tova. Sie wartet. Sie wartet darauf, daß er die großen Worte sagt. Die Worte, die sie dazu bringen, daß sie wieder Lust hat, sich der Welt zuzuwenden. Didrik streicht sich das Haar aus der Stirn.
» . . . zum Geburtstag . . .«
Tova macht keinerlei Anstalten, herauszukommen.
» . . . heute . . .« schließt Didrik ab.
»Danke«, wiederholt Tova, und ihre Stimme klingt etwas heller als vorher. Dann wird es wieder still. Tova horcht angestrengt. Didrik aber spürt plötzlich Blicke in seinem Nacken: Hinter ihm steht Ruben in

Jackett und Fliege und starrt ihn an. Didrik nickt ihm zu, aber Ruben erwidert den Gruß nicht.

Tova lauscht eifrig im Badezimmer. Will er nicht noch etwas sagen? Seine Stimme klang unsicher, und alle wissen ja, daß er schüchtern ist, denkt sie. Vielleicht versucht er, um Entschuldigung zu bitten? Sie holt tief Luft und wartet. Ruben verzieht sich währenddessen genauso lautlos, wie er gekommen ist. Didrik wiederum hält nach Tovas Mutter Ausschau, die spurlos verschwunden ist.

»Deine Mutter möchte, daß du rauskommst«, sagt er schließlich.

»Aha«, sagt Tova kurz. Das waren nicht gerade die Worte, die sie sich erhofft hatte. Ihr Hals brennt vor zurückgehaltenem Weinen.

Didrik tritt von einem Bein aufs andere, kratzt sich am Kopf, seufzt, beißt sich in die Wange und drückt Yrlas Geschenk noch tiefer in die Tasche. Dann konzentriert er sich und bemüht sich, interessiert zu klingen.

»Willst du jetzt nicht rauskommen?« fragt er und hofft, daß er in diesem Fall in der Zwischenzeit bis zur Außentür gelangen wird.

»Nein«, antwortet Tova kalt. Warum sollte sie wegen einer so jämmerlichen Gleichgültigkeit herauskommen? »Ich bleibe hier ewig sitzen!«

»Aha«, sagt Didrik und sehnt sich nach Yrla. Er hat sie heute noch nicht getroffen. Sie darf nicht abgereist sein. Er hat es eilig, zu ihr zu kommen.

»Ich werde hier drinnen sterben. Verhungern!«

Tova bricht ab. Sie lauscht einen Augenblick, um Didriks Protest zu hören, aber der schweigt. Da wird Tova böse. »Es ist dir also ganz egal, ob ich sterbe?!«
»Jedenfalls hast du ja Wasser«, sagt Didrik und findet, daß das aufmunternd klingt.
»Ich werde nichts davon trinken! Ich werde hier stehenbleiben und sterben!« klagt Tova.
»Aber es könnte doch sein, daß jemand anders irgendwann mal ins Badezimmer muß«, sagt Didrik.
Tovas Wut erlischt wieder. Vielleicht traut Didrik sich nur nicht zu sagen, was er meint. Er hat doch bestimmt begriffen, wie sehr er sie gekränkt hat – nicht nur heute. Und in Wirklichkeit will er sie eigentlich darum bitten, herauszukommen, damit er sie wiedersehen und ihr alles erklären kann, was sie mißverstanden hat. Deshalb klingt seine Stimme so unsicher.
Erneut wächst die Hoffnung in Tova. »Willst du, daß ich rauskomme?« fragt sie sanft.
Didrik wirft einen Blick zur Haustür.
»Hast du ein Geschenk für mich?« fährt sie erwartungsvoll fort.
Didrik fummelt nervös an Yrlas Geschenk im Dunkel der Tasche herum. »Nee ... ja ... doch ... aber ich habe es auf dem Weg verloren«, antwortet er und schaut unschlüssig auf die verriegelte Badezimmertür.
»Warum hast du es denn nicht wieder aufgehoben?« wundert sich Tova.
»Ich habe es in ein ... ein ... einem Gulli verloren!«

Tova beginnt zu grübeln. Eigentlich, so überlegt sie, macht es doch gar nicht so furchtbar viel aus, wenn er ihr Geschenk verloren hat. Hauptsache ist, daß er eines für sie hatte! Und vielleicht hat er sich nur deshalb so verspätet, weil er ganz niedergeschmettert war, daß er das Geschenk verloren hat? Er schämt sich ganz einfach über seine Tolpatschigkeit! Tova entschließt sich, ihm zu verzeihen.
»Was war es denn?« fragt sie interessiert.
Didrik denkt fieberhaft nach. »Ein . . . ein . . .«
Sein Blick bleibt am Telefonbuch auf dem Flurtisch hängen. » . . . ein Telefon«, sagt er.
Die Stille im Badezimmer ist durchdringend.
»Hallo?« sagt Didrik.
Da kommt Tova in Fahrt.
»Hau ab!« schreit sie. »HAU AB HAU AB HAU AAAB!«
»Jaha«, sagt Didrik. »Herzlichen Glückwunsch also dann!« Und er läuft, so schnell ihn seine Beine tragen, aus dem Haus, durch die kleine Stadt und hinunter zur Wiese, zu Yrla.
Niemand bemerkt, wie Tova sich sachte aus dem Badezimmer schleicht. Sie schließt die Haustüre hinter sich und klettert auf den Apfelbaum. Dort sitzt sie hinter den Blättern versteckt und denkt nach. Zu Anfang ist sie traurig und weint. Dann wird sie noch einmal wütend. Danach wird sie mürrisch. Aber zum Schluß, als alle ihre Gäste nach Hause gegangen sind, hat sie sich wieder stark gedacht. Eines Tages wird

Didrik einsehen, was er versäumt hat! Eines Tages wird er erkennen, wer Tova eigentlich ist.

14

Didrik steigt die Treppe zu Yrlas Zimmer hinauf. Er bleibt vor ihrer Türe stehen und lauscht, voller Angst, daß sie nicht dasein könnte. Doch er hört es drinnen rascheln.
Durch einen Spalt sieht er, daß sie an ihrem Tisch sitzt und einen Brief schreibt. Zusammengeknülltes Papier liegt um ihren Stuhl verstreut.
»Herzlichen Glückwunsch!« sagt Didrik und stößt die Tür auf.
Verwundert schaut sie von ihren Briefbögen auf, als Didrik ihr das kleine Paket überreicht. »Aber ich habe heute gar keinen Geburtstag.«
»Du kriegst es trotzdem«, sagt Didrik. »Ich wollte es dir schon lange geben, ich habe es nur jeden Tag wieder vergessen.«
Yrla knotet das Band auf und wickelt vorsichtig das Papier ab. »Oh«, sagt sie. »Wie schön!« Behutsam, als halte sie ein Vogeljunges, nimmt sie die Dose heraus, die Didrik für sie gemacht hat. »Yrla« steht mit den Steinen, die das Meer rundgeschliffen hat, auf dem Deckel. Die Dose ist wirklich schön.
»Danke!«

»Ach, es ist nichts Besonderes«, sagt Didrik, aber Yrlas Augen leuchten, als sie das Geschenk anschaut.
»Was soll ich da reintun?«
»Stecknadeln«, schlägt Didrik vor. »Oder Briefmarken. Oder vielleicht Büroklammern?«
»Nein, es muß irgendwas Schönes sein! Ich will irgendwas von dir haben. Eine Erinnerung.«
»Von mir?« fragt Didrik verblüfft. »Einen Fingernagel oder so?«
»Nein – eine Locke.« Entschlossen setzt Yrla Didrik auf den Klavierschemel und holt eine Schere. Er spürt, wie ihre Finger durch sein Haar fahren.
»So viele schöne Haare! Welche soll ich nehmen?«
Didrik kneift die Augen zusammen. Sie steht ganz dicht hinter seinem Rücken. Er nimmt ihren Körper wahr und den Duft ihrer Arme, wenn sie sich bewegt.
»Nein, ich kann mich nicht entscheiden, welche ich nehmen soll«, lacht sie und zupft an seinen Haaren.
»Darf ich morgen wiederkommen?« fragt Didrik.
»Du darfst kommen, wann du willst«, antwortet Yrla.
»Ich kann dir nur nicht versprechen, daß ich hier bin.«
Didrik schlägt die Augen auf. »Warum kannst du das nicht versprechen?« fragt er ungeduldig.
»Das ist nun mal so . . .« antwortet Yrla ausweichend und klingt plötzlich ganz ernst. Didrik kann sie nicht weiter fragen. Er würde gern, aber er merkt, daß es nicht geht. Und eigentlich ist er sich auch gar nicht so sicher, ob er wirklich wissen will, warum sie nie sagen kann, ob sie den nächsten Tag noch da ist. Yrla beginnt

nun, wild auf seinem Kopf herumzuschnippeln, wobei sie wie ein Eisbär schnaubt, um die Stimmung wieder zu lockern. Und es gelingt ihr tatsächlich, Didrik aufzumuntern.

»Nein, hör auf! Wieviele Haare willst du denn?« wimmert er mit gespieltem Entsetzen.

»Nur diese hier«, antwortet Yrla und hält stolz eine Strähne zwischen den Fingern. Sie legt sie vorsichtig in die Schachtel. »Da soll sie jetzt für alle Zeiten liegen«, sagt sie. Dann beugt sie sich vor und küßt Didrik auf die Stirn. Sie sieht sehr zufrieden aus.

»Du darfst niemandem sagen, daß ich heute hier bin«, sagt Didrik. »Niemandem.«

»Warum denn das?« fragt Yrla verwundert.

»Weil ich eigentlich jetzt Klavierunterricht habe.«

»Jetzt werde ich aber verrückt! Du willst doch Klavier spielen lernen, oder?«

»Nicht nach Noten«, murrt Didrik.

Yrlas Augen blitzen. »Dann werden wir wohl *niemals* vierhändig spielen können!«

Aber was soll Didrik denn tun? Wie sehr er sich auch bemüht, das Notensystem zu lernen, er schafft es einfach nicht. Jedesmal, wenn er beim Klavierunterricht ist, bekommt er eine Art Knoten im Kopf, und die Noten tanzen vor seinen Augen.

»Ich hab' meine Klavierlehrerin satt! Ich halte es nicht mehr aus, in ihrer schimmeligen Stube zu sitzen und zu hören, wie sie sagt: ›Das ist falsch! Du spielst falsch, falsch, falsch‹ – die ganze Zeit!« Didrik schlägt mit den

Händen aufs Klavier und stößt einen hoffnungslosen Seufzer aus. Er will ja – und er muß auch, um das Klavier zu behalten – aber er kann nicht!

Yrla legt einen Zeigefinger an die Stirn. Das macht sie immer, wenn sie nachdenkt. »Ich werde dir helfen«, sagt sie. »Bring morgen deine Noten mit.«

Didrik begegnet verwundert ihrem entschlossenen Blick. »Aber du bist vielleicht gar nicht hier ...« murmelt er mißtrauisch.

»Nun ja, eben *falls* ich hier bin«, antwortet Yrla.

Didrik schaut sie einen Augenblick lang an. Es ist schwierig mit dieser Ungewißheit. Dann merkt er plötzlich, daß er ihr Lied spielt, das Yrla-Lied. Die Worte dazu gehen ihm durch den Kopf: *Dann kamst du zu mir an den Strand und küßtest mich auf die Hand, meine Liebe zu dir wird ewig bleiben, deinen Namen will in den Sand ich schreiben.*

»Didrik«, sagt Yrla plötzlich. »Warst du schon mal verliebt?«

Ihre Frage läßt ihm den Herzschlag aussetzen. »Nein!« ruft er schnell, viel zu schnell, als daß es natürlich klingen könnte. »Das heißt doch«, setzt er leise hinzu, während er sein Lied weiterspielt.

»Warst du schon mal unglücklich verliebt ...«

Da klingelt das Telefon unten bei Teofil. Yrlas Augen werden ganz wild, sie wirft sich auf den Boden und preßt das Ohr dagegen. »Still! Sei doch still, Didrik!« faucht sie.

Er bricht jäh sein Spiel ab. Gespannt lauscht Yrla

Teofils Gespräch am Telefon, dann steht sie auf und seufzt enttäuscht.
»Was ist denn?« fragt Didrik. Er ist ein bißchen verletzt.
»Ich dachte, es wäre für mich«, antwortet sie. Und Didrik wagt wieder einmal nicht, Fragen zu stellen: die Frage vor allem, wer das ist, dessen Anruf sie erhofft. Niedergeschlagen spielt er das Lied weiter.
Yrla stellt sich ans Fenster, mit dem Rücken zu ihm.
»Als ich klein war, war die Liebe so einfach. Eine Woche war man in den einen verliebt und die nächste Woche in jemand anderen. Jedenfalls lief man nicht herum und litt unsäglich.«
Sie dreht sich zu Didrik um und schaut ihm direkt in die Augen. »Nicht wahr?« sagt sie.
Didrik spielt das Yrla-Lied weiter, ohne ihr zu antworten. Für einen Moment ist sie beleidigt, daß er ihr offenbar nicht zuhört. Aber als sie ihn so an Eufemias Klavier sitzen sieht, durchströmt sie statt dessen ein warmes Gefühl.
»Du bist wirklich ein prima Freund«, sagt sie. »Es ist ganz einfach, dich gernzuhaben.«
Bei diesen Worten blitzt es in Didrik auf wie bei einem Feuerwerk.
»Ist das ein neues Lied?« fragt Yrla und kommt einen Schritt näher.
»Mmh«, antwortet Didrik. Die Worte kreisen in seinem Kopf: *Wirbelnde Yrla Wirbelwind.* Seine Wangen glühen.

»Wovon handelt es denn?« fragt Yrla und steht jetzt ganz nah bei ihm.
»Von dir.«

Als Didrik an diesem Abend von Yrla weggeht, ist er glücklich. Sie ist auch glücklich. Sie steht auf der Treppe und winkt, als er die Pforte hinter sich zuschlägt.
»Tschüs, Didrik! Vergiß nicht, morgen die Noten mitzubringen!«
»Nein, ich verspreche es. Tschüs, gute Nacht, Yrla! Schlaf gut!« Didrik winkt ebenfalls, dann läuft er los. Er läuft so leicht und schnell, als wollte er vom Boden abheben.
Als er nach Hause kommt, sitzt die Familie um den Tisch versammelt und ißt Suppe. Mama und Papa blicken ungewöhnlich finster drein.
»Hallo!« sagt Didrik, bekommt von den Eltern aber keine Antwort.
»Hallo!« Nur Ebba spricht; dabei schaut sie ihren Bruder voller Spannung an. Mama zieht Didriks Stuhl vom Tisch weg, und er setzt sich zögernd. Was ist los? Es ist ganz still, das einzige, was man hört, ist Ebba, die ihre Suppe schlürft. Ihre Augen wandern von Mama zu Papa und weiter zu Didrik.
»Didrik«, sagt Papa schließlich.
»Ja?« Didrik versucht, unbefangen zu wirken.
»Ich muß über eine ganze Menge Dinge mit dir reden. Das weißt du sicher selbst sehr gut.«

Didrik schaut seinen Vater mit unschuldigem Blick an. Ebba verfolgt begierig, was passiert, während sie ihre Suppe noch lauter ißt.

»Es gibt gewisse Dinge im Leben, die man lernen muß, gewisse grundlegende Regeln, nach denen man sich richten muß«, sagt Papa gereizt.

»Ja«, sagt Didrik und ißt seine Suppe.

»Hör auf zu schlürfen, Ebba!« wirft Mama ein.

»Man *muß* schlürfen!« protestiert Ebba.

»Weißt du, was es heißt, eine Verabredung über etwas zu treffen?« fragt Papa.

»Ja«, sagt Didrik.

»Wir haben verabredet, daß du dein Zimmer während der Sommerferien selbst sauberhältst, da du ja frei hast und wir arbeiten. Das bedeutet aufräumen, Bett machen, staubwischen, Sachen wegpacken, usw. usw. . . . Meinst du, daß du deinen Teil der Abmachung eingehalten hast?«

»Ja«, antwortet Didrik ganz selbstverständlich.

Ebba läßt ein Kichern hören.

»In deinem Zimmer riecht es wie in einem Fuchsbau, Didrik! Und man muß wie ein Storch über all dein Zeug staksen!«

Jetzt bekommt Ebba etwas in den falschen Hals und fängt an zu husten und hicksen. Sie wird ganz rot im Gesicht und schaukelt auf ihrem Stuhl hin und her.

»Und kannst du mir etwas beantworten?« fährt Papa fort. »Warum steht das Klavier schräg?«

Didrik fällt in eben diesem Augenblick keine passende Antwort ein. Ebba hält sich die Hände vor den Mund, um das Lachen zu unterdrücken.

»Aber das Schlimmste kommt noch, junger Mann«, sagt Papa und streckt einen Finger kerzengerade in die Luft. Ebba verstummt sofort, zum Platzen angespannt, und Didrik umklammert seine Stuhlkante. Alle warten, was nun folgt.

»Du lügst! Das hätte ich nie von dir gedacht. Du lügst, Didrik!«

Mamas Augen sind ganz traurig. Papa selbst sieht richtig erschrocken aus, als er das Wort ausspricht.

»Du hast sowohl Mama als auch mir gesagt, du würdest dich mit Tova treffen, nicht nur ein- oder zweimal, sondern den ganzen Sommer schon. Aber das Merkwürdige ist, daß Tova *dich* nicht getroffen hat. Wie kann das sein?«

»Ja, wie kann das sein?« wiederholt Ebba begeistert.

»Außerdem hast du gesagt, daß du zum Klavierunterricht gehst, aber das hast du erwiesenermaßen nicht getan. Also können wir das dämliche Ding genausogut verkaufen.«

Jetzt wird Didrik der Ernst der Lage klar. »Natürlich bin ich hingegangen!« protestiert er.

»Ja, einmal bist du mit verbundener Hand angekommen und hast behauptet, daß du sie in der Autotür eingeklemmt hast, und da hast du frei bekommen und noch eine Banane dazu!«

Papa ist empört. »Ein anderes Mal«, sagt er, »bist du mit der Sonnenbrille auf der Nase aufgetaucht und

hast behauptet, du hättest eine Augenentzündung und dürftest auf keinen Fall die Augen damit anstrengen, Noten zu lesen. Na, was soll das bedeuten?«
Papa breitet erregt die Arme aus und lehnt sich zurück. Mama sucht mit unruhigen Augen Didriks Blick.
»Was treibst du eigentlich wirklich?« fragt sie.
Aber Didrik will das nicht erzählen! Er will den Fragen ausweichen. »Ich . . . ich bin draußen . . .« sagt er zögernd.
»Wo denn? Und mit wem?« fragt Mama. »Nicht mit Tova, nicht wahr? Mit wem dann, Didrik?« beharrt sie, und ihr Blick ist sorgenvoll.
Es hilft alles nichts – er ist gezwungen, zu beichten. Der Zauber des Geheimnisses muß gebrochen werden. Jetzt werden sie ihre neugierigen Nasen in Didriks geheimsten Bereich hineinstecken, darin herumwühlen, fragen, abschätzen und bewerten.
»Yrla«, antwortet Didrik und erwidert Mamas Blick.
»Yrla?« wiederholt Mama mit einem leicht verwunderten Lachen.
Ebba fällt der Unterkiefer runter. Sie schaut Didrik mit großen, runden Augen an. Dann fängt sie wieder an zu kichern. Papa beobachtet seinen Sohn ebenfalls.
»So heißt sie«, fährt der fort.
»Yrla«, wiederholt Papa und schaut Mama an. Es klingt künstlich, wenn ihr Name auf diese Weise laut genannt wird. Wenn sie ihren Namen sagen. Didrik erwidert trotzig alle mißtrauischen Blicke.

»Du kannst sie ja mal einladen ... Yrla«, schlägt Mama vor, und ein weicher Schimmer tritt in ihre Augen. Didrik will nicht, daß sie ihn so ansieht. Die verstehen ja doch nicht, worum es sich handelt.
Papa verzieht leicht das Gesicht und ißt seine inzwischen kalte Suppe weiter. Er schlürft wie ein Schlammsauger.
»Siehst du wohl, Mama, man muß schlürfen!« triumphiert Ebba und klatscht Papa auf den Arm.
»Sie könnte doch auf ein Glas Saft herkommen«, meint Mama.
»Ja, Didrik. Lad sie mal ein, daß wir sie uns anschauen können«, sagt Papa. »Dann werden war ja sehen, mit was für phantasievollen Entschuldigungen du diesmal kommst.«
Er wischt sich den Mund mit seiner schmutzigen Serviette ab. »Yrla! Ha!« sagt er und wirft seinem Sohn einen geringschätzigen Blick zu.

15

Didrik liegt auf Yrlas Bett. Der Wind fängt sich in der Gardine vor ihrem Fenster. Sie selbst sitzt an Eufemias Klavier, spielt Didriks Klavierübungen und nimmt sie gleichzeitig eine Kassette auf. Heute soll sie mit Didrik zu ihm nach Hause gehen, damit seine Eltern sie begutachten können. Didrik seufzt schwer.

Im gleichen Augenblick schlägt Yrla das Notenheft zu und spult die Kassette zurück.

»So, das wär's. Sieh mal an, wie nett ich bin!«

Sie wirft sich neben Didrik aufs Bett, schlägt die abscheulichste Übung im Heft auf und stellt den Kassettenrecorder an. »Hör zu und lies gleichzeitig die Noten«, sagt sie und zeigt mit strengem Finger auf eine Note nach der anderen, so wie sie gerade zu hören sind.

»Ich werde es nie lernen«, seufzt Didrik verzagt.

»Du schrecklicher Pessimist, natürlich wirst du das!« Yrla greift nach seiner Faust und holt seinen unwilligen Zeigefinger hervor, um ihn an den Noten entlangfahren zu lassen. »Das ist doch eine geniale Methode, begreifst du das nicht?«

»Sie werden das Klavier verkaufen«, stöhnt Didrik. Er denkt daran, wie oft Papa gesagt hat, daß sie genausogut das Klavier verkaufen können, wenn Didrik keine Noten lernt und sich nicht einmal die Mühe macht, zum Unterricht zu gehen.

»Aber Didrik ... du darfst nicht aufgeben! Dann werden wir nämlich nie vierhändig spielen können.« Yrla schaut ihn herausfordernd an.

»Ich habe das ganze Heft von Anfang bis zum Ende durchgespielt. Du hörst dir das an, während du gleichzeitig die Noten mitliest, bis du sie gelernt hast! Versprichst du das?«

»Mmh«, sagt Didrik.

Yrla streicht sich durch die Haare, hüpft vom Bett und

läuft zum Schrank. »Was meinst du, soll ich mich umziehen?«

»Vielleicht . . . ich weiß nicht . . .« sagt Didrik und nimmt die Kassette aus dem Recorder.

»Ich ziehe das Hellblaue an«, sagt sie.

Das ist das Kleid, das wie Himmel und Meer aussieht und das Yrla getragen hat, als Didrik sie das erste Mal traf. Sie zieht ihren großen Pullover aus. Didrik schielt zu ihr hinüber. Er sieht ein Stück ihres braunen Rückens, ehe das Kleid an seinen Platz kommt. Dann malt sie sich Lippenstift auf die Lippen, bindet ein Band ins Haar und befestigt ein paar schaukelnde Ohrringe in den Ohren. Didrik findet, daß sie unglaublich schön aussieht – ihm werden richtiggehend die Knie weich, obwohl er doch liegt.

Yrla überlegt einen Augenblick, dann sprüht sie sich ein bißchen Parfüm an den Hals. Als sie fertig ist, dreht sie sich lachend zu Didrik um. »Bin ich jetzt schön?«

»Jaha«, antwortet er.

Sie streckt ihm die Hand hin, er stopft sich die Kassette mit den Klavierübungen in die Tasche und springt vom Bett. Zusammen laufen sie durch die Tür, die Treppe hinunter, durch den zugewachsenen Garten und weiter Hand in Hand durch den Ort auf dem Weg, den Didrik schon so oft mit klopfendem Herzen gegangen ist. Er ist stolz. Yrla auch.

Zu Hause bei Familie Reng haben Mama, Papa und

Ebba schon vor langer Zeit Mittag gegessen, nur Didriks Teller steht noch auf dem Tisch, und sein Essen wird im Backofen warmgehalten. Papa marschiert rastlos im Zimmer auf und ab, Ebba sitzt am Fenster und schaut auf die Straße. Mama steht in der Küche, telefoniert und dreht die Telefonschnur in einer Schlinge nach der anderen um den Arm.

»Er ist seit heute morgen fort! Ich dachte, Fredrik weiß, wo er steckt, und der dachte, daß ich es weiß. Er versäumt sonst nie das Mittagessen, und wir haben vor zwei Stunden gegessen . . . Haben Sie schon mal von jemandem namens Yrla gehört? Nein . . . nein, aber wenn Sie ihn sehen, schicken Sie ihn bitte sofort nach Hause. Danke! Tschüs.« Mama legt auf und blättert weiter im Telefonbuch.

»Warum könnt ihr nicht besser auf meinen Bruder aufpassen?« schreit Ebba, und ihre Augen sind dunkel. »Wenn er nicht zurückkommt, sterbe ich!«

Im gleichen Augenblick klingelt es an der Tür. Alle stürzen voller Aufregung und Hoffnung hinaus, um zu öffnen – und da, auf der Treppe, steht Didrik. Aber die eigentliche Überraschung ist eine junge Frau, die im hellblauen Kleid neben ihm steht.

»Didrik!« heult Ebba und umarmt ihn.

»Wo bist du gewesen?« fragt Mama, ohne Didrik Zeit zum Antworten zu lassen. »Vielen Dank, daß Sie ihn nach Hause gebracht haben!« sagt sie zu Yrla.

»Guten Tag, danke, bitte . . .« sagt Yrla, leicht irritiert von Didriks wild starrenden Eltern.

»Wo haben Sie ihn aufgegabelt?« fragt Mama weiter.
»In meinem Zimmer«, antwortet Yrla.
Da sperren Mama, Papa und Ebba ihre Augen auf, und die Kinnlade klappt ihnen herunter.
»Wie ... wie ... wie ist er denn dort hingekommen?« stammelt Papa.
»Na, er ist sicher durch die Tür gegangen, oder?« sagt Yrla und schaut Didrik an.
»Ja, das bin ich«, bestätigt der.
»Aber Didrik!« ruft Papa. »Das kann man doch nicht machen, zu wildfremden Menschen ins Haus gehen! – Wir müssen Sie dafür um Entschuldigung bitten, gerade im Augenblick treibt er andauernd Unfug. Er benimmt sich nicht so, wie wir uns das vorgestellt haben«, sprudelt Papa heraus und macht dabei eine Reihe kleiner Verbeugungen.
»Was hatten Sie sich denn vorgestellt?« fragt Yrla schnell.
Darauf fällt Papa schon wieder der Unterkiefer herunter, und er lächelt ein wenig einfältig. Dann streckt er seine Hand aus, um Yrla zu begrüßen. »Höhö«, sagt er. »Ich heiße Fredrik.« Und eifrig nickend drückt er Yrlas Hand. »Fredrik Reng.«
»Yrla«, sagt Yrla. »Yrla Nor.«
Didrik beobachtet seine Eltern. Mama sieht erschrocken aus, und Papas Lächeln ist erstarrt. Es scheint, als rasten die Gedanken hinter seiner Stirn entlang. Mama faßt sich zuerst: »Yrla ... ja, das ist also ...?« sagt sie und schaut fragend Didrik an.

»Ja«, nickt er.
»Oh!« sagt Mama und bringt ein verwirrtes Lächeln zustande, während sie Yrlas Hand schüttelt. »Ja, so! Ja, ich heiße Lena, Lena Reng. Ich bin Didriks Mutter«, erklärt sie.
»Hallo! Ebba Mathilde Reng. Die Schwester«, klärt Ebba Yrla auf.
Mama bemerkt, daß sie immer noch Yrlas Hand schüttelt. Sie läßt sie eilig los. Papa steht stumm da und starrt Yrla an, ohne zu merken, was für ein seltsames Gesicht er macht.
»Sollen wir hier vielleicht stehenbleiben?« fragt Didrik, der findet, daß die Unbeholfenheit seiner Eltern langsam peinlich wird.
»Nein, nein, natürlich nicht!« ruft Papa.
»Nein, bitteschön! Kommt herein, kommt herein«, fügt Mama hinzu.
Mama und Papa machen Yrla und Didrik Platz, damit sie in den engen Flur treten können. Ebba schlängelt sich vorbei, läuft ins Wohnzimmer und springt aufs Sofa. »Willst du auf unserem neuen Sofa sitzen, Yrla?« fragt sie begeistert.
Yrla nimmt auf dem Sofa Platz, Ebba setzt sich sofort dicht neben sie und betrachtet sie ausgiebig. Didrik läßt sich auf der anderen Seite nieder. Nun lehnt sich Yrla entspannt zurück und läßt die Eltern die Sache übernehmen, die leicht verlegen ins Wohnzimmer nachfolgen. »Ja . . . äh . . . ja, vielleicht sollten wir . . . wir sollten vielleicht etwas anbieten?« sagt

Papa und bringt sein nettestes Lächeln zum Vorschein.

»Ich soll doch sicher einen Saft kriegen?« sagt Yrla.

»Hast du das vergessen? Sie soll doch Saft kriegen!« sagt Ebba und fixiert ihren Vater ungeduldig.

»Saft. Ja, ja, gewiß«, fragt Papa und verschwindet eilfertig in die Küche.

»Haha«, sagt Mama. Papa kommt ins Wohnzimmer zurück. »Saft?« fragt er nervös. »Soll es nicht etwas anderes sein – wäre Kaffee nicht passender?«

»Nein danke, ich möchte lieber Saft«, sagt Yrla.

»Ich will auch Saft«, sagt Didrik.

»Ich auch!« sagt Ebba.

»Ja, so . . .« sagt Papa. »Was für Saft soll es denn sein? Orangen . . . Himbeer . . . oder vielleicht welcher aus Sirup gemischt?«

»Aus Sirup wäre gut, danke«, sagt Yrla.

»Puris-Saft! Ich auch!« sagt Ebba, und Papa eilt wieder in die Küche. Unterwegs nimmt er die Gelegenheit wahr, sich im Flurspiegel anzusehen. Er macht die Finger naß und streicht sich die Haare hinter den Ohren zurecht. Dann grinst er übers ganze Gesicht und kontrolliert, ob sich nichts zwischen den Zähnen festgesetzt hat. Er streckt sich, zieht den Bauch ein und schaut sich selbst tief in die Augen. So geht er mit geschwellter Brust in die Küche, um den Saft zu mixen.

Mama schaut Yrla auf dem Sofa an. Yrla schaut höflich zurück. Sie lächeln sich ein wenig gegenseitig an,

aber niemand sagt etwas. Mama nimmt Anlauf und öffnet den Mund, aber sie hat nicht die geringste Ahnung, was sie sagen soll. Zum Glück ruft Papa aus der Küche, so daß Mama sich selbst beim Nichts-Sagen unterbrechen kann.
»Das muß man doch nur mischen, Lena?«
»Ja, nur mischen! Wasser und Sirup«, sagt Mama laut. Dann lächelt sie erneut Yrla an, die zurücklächelt, und öffnet erneut ihren Mund, um ihrem Gast etwas zu sagen. Aber sie weiß immer noch nicht, was.
»Du!« ruft sie Papa zu. »Ich möchte auch Saft!«
»Wird gemacht!« antwortet Papa aus der Küche.
Dann setzt Mama sich zurecht. Die entstehende Stille ist kurz, aber intensiv.
»Sie sind das also, mit der Didrik sich immer trifft?« sagt Mama schließlich und versucht, natürlich zu klingen.
»Ja«, bestätigt Yrla. »So ist es.«
»Wie schön«, sagt Mama, » . . . für Didrik.«
»Für mich auch«, sagt Yrla, und Didrik stöhnt innerlich über seine Mutter.
Mama will gerade das Gespräch fortsetzen, als irgend etwas in der Küche poltert. Von Papa sind unterdrückte Flüche zu vernehmen.
»Was treibst du denn, du schrecklicher Schlapp-Trapp-Gubber-Blubber-Paps?« schreit Ebba.
»Nichts, gar nichts«, zwitschert Papa. Aber in der Küche herrscht das reine Chaos. Papa ist das Tablett mit dem Saft aus der Hand gerutscht, und der vergos-

sene Saft bildet mitten auf dem Fußboden eine große, klebrige Pfütze. Papa reißt den Putzschrank auf und bekommt einen Scheuerlappen zu fassen. Mit dem einen Fuß wischt er herum, während er sich gleichzeitig bemüht, singend neuen Saft in die Gläser zu gießen. Außerdem versucht er, Eisstücke aus dem dafür vorgesehenen Behälter zu lösen, was ihm den Schweiß auf die Stirn treibt. Zum Schluß schlägt er den Eisbehälter einfach gegen den Spültisch; dabei singt er immer noch, so als bewegte er sich leichtfüßig und elegant durch die Gegend.

»Wie läuft's?« ruft Mama aus dem Wohnzimmer.

»NEIN, KOMM NICHT HER!!!« brüllt Papa als Antwort und fügt mit angestrengter Stimme hinzu: » . . . jetzt komme ich.«

Die Gläser stehen gefüllt auf dem Tablett, Papa holt ein paarmal tief Luft, schiebt die Haare hinterm Ohr zurecht und tritt lächelnd zu dem wartenden Gast.

»Bitteschön!« Er bedient Yrla zuerst. »Ich hoffe, es ist gut so. Ich bin kein Meister im Saftmischen.«

Papa lächelt ein entschuldigendes Lächeln. Alle beobachten gespannt Yrla, die den Saft probiert, als sei es ein kostbarer Wein.

»Ist er gut?« fragt Papa ängstlich.

»Ja, danke . . . er ist gut.«

Papa läßt einen Seufzer der Erleichterung hören.

»Der ist viel zu dünn!« protestiert Didrik.

»Iiih! Du kannst das überhaupt nicht!« beschwert sich Ebba.

»Wartet, ich werde neu mischen.«

Mama sammelt schnell die Gläser ein und schlüpft hinaus. Aber auf der Türschwelle zur Küche hält sie inne. Es sieht aus, als wäre ein Orkan hindurchgefegt. Schranktüren stehen sperrangelweit offen, Schubladen sind herausgezogen, der Spültisch ist mit einer langen Reihe hektischer Saftflecken vollgekleckert. Eisstücke schmelzen im Ausguß, und auf dem Boden liegt der Scheuerlappen zusammengeknüllt in einer klebrigen Saftpfütze.

»Mein Gott!« stößt Mama hervor.

»Was ist denn los?« fragt Ebba und springt vom Sofa, um hinauszulaufen und nachzusehen. Papa hält sie gerade noch zurück. »Nein, du bleibst hier, Ebba.«

Nachdem er sich davon überzeugt hat, daß Ebba sein tolpatschiges Verhalten in der Küche nicht aufdecken wird, setzt er sich zurecht und schaut, als wollte er Yrla irgend etwas fragen. Aber auch ihm fällt nichts Einfaches und Natürliches ein. Die Tatsache, daß sie Didriks Freundin ist, bringt ihn ganz durcheinander. Soll er mit ihr wie mit einem von Didriks Kumpeln reden, oder soll er sie wie eine junge Dame – die sie ja ist – behandeln?

Yrla betrachtet ihn unter leicht hochgezogenen Augenbrauen. Papa räuspert sich, kratzt sich am Kopf, rutscht auf seinem Stuhl hin und her. Schließlich spricht er. »Ja . . .« sagt er, »und, und . . . wo wohnen Sie denn?«

»Eigentlich wohne ich in der Stadt, aber im Augen-

blick bin ich hier und besuche jemanden«, antwortet Yrla.
»So ganz allein?« fragt Papa, stoppt sich aber selbst wieder.
Verlegen fügt er hinzu: »Nein, das geht mich ja gar nichts an ... Lena! Kommst du nicht bald?« Aber Mama antwortet nicht aus der Küche.
»Tjaja«, seufzt Papa.
Didrik, Yrla und Ebba beobachten ihn gespannt. Wieder seufzt Papa.
Dann platzt er plötzlich heraus: »Und wie ... also ... wie alt sind Sie?«
»Dreiundzwanzig«, antwortet Yrla.
»Ich bin zweiundvierzig«, sagt Papa darauf und nickt bekräftigend.
»Zweiundvierzig?« wiederholt Yrla.
Papas Augen strahlen wie zwei Sonnen, er streicht sich die Haare hinter die Ohren. »Das haben Sie nicht gedacht, was?«
»Doch«, sagt Yrla. »Ich habe es nur so hingesagt. Zweiundvierzig.«
»Was für ein alter Knacker du bist!« ruft Ebba und schaut ihn prüfend an. »Das glaubt man gar nicht, wenn man dich jeden Tag sieht. Hast du dir das mal überlegt, Didrik?«
»Schon oft«, antwortet Didrik.
Im gleichen Moment kommt Mama mit neuem Saft zurück. »Und was treiben Sie so?« fragt sie interessiert.

»Zur Zeit habe ich gerade keine Beschäftigung«, sagt Yrla.
»Mama und Papa blicken sie verwundert an.
»Was machen *Sie* denn?« fragt Yrla zurück.
»Ja . . . ich bin Arzthelferin«, antwortet Mama. »Und Fredrik ist . . . ach was, das kannst du ja selbst sagen!« sagt sie und klopft Papa aufs Knie.
»Ingenieur«, sagt Papa.
»Ich bin *Kind*«, verkündet Ebba stolz.
»Was machen Sie denn, wenn Sie eine Beschäftigung haben?« möchte Mama wissen.
»Dann bin ich Konzertpianistin«, antwortet Yrla mit sicherer Stimme. Didrik wirft ihr einen Blick zu, aber sie tut, als bemerke sie seine Verwunderung nicht.
»Alle Achtung!« Papa lehnt sich in seinem Sessel zurück, vor Staunen ganz erschlagen.
»Wo spielen Sie denn so?« fragt Mama.
»Nun ja, überall ein bißchen, in London, Paris, New York, Tokio, Moskau . . . Sie haben noch nichts davon gehört?«
Didrik versucht, nicht zu lachen.
»Nein, wir kennen uns auf diesem Gebiet nicht so aus«, sagt Mama entschuldigend. Aber Papa streicht sich übers Kinn und setzt eine gedankenvolle Miene auf. »Hm«, sagt er. »Yrla Nor . . . Ja, habe ich da nicht irgendwo etwas gelesen . . . doch, ich bin mir jetzt ganz sicher!«
Didrik und Yrla warten voller Begeisterung.
»Doch, doch«, sagt Papa und streckt einen Finger in

die Luft. »Jetzt weiß ich es, jetzt weiß ich's genau! Davon habe ich gelesen, ja, ja, genau das.«
»Wie lustig«, sagt Yrla lächelnd. »Obwohl ja das meiste nur in ausländischen Zeitungen steht.«
»Sicher«, nickt Papa. »Aber unter anderem lese ich auch die Londoner Times und . . . nun ja . . .«
»Die liest du?« fragt Mama.
»Natürlich«, antwortet Papa kurz. »Ja, Sie sind das also! So jung und schon so erfolgreich . . .«
»Erfolg hin, Erfolg her, das wichtigste ist, daß ich das tun kann, was mir Spaß macht«, antwortet Yrla.
»Aber Sie müssen ja unerhört begabt sein!« sagt Mama.
»Vielleicht ein wenig begabt. Und ich hatte das Glück, so viel spielen zu dürfen, wie ich wollte, als ich klein war. Ich glaube, Lust ist mindestens genauso wichtig wie Begabung.«
Yrla sieht Papa direkt an. Er nickt zustimmend und senkt dann den Blick.
»Ich bin froh, daß meine Eltern es akzeptiert haben, daß ich als Kind den lieben langen Tag auf dem Klavier herumgehämmert habe.«
Didrik hört ihr konzentriert zu. Von ihren Worten wird ihm ganz heiß.
»Es gibt so viele, die die Lust bereits im Kindesalter verlieren durch den Unverstand der Eltern«, sagt Yrla.
Mama und Papa lauschen stumm. Nach einer kurzen Zeit, die wie eine Ewigkeit erscheint, räuspert Papa

sich und fährt sich nervös übers Haar. »Wollen Sie nicht vielleicht noch etwas Himbeersaft?« fragt er tastend.
»Nein danke«, antwortet Yrla. »Ich muß jetzt auch nach Hause.«
»Aber warum das denn?« platzt Papa heraus, und Mama wirft ihm einen Blick zu.
»Es ist schon spät, ich muß noch mit Fransbertil weggehen, und . . .«
»Wer ist das?« fährt Papa schnell dazwischen.
»Ein Hund«, antwortet Yrla.
»Ach so, das geht mich ja nichts an«, sagt Papa. Mama durchbohrt ihn mit ihren Blicken.
»Und dann muß ich das Essen für Teofil machen . . .« Papa will gerade fragen, wer das ist, aber Yrla kommt ihm zuvor.
»Das ist ein alter Mann, ein Freund meiner Mutter. Bei ihm wohne ich zur Zeit«, erklärt sie, während sie aufsteht.
»Ja. Es ist schade, daß wir bereits gegessen haben, sonst . . .« sagt Papa und gestikuliert mit den Händen.
»Danke für den Saft. Es war schön, Sie kennenzulernen«, sagt Yrla.
»Ja, das war es wirklich«, erklärt Papa mit Nachdruck.
»Kommen Sie mal wieder. Wann immer Sie wollen!« Didrik seufzt.
»Bringst du mich zur Tür, Didrik?« fragt Yrla.
»Warten Sie, ich . . .« stottert Papa, bremst sich aber noch selbst. Er begnügt sich damit, Yrla zuzugrinsen,

und winkt ein wenig mit der Hand. Didrik und Yrla verlassen gemeinsam das Wohnzimmer.

Sie stehen in der Abendsonne, die rote Flecken auf Yrlas Haar wirft, auf der Treppe.

»Tschüs, Didrik«, sagt sie.

»Sehen wir uns morgen?« fragt Didrik.

»Ja, wenn ich noch da bin . . .«

Ihre ungewisse Antwort ist wie immer niederschmetternd.

» . . . aber das bin ich bestimmt«, fährt sie fort, und ihr Mund verzieht sich zu einem Lächeln. »Dann treffen wir uns unten auf der Wiese, oder?« fragt sie.

»Ja«, sagt Didrik, rundherum glücklich.

Sie küßt ihn am Haaransatz, winkt und geht. Er bleibt noch für einen Augenblick auf der Treppe stehen und lauscht ihren Schritten nach, die die Straße hinunter verschwinden.

Didrik muß sich fassen, ehe er sich wieder seiner Familie zuwenden kann. Er schleicht zunächst einmal in sein Zimmer. Dabei erhascht er gerade noch Mamas und Papas Blicke. Sie schauen ihn direkt an, sagen aber nichts.

Er schließt die Tür hinter sich und setzt sich ans Klavier. Er hebt die Hände, horcht in Richtung Wohnzimmer und beginnt zu spielen. Sein Herz schlägt hart in der Brust. Niemand protestiert. Er spielt weiter. Noch immer geschieht nichts. Da erscheint ein Lächeln auf seinen Lippen, seine Schultern entspannen sich. Er spielt, und auf einem fliegenden Teppich hebt er ab und schwebt in den Himmel, berauscht von der Musik.

16

Im Laufe des Sommers ist Didrik um einen Zentimeter gewachsen. Er markiert seine neue Länge am Maßband. Dann betrachtet er sich vor dem Spiegel. Sieht man es ihm an? Ist außen irgendwas von dem zu sehen, was in seinem Inneren alles vor sich geht? Er kann nichts Besonderes feststellen. Er findet, er sieht genau wie immer aus.
Er legt die Kassette mit den Klavierübungen ein, die Yrla gespielt hat. Dann setzt er sich ans Klavier, hört zu und guckt die Noten an. Da merkt er auf einmal, daß es vor seiner Tür raschelt. Er hört Atemzüge. Leichte, schnelle Atemzüge. Er reißt die Tür auf.
»Hilfe!«
»Was machst du da?«
»Wer spielt auf der Kassette?« ruft Ebba, sauer darüber, daß sie ertappt worden ist.
»Ich«, antwortet Didrik und knufft sie.
»Hahahaha! Glaubst du, daß ich das glaube?«
»Raus aus meinem Haus!« zischt Didrik, packt sie und schleppt sie zu ihrem Zimmer. Ebba schreit und schlägt mit den Armen um sich. »Ich weiß, wer da spielt! Ich weiß, wer das ist!«

Didrik schubst sie in ihr Zimmer und wirft die Tür hinter ihr zu. Sofort öffnet Ebba die Tür wieder und streckt den Kopf heraus. »Pah!« sagt sie schnippisch, die Nase hochgereckt. Didrik dreht sich um und läuft auf sie zu, aber sie schlägt ihm schnell die Tür vor der Nase zu.
»Ebba Läbba, ich warne dich!« faucht er.

Augustabende sind oftmals warm. Der Himmel ist hoch und klar, und bereits beim Sonnenuntergang leuchtet der eine oder andere Stern auf. Die Gerüche sind schwer, die Eiderenten murmeln im glatten Wasser, und Grillen zirpen im Gras.
Yrla und Didrik gehen barfuß am Strand entlang. Das Wasser umspült ihre Knöchel, kitzelnd und warm.
»Die Zeit ist eine merkwürdige Sache«, sagt Yrla gedankenverloren. »Manchmal vergehen ein paar Monate so schnell, daß man kaum mitkommt, und dann wieder vergehen die Tage so furchtbar langsam . . .« Sie seufzt.
Didrik sagt nichts. Er denkt, daß dieser Sommer viel zu schnell vergangen ist.
»Wieviel dunkler die Abende jetzt schon sind«, sagt Yrla.
»Aber immer noch warm«, sagt Didrik.
»Die Erde ist warm.«
»Und das Meer.«
»Das ganze Weltall ist warm«, sagt Yrla und hebt das Gesicht zum Himmel.

»Ich möchte wissen, ob es irgendwo zu Ende ist«, sagt Didrik und betrachtet das sich verdunkelnde Himmelszelt.

»Vielleicht ist es ein Kreis, der immer rundherum läuft«, sagt Yrla.

»Aber außerhalb des Kreises, was ist da?«

Didrik und Yrla sind für eine Weile still, als hofften sie, eine Antwort zu bekommen. Aber das All schweigt.

»Ich glaube nicht, daß jemand das irgendwann einmal wissen wird«, sagt Yrla schließlich. »Und das ist nur gut so. Wie traurig wäre es, wenn wir auf alles eine Antwort wüßten!« Sie holt tief Luft und legt sich der Länge nach in den Sand, die Arme hinterm Kopf verschränkt.

Didrik setzt sich neben sie. Der Sand ist noch warm von der Sonne. »Ich möchte wissen, warum es all das gibt, was es gibt«, sagt er.

»Und warum man so ein Pech haben muß, von all den Menschen, die es gibt, ganz bestimmte zu treffen, nur um sich über sie aufzuregen«, seufzt Yrla.

»Meinst du mich?« fragt Didrik.

»Nein!« lacht sie. »Natürlich meine ich dich nicht! Mach weiter.«

»Weiter womit?« wundert Didrik sich.

»Reden – über das Weltall.« Yrlas Augen schimmern im Halbdunkel. Es ist schwierig, ihre Gesichtszüge zu erkennen.

»Ach so«, sagt Didrik. »Naja, es ist doch wirklich

merkwürdig, daß es all das gibt, was es gibt, oder? Ich möchte beispielsweise gerne wissen, wozu all die Sterne da sind.«
»Vielleicht, um uns bei Nacht Gesellschaft zu leisten, damit wir uns nicht so einsam fühlen«, sagt Yrla mit melancholischer Stimme.
»Ach was«, sagt Didrik gefühllos, »ich denke, damit es nicht ganz und gar dunkel ist. Stell dir vor, wenn es keine Straßenlaternen gäbe, wie finster es dann wäre!«
Yrla muß lachen und schaut Didrik an. Sie sieht ihn eine ganze Weile an, ohne etwas zu sagen. Auf jeden Fall erscheint es ihm wie eine ganze Weile. Didrik fängt an zu zittern.
»Frierst du?« fragt sie. »Sollen wir nach Hause gehen?« Sie nimmt seine Hand. Ihre Stimme klingt, als würde sie sich wirklich sehr um ihn sorgen. Da sagt Didrik: »Ich wünschte, ich wäre groß, dann könnten wir heiraten.«
In Yrlas Augen blitzt es auf. Ihre Hand umschließt seine noch fester. »Das mußt du nicht wünschen. Du bist in Ordnung, so wie du bist.«
Didrik kann in der Dämmerung ihren Gesichtsausdruck nicht richtig einschätzen. Er sieht die Konturen ihrer Lippen, er sieht, daß ihre Augen glänzen. Sie schluckt. Er schluckt auch. Dann streichelt sie ihm die Wange. »Ich glaube, daß du sehr hübsch wirst, wenn du...«
Genau in diesem Augenblick, in dieser Sekunde, ent-

deckt Fransbertil eine Möwe, die er unbedingt jagen muß. Er springt wild bellend hoch, trampelt über Didrik und Yrla hinweg und rennt hinter dem Vogel her.
»Fransbertil!« schreit Yrla. »Fransbertil, komm zurück, du blöder Hund!« Sie springt auf, wedelt ungeduldig mit den Armen und stampft mit dem Fuß auf. »Fransbertil! Warum kann Teofil ihn nicht erziehen? Hierher!«
Der Hund dreht sich um und wedelt mit seinem buschigen Schwanz, als hätte er ein Meisterwerk vollbracht.
»Du schreckliches Tier«, murmelt Yrla und nimmt ihn an die Leine.
»Aber was . . . was hast du gerade gesagt?« fragt Didrik. »Was wolltest du sagen?«
»Daß Fransbertil erzogen werden müßte«, antwortet Yrla.
»Ach ja«, seufzt Didrik leise.
»Jetzt gehen wir nach Hause«, entscheidet Yrla.
Didrik, Yrla und Fransbertil gehen still am Wasser entlang. Die Dämmerung nimmt schnell zu. Die Eiderenten sehen gegen das silbergraue Meer wie schwarze Scherenschnitte aus. Ab und zu schallt das einsame Geschnatter eines Vogels über die Wasseroberfläche.
Didrik versucht, seinen ganzen Mut zusammenzunehmen. Es gibt da etwas, das er fragen will. Er weiß nur nicht genau, wie. »Bist du . . . bist du verlobt oder

verheiratet oder so, mit jemandem?« fragt er schließlich.
»Nein«, antwortet Yrla einfach, offenbar ohne die Frage albern zu finden.
»Nichts davon?«
»Kein bißchen«, versichert Yrla.
Didrik ist erleichtert. Doch Yrla spricht weiter. »Aber es gibt jemanden, von dem ich viel halte . . .«
Didrik schaut nach unten. Er sieht seine kleinen Füße neben ihren.
»Manchmal«, fährt Yrla fort, »manchmal wünschte ich, ich wäre so alt wie du.«
Sie legt ihren Arm um seine Schulter. Er hebt langsam den Blick, aber sie schaut ihm nicht in die Augen. Sie schaut geradeaus vor sich hin, und ihr Gesicht ist ernst, fast streng – vielleicht wehmütig?
So gehen sie nach Hause, Arm in Arm und stumm, an jenem warmen Augustabend. Der Wind hat sich gelegt, und das Meer plätschert gegen das Ufer. Die Sterne erleuchten, einer nach dem anderen, das große, hohe Firmament.

Zu Hause bei Didrik lauscht Papa zufrieden Didriks Klavierübungen. »Hört nur, was für schöne Fortschritte er in der letzten Zeit gemacht hat!« sagt er zu Ebba und Mama. »Forderungen erbringen eben Resultate. Ich glaube, ich muß ihn einmal loben.«
»Nein!« ruft Ebba, als Papa aus dem Sessel aufsteht. »Ich finde, du sollst Didrik nicht stören«, sagt sie und

läuft ihm zwischen die Beine. »Er ist doch gerade so konzentriert.«

»Ich will ihm nur ein paar Worte sagen«, sagt Papa und läßt sich nicht stoppen.

»Hilfe! Hilfe! Hilfe!« schreit da Ebba und dreht sich um sich selbst.

»Aber Ebba, was ist denn?« fragt Papa.

»Ich habe etwas Großes, Pelziges gesehen, ganz schwarz! Das ist über den Boden gelaufen! Hast du es nicht gesehen, Papa?«

»Wo denn?« fragt Papa.

»Da! Da ist es!«

Ebba pendelt im Zimmer umher, auf ein unsichtbares Wesen deutend, das anscheinend kreuz und quer über den Boden rennt. Papa steht ratlos da. »Wo?« fragt er.

Ebba ergreift seinen Arm und zerrt ihn zu seinem Sessel. »Da! Es ist unter deinen Sessel gelaufen!«

Papa geht neugierig ein Stückchen mit. Ebba guckt unter den Sessel. »Siehst du es nicht? Was ist es denn?«

»Vielleicht ein kleiner Hund . . .« murmelt Papa vor sich hin. Er beugt sich hinab und guckt ebenfalls unter den Sessel. Dort herrscht gähnende Leere.

»Ach was!« sagt Papa und beginnt wieder auf Didriks Zimmer zuzusteuern. Nun eilt Ebba ihm nach, klammert sich an seinen Pullover und schaut ihm flehentlich in die Augen.

»Papa, kannst du mir nicht jetzt gute Nacht sagen?«

fragt sie mit ihrer allernettesten Stimme. »Ich möchte bei dir auf dem Sofa liegen, und du liest mir vor. Lieber, süßer Papa Rengreng!«
Und genau wie sie gehofft hat, kann Papa ihrer Zärtlichkeitsattacke nicht widerstehen. »Na gut«, sagt er. »Dann machen wir das.«
Ebba springt zum Sofa und rückt die Kissen zurecht. »Komm her! Setz dich hier hin. Geh nicht weg«, befiehlt sie. Papa trottet folgsam hinter ihr her.
»Das klingt gut, Didrik, wirklich gut!« ruft er zu Didriks Zimmer hinüber. Aber Didrik hört wohl nichts. Er spielt seine Klavierübungen weiter, eine fortgeschrittener als die andere.
»Ja, ja«, sagt Ebba. »Nun setz dich.« Sie zieht Papa aufs Sofa und umfaßt seine Beine mit ihren Armen. »Fang an!«
Papa blättert in ihrem Buch und fängt an zu lesen.
»Die Königin Mirmodol putzte ihre schimmernden Krallen an dem struppigen Bart ihres Ratgebers. Und gerade als alle Wichtelmänner zwischen ihren moosigen Steinen erwachten, verkündete Mirmodol ihren allergeheimsten Schwur, und da flog der schwarze Rabe über die Wolken und warnte die wachhabenden Kobolde, daß sein Ruf an den Abhängen, Bergen und Seen des tiefen weiten Waldes widerhallte, und ...«
Etwas Merkwürdiges passiert mit Didriks Klavierspiel: Plötzlich beginnen die Melodien zu jaulen. Die Töne werden immer tiefer und immer langsamer und enden schließlich in einem langgezogenen Seufzen.

Ebba verbirgt ihr Gesicht zwischen Papas Knien. Papas Augen sind rund wie Mühlräder. Mama schiebt verwundert ihren Kopf aus dem Arbeitszimmer, in das sie sich zurückgezogen hat. Dann steht Papa auf und geht mit vorsichtigen Schritten zu Didriks Zimmer. Mama folgt hinterdrein, und zwischen beiden lugt Ebba nach vorne. Papa drückt zögernd die Klinke von Didriks Zimmertür. Die Tür geht auf . . . Das Zimmer ist leer! Die Gardine weht im Fenster, und auf dem Klavier steht ein Kassettenrecorder. Ebba läuft zu Didriks Bett, steckt den Kopf in seine Kissen und platzt vor Lachen.

Yrla öffnet die Pforte zu Teofils Garten. Die Vögel in den Bäumen fliegen auf und füllen den Himmel mit ihrem Geflatter. Der Garten liegt im Dunkel. Plötzlich bleibt Yrla stehen. »Der Baum da . . .«, sagt sie zu Didrik und weist mit einem Kopfnicken auf den Baum, der am höchsten gewachsen ist und dessen Stamm von der Zeit zerfurcht ist. »Jetzt darfst du aber nicht lachen!« setzt sie mit schaurig klingender Stimme hinzu.
»Versprochen«, antwortet Didrik.
»Es ist ein Geheimnis. Man kann es nicht irgend jemandem erzählen, sondern nur dem, der es versteht.«
Didrik hört gespannt zu.
»Dieser Baum, Didrik, ist die Schwester von Eufemia, die im Fenster stand und ihr Leben lang nach ihrem Geliebten Ausschau hielt.«

»Die Schwester?« wiederholt Didrik verwundert.
Yrla legt ihm die Hände auf die Schultern und senkt ihren Blick tief in seinen. »Sie hat alles genommen, was das Leben ihr bot, und alles getan, was ihr in den Sinn kam!«
Yrla umfaßt Didriks Schultern fester. »Sie hat gewagt zu lieben! Sie hat gewagt zu lieben und zu verlieren! Und sie hat sich geweigert zu sterben.«
Didrik starrt in Yrlas Augen.
»Zum Schluß war sie so alt, daß Zweige aus ihr herauswuchsen. Jetzt steht sie hier und wächst immer weiter.« Yrla sieht zufrieden aus.
Didrik denkt an die Baumkrone, die sich hoch in den Himmel erhebt, und an die Baumwurzeln, die sich tief in die Erde graben. »Gibt es viele solche Bäume?« fragt er.
»Wer weiß?« Yrla zuckt mit den Achseln. »Vielleicht wirst du einer? Vielleicht werde ich einer? Aber du darfst es niemandem erzählen, versprich das!«
»Ich verspreche es.«
Yrla streckt ihm die Hand entgegen. »Komm, wir gehen rein.«
Aber Didrik zögert noch einen Augenblick und schaut zu der mächtigen Krone hinauf, die sich schwarz gegen den Augusthimmel abzeichnet.
Es ist, als stünde der Baum da und sänge vor sich hin.
Yrla steht inzwischen auf der Treppe zur Veranda.
»Kommst du nicht mit rein?«

»Nein, ich kann nicht«, antwortet Didrik. »Es ist schon zu spät.«
»Dann gute Nacht, Didrik«, sagt Yrla.
»Glaubst du, daß du morgen hier bist?« fragt er; er kann es einfach nicht lassen. Dabei weiß er, welche Antwort er erhalten wird: Ich kann es nicht versprechen, vielleicht, vielleicht auch nicht. Er weiß, daß er nie eine richtige Antwort bekommen wird.
»Ja«, sagt Yrla.
Didrik traut seinen Ohren nicht. »Versprichst du es?« fragt er.
»Ich verspreche es«, sagt Yrla ohne die geringste Unsicherheit in ihrer Stimme. »Gute Nacht, mein allerbester, liebster Junge.« Und sie springt noch einmal die Treppe hinunter, um ihn zu umarmen.
»Gute Nacht, Yrla . . .«
Dann läuft er in den Garten. An der Pforte hält er inne und winkt ihr wie immer zu. Sie steht auf der Treppe.
»Tschüs, Didrik! Wir sehen uns morgen«, sagt sie, und ihre Stimme klingt ganz und gar ruhig.
»Tschüs, Yrla«, sagt er, so voll mit Zärtlichkeit, daß es fast weh tut.
»Schlaf gut!« ruft sie.
Didrik dreht sich um und winkt noch einmal, dann rennt er davon. Yrla bleibt und wartet, bis er verschwunden ist.
Und gerade, als sie ihn nicht mehr sieht, ruft Teofil: »Yrla! Telefon für dich!«
Sie stürzt hinein, ans Telefon. Aber das weiß Didrik

nicht. Er läuft durch Licht und Schatten, den ganzen Weg nach Hause.

Didrik schleicht sich durch den elterlichen Garten. Vorsichtig drückt er sein Fenster auf und zieht sich am Sims hoch. Leise schnaufend und stöhnend gelingt es ihm, ein Bein hinüberhieven und es ins Zimmer zu setzen.
»Guten Abend, junger Mann.«
Didrik schaut auf. Auf seinem Bett aufgereiht sitzen Papa, Mama und Ebba und betrachten interessiert, wie er im Fenster hängt.
»Hallo«, sagt Didrik.
»Hallo«, sagt Mama.
»Hallo«, sagt Ebba.
Didrik klettert weiter ins Zimmer.
»Soll ich dir helfen?« fragt Papa.
»Nein danke. Es geht schon«, sagt Didrik und plumpst auf den Boden.
»Du bist also wieder einmal unterwegs und treibst dich mit Damen herum?« stellt Papa fest.
»Ja«, antwortet Didrik.
»Wie lange geht das denn schon so?« Papa zieht die Augenbrauen in die Höhe.
»Nur einmal«, sagt Didrik.
Ebba preßt sich ein Kissen vors Gesicht, um ihr Kichern zu ersticken.
»Du überraschst uns immer wieder«, fährt Papa fort.
»Mmh«, sagt Didrik.

»Solltest du nicht vielleicht neue Batterien für deinen Kassettenrecorder kaufen?« erkundigt sich Mama.
»Ja, ich weiß, aber ich habe noch kein Taschengeld gekriegt«, sagt Didrik.
»Ich wußte doch, daß da was nicht stimmt!« ruft Ebba und schaut Mama und Papa vorwurfsvoll an.
Papa wippt mit seinen Füßen auf und ab, und in seinen Mundwinkeln zuckt ein schlecht verborgenes Lächeln. »Dein Geschmack in Sachen Mädchen verdient allen Respekt; aber für deine Art, uns hereinzulegen, habe ich nichts übrig, Didrik.«
Mama wirft Papa einen Blick zu.
»Nee«, sagt Didrik.
»Das nächste Mal kannst du gern die Tür benutzen und so freundlich sein, uns mitzuteilen, wann und wohin du gehst!« erklärt Papa und sieht streng drein.
»Ja«, sagt Didrik und wartet darauf, daß Papa damit droht, das Klavier zu verkaufen. Zu seiner Verblüffung zerplatzt Papas Gesicht in ein Lachen. Er steht auf, reckt den Zeigefinger in die Höhe und steht wippend und hüpfend da. »Mannomannomann, du kleiner Racker!« sagt er und klapst Didrik auf die Wange. »Ein Vater kennt doch seinen Sohn!«
Didrik, Mama und Ebba schauen Papa erstaunt an.
»Ach ja?« sagt Mama.
»Natürlich, Lena«, gluckst er. »Wie sagt man doch? Das mit dem Apfel?«
»Der Apfel fällt nicht weit vom Stamm«, seufzt Mama müde.

»Ja! Genau!« sagt Papa stolz. »Der Apfel fällt nicht weit vom Stamm. Und ich bin der Stamm, verstehst du?«

Didrik beobachtet verständnislos, wie Papa durchs Zimmer spaziert. Mama betrachtet ihn ziemlich kühl. »Ja, ja«, sagt Papa und sammelt sich. »Man sieht es: Der Junge hat gute Anlagen.« Papa zwinkert Mama zu, dann verläßt er das Zimmer.

Didrik und Mama schauen einander an und zucken die Schultern. Dann legt Mama ihre warmen Hände um seine abendkühlen Wangen und gibt ihm einen Kuß. »Jetzt müßt ihr aber ins Bett, Kinder, alle beide«, sagt sie. Danach läuft sie hinter ihrem Mann her und schlägt ihm mit einer zusammengerollten Zeitung auf den Kopf.

»Ich schwöre, ich habe nichts gesagt, Ehrenwort!« sagt Ebba.

»Schon gut, ich glaub's dir«, sagt Didrik und pflückt die alten Batterien aus dem Recorder.

»Was meint Papa denn mit dem Stamm, der nicht weit vom Apfel fällt?«

»Es war der Apfel, der gefallen ist«, sagt Didrik.

»Auf Papa?«

»Auf mich«, antwortet Didrik.

Ebba ist verwirrt. »Kriegen denn Papa und du einen Apfel?«

Didrik nimmt die Tagesdecke vom Bett. »Ach, ich weiß nicht!« sagt er. Er hat keine Lust, sich weiter darum zu kümmern.

Ebba schaut inzwischen in die Dunkelheit vorm Fenster. »Didrik . . .« sagt sie zögernd. »Darf ich bei dir schlafen – damit du nicht wieder verschwindest?«
»Nie im Leben!« ruft Didrik und jagt sie hinaus.

Und bald ist es still im Haus der Familie Reng. Die Dunkelheit hüllt Bäume, Meer und Straßen in ihren riesigen Mantel. Kein Fenster ist mehr erleuchtet. Auch bei Teofil nicht. Yrlas Badesachen sind von der Leine genommen, der Liegestuhl steht zusammengeklappt an der Wand. Teofil macht mit Fransbertil einen Nachtspaziergang durch die Straßen. Er bleibt unter einer Straßenlaterne stehen, um seine Pfeife anzuzünden. Fransbertil nutzt die Gelegenheit und hebt an einem Hausbriefkasten das Bein. Teofil liest »Reng« auf dem Briefkasten. Er bleibt noch einen Augenblick stehen und überlegt, welches Fenster Didriks sein könnte. Dann wird die Stille vom Zug zerrissen. Er rauscht durch den Ort, und genauso plötzlich, wie er kam, ist er wieder verschwunden. Es ist dunkel wie zuvor und still wie zuvor. Die Sterne blinken hoch am Himmel, und Didrik liegt in seinem Bett und schläft. Er träumt von Yrla.

17

Am nächsten Tag ist in der Luft zu spüren, daß es Herbst wird. Das Meer liegt glatt und grau da, und die Landzunge auf der anderen Seite der Bucht spiegelt sich im Wasser. Der Himmel ist dunstig, und die Möwen sitzen stumm auf den Pfählen im Wasser. Es ist Vormittag, und Didrik geht durchs Gras, das noch feucht vom Tau ist. Er hat sich entschieden: Heute soll Yrla ihr Lied bekommen. Beim Gedanken daran wird ihm heiß und kalt, aber gleichzeitig freut er sich auch. Es wird schön werden – er sehnt sich danach, ihr das Lied zu geben.

Auf dem Fußballplatz, an dem er wie immer vorbei muß, wetteifern Tova, Ruben und Alexander darum, wer am weitesten springen kann. Tova und Alexander streiten miteinander, als Didrik vorbeigeht. Er hofft, daß sie ihn nicht sehen.

»Ist das nicht das kleine Klavierfräulein, das da entlangtrippelt?« sagt in diesem Mument Ruben.

Sofort hebt Tova den Kopf. Ihre Augen nageln Didrik fest. Sie sagt nichts, sieht ihn nur an.

»Hallo!« sagt Didrik, nickt und winkt mit einer Hand zur Begrüßung. Aber niemand erwidert den Gruß.

»Na, dann nicht«, sagt Didrik und geht weiter.

Tova pocht das Herz hart in der Brust – sie macht den Mund auf, aber sie bringt keinen Ton heraus. So viele verschiedene Gefühle steigen in ihr hoch, als sie Didrik kommen sieht. Eine vorsichtige Hoffnung keimt

noch immer in ihr. Als sie ihn weitergehen sieht und weiß, daß er gleich verschwunden sein wird, kann sie sich nicht länger zurückhalten – sie muß hinterherlaufen. Sie rennt an den Zaun des Fußballfeldes und ruft: »Willst du mitmachen? Bist du deshalb gekommen?«
»Nein, ich muß weiter«, antwortet Didrik, wobei er sie kaum eines Blickes würdigt.
Da tobt es wie ein Feuer in Tova. »Du gehst wohl wieder *dorthin?*« ruft sie, und ihre Stimme überschlägt sich.
»Tova, nun komm schon . . .« bittet Ruben.
»AMÜSIER DICH GUT MIT DEINER EKLIGEN, ALTEN TANTE!« schreit sie, als Didrik um die nächste Ecke biegt. Dann rennt sie in die entgegengesetzte Richtung, an Ruben und Alexander vorbei, die bestürzt zusehen. »Na ja«, seufzt Ruben schließlich und versucht gegenüber Alexander zu tun, als wenn nichts wäre.
Tova aber läuft nach Hause und klettert geradewegs auf ihren Baum, um dort zu sitzen und nachzudenken. Zuerst wird sie weinen, dann wird sie denken. Sie muß sich klug denken. Und Didrik klettert über die Eisenbahnschranke und erreicht die Wiese. Unten am Wasser findet er Kai Husell. Der sitzt auf seiner kleinen Bank und starrt mit sorgenvoller Miene aufs Meer. Der Notenständer neben ihm ist nachlässig aufgestellt, und die Noten sind nicht einmal ausgepackt.
»Hallo«, sagt Didrik.

»Guten Tag, Didrik«, antwortet Kai Husell. Seine Augen sind genauso klar wie das Meer.

»Warum singst du nicht?« fragt Didrik.

»Ich kann nicht«, sagt Kai Husell wehmütig.

»Ist es das Gaumensegel?«

»Es ist meine Frau«, sagt Kai Husell. »Sie hat mich gelähmt.«

»Wieso das?« fragt Didrik erschrocken.

»Sie ist auf mein Talent neidisch«, sagt Kai Husell geknickt. »Sie ist neidisch, weil ich ein musikalisches Genie bin und sie ist nur eine gewöhnliche Provinzmieze.«

Didrik entdeckt um seine Lippen eine Kerbe, eine tiefe, bittere Linie, die er vorher nie gesehen hat.

»Sie singt falsch, sie kann nicht einmal den Hund rufen. Selbst ihr Schluckauf klingt manchmal falsch, von ihrem Niesen ganz zu schweigen. Ach, es ist abscheulich!«

Er schnaubt in sein Taschentuch und bricht aus: »Aber ich liebe sie! Trotz *allem!*« Sein verzweifelter Ruf hallt über das spiegelblanke Wasser. Die Möwen fliegen kreischend von den Pfeilern auf. Didrik weiß nicht, was er sagen soll.

»Wenn es möglich wäre, Didrik«, fährt Kai Husell fort, »wenn es möglich wäre, würde ich ihr mein ganzes Talent schenken. Ich würde ihr alles geben, wenn sie nur zu mir zurückkommt!«

Didriks Gedanken eilen zu Yrla. »Ich will Yrla heute ein Lied schenken, das ich für sie geschrieben habe.«

Vielleicht sollte Kai Husell dasselbe mit seiner Frau machen?
»Ein Lied?« lacht Kai Husell trocken. »Ich habe meiner Frau schon tausende von Liedern gegeben, ich könnte ihr die ganze Welt schenken!«
»Und ich könnte Yrla das ganze Weltall mit allen Sternen, mit der Sonne, dem Meer, mit Sommer und Schnee schenken...«
Didrik findet kein Ende bei all dem Schönen, was er ihr schenken möchte.
»Ja, dem, den man liebt, will man alles schenken; und wieviel man auch gegeben hat, es ist nie genug«, sagt Kai Husell. »Ich möchte meiner Geliebten die ganze Welt schenken!«
Er wirft seine Noten hoch in die Luft, daß sie wie Vögel um ihn herumflattern.

Didrik öffnet die Pforte zu Teofils Garten. Die Vögel fliegen in einem Schwarm auf und sammeln sich auf den Telefondrähten. Das Heidekraut blüht, und die Äpfel reifen in den knorrigen Bäumen. Didrik geht durch den duftenden Garten und stellt sich unter Yrlas geschlossenes Fenster.
»Yrla!« ruft er.
Sie antwortet nicht.
»Yrla-la-la-la-la-la-la! Wach auf, du Schlafmütze! Ich habe ein Geschenk für dich, du schreckliche Schlafmütze, du Seejungfrau-Schlafmütze!«
Er bekommt keine Antwort.

»Wach endlich auf, du Faulpelz! Yrla-la-la-la-la-la-la!«

Sie sitzt sicher bei Teofil und unterhält sich mit ihm. Didrik rennt ums Haus zur Verandatür und klopft an. Aber drinnen reagiert niemand. Sie kann natürlich auch mit Fransbertil draußen sein. Er klopft noch einmal laut an. Immer noch keine Antwort.

»Hallo! Ist niemand zu Hause?« ruft er und trommelt gegen die Tür.

Plötzlich erfaßt ihn ein unheimliches Gefühl. Wenn nun alles nur ein Traum gewesen wäre? Wenn das Haus in dem verwilderten Garten die ganze Zeit unbewohnt dagestanden hätte?

»*Hallo!*«

Da geht die Tür auf. Teofil steht in seiner grünen Mütze da, und hinter ihm gähnt Fransbertil. »Ach, du bist es. Guten Morgen, guten Morgen! Steig herein, steig nur herein.«

Didrik steigt über die Verandaschwelle ins Haus. »Es ist schon halb zwölf«, sagt er.

»Jajajaja«, sagt Teofil, setzt sich in seinen Sessel und legt sich Block und Stift auf die Knie. »Nimm ein Hefebrötchen mit Sahne«, sagt er. »Gestern kam ein kleiner Mann hier vorbei, der gefüllte Hefebrötchen verkauft hat, und er tat mir so leid, daß ich alle gekauft habe. Bitteschön!«

Didrik nimmt ein gefülltes Hefebrötchen.

»Nimm noch eines. Ich kann sie nicht alle aufessen. Du, es ist gut, daß du kommst, denn heute nacht habe ich einen neuen Zweig deiner Familie entdeckt! Kennst du die Familie Ränne?«

»Nein«, antwortet Didrik mit vollem Mund. Er wartet nur darauf, endlich zu Yrla hochzulaufen und ihr das Lied vorzutragen; wenn Teofil aber anfängt, über Ahnen zu reden, weiß man nie, wie lange er dabei bleibt.

»Also, Harald Reng war ein Vetter zweiten Grades deines Urgroßvaters väterlicherseits, Oskar. Harald wollte ein Mädchen namens Emma heiraten, aber sie wollte ihn nur unter einer bestimmten Bedingung nehmen. Er sollte seinen Nachnamen ändern.«

»Warum denn das?«

»Sie hatte schneeweiße Haut und war etwas rundlich.«

»Ja und?« fragt Didrik verständnislos.

»Sie konnte doch nicht mit Familiennamen Reng heißen, wenn sie so aussah! *Emmareng!*« gluckst Teofil begeistert. Wenn er lacht, werden seine Augen winzigklein.

»Eine *Meringe*[*]«, lacht Didrik. »Oh, da wird Ebba verschnupft sein! *Ebbareng* ... Haha, das werde ich mir merken!«

»Ihr habt also nie daran gedacht?« sagt Teofil. »Jaja, es gibt so viele merkwürdige Namenskombinationen, denk doch nur an den, den – wie heißt der noch, der auf der Wiese singt?«

»Kai Husell?« sagt Didrik.

---
[*] Eine Meringe ist ein rundes, weißes Schaumgebäck aus Eischnee und Zucker.

»Ja, genau. Nun, Harald Reng suchte also nach einem passenden Nachnamen für seine geliebte Emma, so daß sie es über sich bringen konnte, ihn zu heiraten, und eines Tages war er draußen im Wald, um zu laufen . . .« Didrik wird ein wenig ungeduldig.
»Er war nämlich so jemand, der einfach herumlief«, fährt Teofil fort. »Bist du auch so einer?«
»Was für einer?« fragt Didrik.
»Na, so einer, der draußen im Wald herumläuft.«
»Nein«, sagt Didrik und späht die Treppe zu Yrlas Zimmer hinauf.
»Heute ist es sicher besser, herumzu*gehen*, man geht . . . ja, also, wie auch immer, Harald lief draußen herum, und da kam er auf den Namen Ränne. Nimm noch ein Hefebrötchen.«
Didrik nimmt folgsam ein weiteres Hefebrötchen, und bevor Teofil Atem holen kann, um seine Erzählung fortzusetzen, schafft er es zu fragen: »Schläft Yrla noch?« Er macht dabei einen Schritt auf die Treppe zu.
»Yrla?« Teofil schaut unter seinem Mützenrand hervor. »Nein, Yrla ist heute nacht mit dem Zug weggefahren.«

Didrik steht auf ihrer Türschwelle. Das Zimmer ist verlassen. Das Bett ist sorgfältig mit der Tagesdecke zugedeckt, die Kissen sind ordentlich aufgereiht. Der Deckel von Eufemias Klavier ist geschlossen. Die Blumen auf der Fensterbank sind fort, das Fenster ist zu.

Die getrocknete rote Rose, die in einer Vase neben dem Bett stand, ist ebenfalls weg. Es gibt keine Spur von Yrla. Es ist, als wäre sie nie hiergewesen – und Didrik auch nicht.

Er geht durch den Garten und er wirft das Tor hinter sich zu. Er tritt gegen den elenden Briefkasten, zu dem sie mehrere Male am Tag gelaufen ist, um hineinzugucken. Er zerreißt den Zettel mit ihrem Lied und öffnet den Mülleimer, er wirft die Fetzen hinein, schlägt den Deckel zu und tritt gegen den Eimer. Einen Augenblick lang bleibt er stehen, vollkommen still. Dann läuft er los. Er läuft und läuft, so schnell er kann. Er will so weit fortlaufen, wie es nur möglich ist.

18

Morgens hat Didrik keine Lust aufzuwachen. Aber er muß. Die Schule hat wieder begonnen. Auf dem Weg zum lärmenden, von Neonröhren erleuchteten Schulgebäude radelt er immer einen Umweg zu Teofils Haus hinunter – nur um mal zu sehen. Die Baumkronen sind gelichtet, der Herbstwind reißt das Laub von den Zweigen, die Wolken ziehen groß und grau über das aufgewühlte Meer. Didrik steht vor der Pforte. Die Rollos sind heruntergelassen, denn Teofil schläft tagsüber. Manchmal entdeckt Fransbertil Didrik, und sein treuherziges Gesicht schaut durch eines der Verandafenster hinaus. Aber er gibt keinen Laut von sich.

Mehrere Wochen lang fährt Didrik auch nach der Schule zu Teofils Haus. Die Rollos sind auch dann noch heruntergelassen, die Zeitung liegt unberührt im Briefkasten. Didrik sieht ab und zu im Briefkasten nach, ob dort ein Brief von Yrla liegt. Er findet nichts. Der Herbstwind bläst durch Mark und Bein. Didrik fühlt sich klein unter dem stürmischen Himmel und neben der schäumenden See. Er bleibt eine Zeitlang stehen, dann radelt er nach Hause. Mit neuer Hoffnung, jeden Tag nämlich sucht er die Familienpost durch. Aber Yrla schreibt ihm keinen Brief.

Er sitzt am Klavier und spielt. Lange und nachdenkliche Melodien werden plötzlich von lauten, wilden Rhythmen unterbrochen. Er horcht auf, wenn das Telefon klingelt. Aber sie ruft auch nicht an.

Ab und zu geht er bis zum Abend spazieren. Ihm gefällt es, einfach nur zu gehen und den Wind im Gesicht zu spüren. Ihm gefällt es, zuzuschauen, wie die großen Wellen an den Strand rollen und sich in Schaumkaskaden an den Steinen brechen. Eines Abends trifft er Kai Husell. Der steht mit dem Notenständer vor sich am Strand, winkt energisch mit den Armen und wirft den Kopf nach hinten, daß ihm die Haare um den Kopf wirbeln. Zu seinen Füßen steht ein Tonbandgerät, das klassische Musik spielt.

»Was machst du?« fragt Didrik.

»Pst! Ich dirigiere!« sagt Kai Husell und ergänzt beleidigt: »Siehst du das nicht? Nunmehr werde ich ausschließlich dirigieren! Ich habe den Gesang dieser edlen Kunst zuliebe aufgegeben. Eine neue Ader sprudelt in mir, so wie das Frühjahrshochwasser, das aus den Kämmen der dunklen Berge entspringt und jubelnd befreit hervorperlt. Dies ist meine wahre Berufung!«
»Willst du nicht mehr singen?« fragt Didrik.
»Ach was, dastehen und piepsen! Ein Dirigent ist wie ein Hirte, der den blökenden Haufen auf den richtigen Weg führt, während ein Sänger nur einer in der Herde ist. Ich habe jedenfalls keinen Schwung ins Gaumensegel gekriegt! Heute dirigiere ich Beethovens fünfte Symphonie in c-moll von 1801, die sogenannte Schicksalssymphonie.«
»Ja, so«, sagt Didrik.
»Ich muß meiner Frau dankbar sein, daß ich dieses Wunder entdeckt habe«, erklärt Kai Husell und fängt den Notenständer auf, der kurz davor ist, wegzuwehen.
»Ist sie zurückgekommen?« fragt Didrik.
»Noch nicht, aber wir sind in Verhandlungen.«
»Will sie zurückkommen?«
»Nun ja, das hängt davon ab, ob ich aufhöre zu singen oder nicht. Sie hat ja gesehen, daß ich größere Talente habe – sie hat gesehen, daß ich blind dafür war! Es war ganz klar, daß ich aufhören mußte zu singen, ich muß dirigieren. *Karajan, here I come!*«

»Aber du kannst doch nicht aufhören zu singen!« ruft Didrik gegen den Sturmwind an.

»Anfangs wird sie glücklich über mein Verstummen sein; aber nach einer Weile wird es sie beunruhigen, und zum Schluß wird sie einsehen, daß sie meinen Gesang vermißt, und dann wird sie mich anflehen, wieder für sie zu singen. Das wird wunderbar werden!« Kai Husell dirigiert so heftig, daß er in dem scharfen Wind fast die Balance verliert. Das Notenpapier flattert unter Wäscheklammern am Notenständer.

»Und wieder einmal haben sich die einfachen Gesetze des Lebens für mich bestätigt!« ruft Kai Husell in den Wind. »Schmerz ist dazu da, um überwunden zu werden! Der Schmerz ist ein Teil der Freude, Didrik, genau wie die Nacht ein Teil des Tages ist! Ohne Nacht keinen Tag, jawohl! Man kann nicht einfach herumgehen und so tun, als gäbe es keine Nacht, nur weil man Angst vor der Dunkelheit hat! Nein!«

Kai Husells Augen leuchten. Das Haar weht ihm um den Kopf. Er dirigiert ungeheuer energisch.

»Aber wie dirigierst du denn eigentlich?« fragt Didrik.

»Göttliche Musik ist nicht abhängig von Taktarten«, sagt Kai Husell und stellt das Tonbandgerät ab. »Und wie geht es Didrik selbst?«

»Nicht besonders.«

»Aber wieso das?« fragt Kai Husell, plötzlich voller Mitgefühl.

»Yrla ist weg. Sie ist einfach verschwunden.«
»Von einem Tag auf den anderen?« fragt Kai Husell und setzt sich ins Gras. Er hält seine Haare fest und schaut Didrik an.
»Ja«, antwortet Didrik.
Kai Husell sitzt eine Weile stumm da und betrachtet Didrik. Auf einmal ist er ganz ruhig.
»Man kann wohl nicht immer wissen, warum Menschen, die man liebt, weggehen müssen. Manchmal müssen Menschen sich trennen, um danach festzustellen, daß sie einander brauchen, einander sogar lieben. Die Liebe ist nichts Selbstverständliches, sondern sie ist wie eine Blume, die ständig Fürsorge braucht. Sie braucht Wasser, Licht und Nahrung in der dunklen Jahreszeit. Ab und zu muß man für die Blume die Erde wechseln, und am besten sollte man sie jeden Tag genau anschauen und die Unterseite der Blätter abbrausen. Liebe, Didrik, ist des Lebens höchst Kunst und größte Herausforderung!«
Kai Husell lehnt sich zurück, und in seinen Augen ist ein wunderbares Licht. Mit geheimnisvollem Lächeln schaut er Didrik an.

Ein paar Tage später fährt Didrik auf dem Weg zur Schule wie üblich die Runde an Teofils Haus vorbei. Das liegt stumm im Sturm. Didrik bleibt nicht stehen, wirft nur einen Blick in den Garten, dann wendet er und radelt weiter zur Schule. Aber auf dem Weg fällt sein Blick auf eine Telefonzelle. Er steigt vom Fahrrad und geht hinein. Er blättert im Telefonbuch – und findet schließlich ihre Adresse: Yrla Nor, Septemberweg 14!

Entschlossen läuft er hinaus und steuert sein Rad an der Schule vorbei zur Bushaltestelle. Dort steht gerade ein Bus und schluckt eine Menschenschlange. Didrik wirft sein Fahrrad hin und springt in letzter Sekunde noch aufs Trittbrett.

Benommen setzt er sich. Der Bus startet, verläßt nach ein paar Minuten den kleinen Ort am Meer und fährt auf die breite Straße, die in die große Stadt führt. Vorm Fenster brausen Häuser, Felder und Orte vorbei. Didrik ist jetzt ganz ruhig. So ruhig, wie er seit Ewigkeiten nicht mehr war.

Dann erreicht der Bus die Stadt und hält auf einem Platz beim Bahnhof im Hafen. Didriks Mitreisende verschwinden zielstrebig in die verschiedenen Richtungen, nur Didrik bleibt allein auf dem Platz stehen und schaut sich um.

Rauch steigt vom Bahnhof auf, und eine große Fähre mit einer Fahne schreiender Möwen hinter sich legt soeben an. Das dumpfe Tuten des Signalhorns übertönt den Lärm der Stadt. Die Bürgersteige sind voller Menschen, die vorwärtsstreben, den Blick auf irgendein fernes Ziel gerichtet – und irgendwo in diesem Gewimmel steckt Yrla. Didrik hat keine Ahnung, wohin er seine Schritte lenken soll.

Langsam beginnt er, durch die Stadt zu streifen, er drängt sich durch die Geschäftsstraßen mit ihren

Menschenmassen, durchquert einen großen Park. Der Lärm der Stadt liegt wie eine dicke Matte über allem. Die Fährschiffe tuten vom Wasser her. Plötzlich steht er auf einem leeren Platz, auf dem Unrat vom Wind hin- und hergeweht wird. Er versucht, Menschen anzuhalten, um nach dem Weg zu fragen, aber viele bemerken ihn gar nicht und rennen einfach weiter. Er geht Straßen auf und ab. Einige Leute, die er ansprechen kann, meinen, er solle nach links gehen, andere, er solle zurückgehen und dann nach rechts. Zum Schluß verzichtet er darauf, weiter nach dem Weg zu fragen: Die Menschen scheinen ihre eigene Stadt nicht zu kennen.

Irgendwann kommt er in ein ruhigeres Viertel, in dem die Straßen sich im Schatten ausruhen. Die einzigen Menschen auf der Straße sind hier ein paar alte Frauen, die ihre Wägelchen hinter sich herziehen und einkaufen gehen, außerdem eine Kindergartengruppe in blau und rosa. Da, auf einmal, dringt ein klarer, zarter Ton durch das Großstadtsummen. Klavierspiel! Der altvertraute Walzer von Yrlas Tante klingt über die Straße!

Didrik schaut an dem Haus vor sich hoch. Ein Fenster steht offen. Yrla ...

Er stürzt zur Haustür. Mitten im Lauf muß er allerdings anhalten, als er auf das Dunkel des Hausflurs trifft. Er sucht nach dem Lichtschalter und muß dreimal drücken, ehe die Treppenbeleuchtung brennt. Die Treppe ist schmutzig und abgenutzt. Die Farbe an der Wand blättert ab, und der Boden ist dreckig und voller Müll. Didrik bleibt stehen und lauscht. Hat er wirklich richtig gehört? Doch, der wehmütige Walzer klingt die Treppen herunter. Didrik schluckt. Er geht langsam den ersten Treppenabsatz hinauf. Mit jedem Schritt, den er die dunkle Treppe hinaufgeht, kommt er Yrla näher.

Sie wohnt im zweiten Stock. Dort steht Y. Nor an der schiefen Tür, und drinnen sitzt sie, nur ein paar Meter von Didrik entfernt. Überraschend hört sie auf zu spielen. Didrik hält den Atem an und lauscht. Hat sie Besuch? Aber gleich fängt sie wieder an. Sein Finger kreist um ihren Klingelknopf. Sein Herz macht Galoppsprünge.

Plötzlich drückt der Finger den Klingelknopf, und Didrik weicht zurück. Yrla hört sofort auf zu spielen. Er hört ihre schnellen Schritte auf dem Boden. Sie ist schon hinter der Tür, bereits kurz vor Didrik, und fummelt mit dem Schloß und der Kette. Sie macht die Tür auf – und da steht sie vor ihm, glücklich strahlend, als hätte sie ihn erwartet! Nur schaut sie direkt über seinen Kopf hinweg, ungefähr dorthin, wo sein Gesicht wäre, wenn er erwachsen wäre.

Eigentlich geht das Ganze so schnell, daß Didrik nicht merken kann, was passiert. Aber er sieht ihr Lächeln zusammenfallen, als ihr Blick sich auf seine Augenhöhe senkt. Und als das Lächeln zurückkommt, ist es nicht mehr das gleiche. Es ist ein verwirrtes, freundliches Lächeln, aus dem die große Freude verschwunden ist. Und in Didrik schlägt die zarte Blume der Unsicherheit Wurzeln.

»Hallo«, sagt Yrla zögernd. »*Du* bist es?«

»Ja«, antwortet Didrik. Und so stehen sie einander gegenüber und schauen sich an.

»Was machst du hier?« fragt sie.

»Dich besuchen, habe ich gedacht«, sagt Didrik.

»Das ist ja toll!« sagt Yrla. »Komm herein!« Sie stößt die Tür weit auf und tritt einen Schritt zurück, um ihm Platz zu machen. Aber Didrik rührt sich nicht von der Stelle.

»Bist du allein?«

»Ja«, antwortet Yrla.

Da geht Didrik mit ihr.

Yrla läuft voraus, und Didrik folgt ihr. Die Küche, die am Ende des engen, dunklen Flurs liegt, ist nicht größer als eine Kleiderkammer. Es gibt kein Fenster, an der Wand ist ein Klapptisch aufgestellt und daneben ein zusammenklappbarer Stuhl. Es ist ganz offensichtlich eine Küche zum Alleinsein. Yrla hat auch ein Zimmer. Das zeigt zur Straße, und auch dorthin kann sich nicht viel Licht verirren.

Am Fenster steht eine schmächtige Pflanze. An der einen Wand steht Yrlas Klavier, an der anderen ihr Bett. Die getrocknete rote Rose auf dem Nachttisch sieht verlassen aus. Ein kleiner Schreibtisch neben dem Bett ist übersät mit beschriebenem Papier. Das Telefon steht mitten auf dem Boden. Alles sieht sehr zufällig aus, so als dächte Yrla nicht daran, hierzubleiben, könnte sich aber auch zu nichts anderem entschließen.

»Wie schön...« sagt Didrik.

Yrla lacht, doch es ist ein Lachen ohne Freude. »Nein. Aber es ist besser als nichts«, sagt sie und setzt sich aufs Bett. Didrik wartet mitten im Zimmer. Sein Körper fühlt sich merkwürdig an. Seine Arme sind lang und schwer. Er bleibt bewegungslos stehen.

Yrla wirkt geistesabwesend und zerstreut, als störe etwas ihre Gedanken. Sie scheint nicht zu wissen, was sie Didrik sagen soll – und Didrik weiß auch nicht, was er ihr sagen könnte. Das Schweigen zwischen ihnen macht Didriks Körper noch schwerer. Normalerweise sprudeln die Worte aus Didrik und Yrla nur so heraus, eins nach dem anderen. Keiner von beiden muß nachdenken, wenn sie miteinander reden.

»Hast du heute schulfrei?« fragt sie nach einer Weile. Das ist eine unwichtige Frage, die man stellt, um die Stille zu brechen.

»Mmh«, sagt er undeutlich. Yrla lächelt ihn trotzdem ein wenig an. Didrik wartet immer noch.

»Setz dich doch!« ruft sie plötzlich.

Didrik setzt sich augenblicklich auf den Fußboden. Yrlas Haare sehen merkwürdig aus, denkt er. Sie sind glatt und hart, so als hätte sie sie besprüht in dem Versuch, eine poppige Frisur zu bekommen. Sie hat sich auch die Augen angemalt. Das sieht künstlich aus.

»Du bist also hergekommen«, sagt sie.

»Sollte jemand anders kommen?« fragt Didrik. Aber Yrla tut, als hätte er nichts gefragt. Schnell sagt sie: »Es ist lange her, daß wir uns gesehen haben.«
Dieses hohle Gerede interessiert Didrik nicht. So hat sie nie zuvor geredet! So steht es gar nicht zwischen ihnen!
»Bleibst du heute zu Hause? Oder mußt du noch woanders hin?« fragt er.
»Soviel ich weiß, nicht«, antwortet sie. Doch dann wird ihr ihre Ungenauigkeit selbst peinlich, und sie fügt bestimmt hinzu: »Nein, ich meine, ich muß nirgends hin. Ich habe heute frei. Ich werde zu Hause bleiben.« Und sie schaut ihm direkt in die Augen. »Ich habe für ein paar Tage in der Woche einen Job in einem Geschäft gekriegt«, ergänzt sie und versucht, zufrieden zu klingen. Sie will ihre Traurigkeit vor Didrik verbergen, aber er sieht sie in ihrer Art, sich zu bewegen, er hört sie in ihrer Stimme.
»Prima«, sagt er. Dabei denkt er, daß sie nicht hinter einen Ladentisch paßt. Sie sollte draußen sein, im Wind, am Meer. Sie sollte auf einem starken, wilden Pferd durch den Sturm reiten.
»Willst du Tee?« fragt sie, offenbar erleichtert bei dem Gedanken, etwas zu tun zu haben.
»Ja bitte«, sagt Didrik.
Yrla verschwindet in die kleine Küche. Didrik bleibt auf dem Boden sitzen. Er öffnet den Mund, um etwas hinter ihr herzurufen. Sie haben sich immer gegenseitig etwas zugerufen, wenn sie in verschiedenen Zim-

mern waren, weil sie sich so viel zu sagen hatten. Aber ihm fällt nicht ein, was er rufen könnte. Er geht Yrla in die Küche nach.

»Hallo«, sagt er.

»Hallo«, sagt Yrla über die Schulter. Sie steht mit dem Rücken zu Didrik und gießt Wasser in die Teekanne.

»Willst du auch eine Scheibe Brot?« fragt sie.

»Ja ... wenn du auch willst«, gibt Didrik zurück.

»Nein, *du*, willst du?« fragt sie.

»Ja bitte«, sagt er.

Yrla holt Brot und Butter heraus. »Aber du ißt auch eine, oder?« fragt Didrik.

»Ja ... ja, doch, ich auch«, sagt Yrla.

Dann wird es wieder still. Die Stille ist durchsichtig und scharf wie Glas. Und dann, genauso plötzlich, wie die Stille kam, genauso plötzlich beginnen die beiden im gleichen Augenblick zu sprechen.

»Soll ich ...?« fragt Didrik.

»Du kannst ...!« sagt Yrla.

Beide unterbrechen sich und schauen einander verwundert an. Dann lachen beide. Und als sie lachen, ist es zwischen ihnen wie früher. Deshalb lachen sie noch ein bißchen extra.

»Ja, was wolltest du sagen?« fragt Yrla.

»Nein, sag du!«

»Nein, was wolltest *du* gerade sagen?« beharrt sie.

»Vielleicht kann ich schon mal ...«

»Becher rausholen, genau«, stellt sie fest. »Die stehen im Schrank.«

Jetzt sind Didrik und Yrla ganz aufgekratzt. Die Starre zwischen ihnen hat sich gelöst, sie können lachen, die Augen funkeln, und die Worte flechten sich leicht ineinander. Yrla fährt fort, Butterbrote zu schmieren, und Didrik öffnet den Schrank. Darin steht eine Sammlung schöner Keramikbecher. Er nimmt einen rosafarbenen heraus, auf dem »Yrla« steht.
»Den habe ich selbst gemacht«, sagt sie.
Nun entdeckt er einen hübschen blauen Becher mit tanzenden Figuren. »Der da ist schick! Kann ich den haben?« fragt er.
»Du kannst nehmen, welchen du willst«, sagt Yrla, ohne hinzuschauen. Didrik stellt die Becher auf ein Tablett und will gerade hinausgehen, als Yrla sich umdreht und den blauen Becher entdeckt. »Nein!« schreit sie auf. »Den darfst du nicht haben!«
Didrik blickt entgeistert in ihr erregtes Gesicht. »Warum denn nicht?« fragt er.
Yrla senkt die Augen. »Nein . . . der . . . der gehört jemandem. Es darf nur ein . . . ein spezieller Mensch daraus trinken.«

Der Tee ist ausgetrunken. Yrla sitzt auf dem Fenstersims und schaut auf die Straße. Didrik sitzt am Klavier und klimpert Yrlas Lied. In seinem Kopf wandern die Worte herum, aber er läßt kein einziges herausschlüpfen. *Wirbelnde Yrla Wirbelwind . . .*
Sie schaut auf die Straße. Sie scheint kaum noch zu merken, daß Didrik da ist. Plötzlich seufzt sie schwer,

steigt vom Fenstersims herunter und läßt sich auf ihrem Bürostuhl nieder. Unruhig dreht sie sich hin und her, während sie auf einem Stift herumkaut.

»Ich finde, daß du einfach nicht hierhergehörst«, sagt Didrik. »Kannst du nicht zu Teofil ziehen?«

Yrla dreht sich auf ihrem Bürostuhl, so daß sie Didrik genau in den Moment, als er über die Schulter zu ihr guckt, den Rücken zuwendet. Er ist enttäuscht, nur ihren Rücken zu sehen.

»Ach, da draußen gibt es nichts zu tun . . .« sagt Yrla gelangweilt. »Da gibt es keine Jobs, und außerdem trifft man keinen Menschen.«

»Mich triffst du«, beharrt Didrik.

»Ja, sicher, das ist klar«, seufzt Yrla.

»Ja und?«

Er sieht das Licht auf ihre Wange fallen, auf das äußerste Ende ihrer Nasenspitze. Er sieht ihren Rücken, aber er sieht nicht ihr Gesicht. Sie sagt nichts, und er wartet. Er ist den ganzen Weg gefahren, um sie zu treffen, und sie schaut einfach weg. Aber in diesem Augenblick dreht sie sich erneut mit dem Bürostuhl, so daß sie einander die Gesichter zuwenden. Sie lacht. Sie lacht ein richtiges Yrla-Lachen und blickt ihm direkt in die Augen.

»Willst du ein Lied hören, das ich geschrieben habe?« fragt er, plötzlich mutig geworden. »Ich habe auch einen Text dafür. Willst du?«

»Ja!« sagt Yrla mit heiterer Stimme.

»Dann fange ich an«, sagt Didrik. Mit pochendem

Herzen beginnt er zu singen und zu spielen: *Dann kamst du zu mir an den Strand und küßtest mich auf die Hand* ...

Und jetzt, in Yrlas Zimmer, bei Yrla, unter ihren Augen und Ohren treten die Worte richtig hervor. Diese Worte, die Didrik seit mehreren Monaten vertraut sind, erhalten jetzt ihre wirkliche Inbrunst und Sehnsucht. ... *Liebe zu dir wird ewig bleiben, deinen Namen will in den Sand ich schreiben* ... *Wirbelnde Yrla, Wirbelwind* ...

Da schrillt Telefonklingeln durchs Zimmer. Yrla springt hoch und wedelt mit den Armen. »Still! Still! Aufhören! Still!«

Es ist, als bliebe Didrik das Herz stehen. Yrla wirft sich mit glühenden Wangen aufs Telefon. »Yrla Nor«, sagt sie. »Hallo? ... Entschuldigung, wie bitte? Ich kann nichts hören, hier ist so ein Krach!«

Didrik sitzt auf dem Klavierhocker, die Hände unter den Oberschenkeln vergraben. »Nein«, sagt Yrla und sieht enttäuscht aus. »Sie sind falsch verbunden. Danke, auf Wiederhören.«

Sie legt auf. Für einen Augenblick ist ihr Gesicht ganz zerknittert.

Dann wirft sie die Haare nach hinten und schreit wütend: »Ich werde noch verrückt! Dieser Trottel macht mich noch verrückt!« Aufgebracht durchquert sie das Zimmer. Sie ist wie mit elektrischem Strom geladen. Didrik betrachtet sie wortlos.

»Oh, dich meine ich nicht«, sagt sie entschuldigend,

aber mit blitzenden Augen. Didrik sitzt stumm auf seinem Stuhl, auch seine Wangen glühen.

»Entschuldige!« bringt Yrla hervor und geht mit ausgestreckten Armen auf ihn zu. »Entschuldige, Didrik!«

»Soll jemand anrufen?« fragt er. Yrla bleibt mitten im Zimmer stehen. »Ach, es ist mir doch ganz egal!« faucht sie, kehrt um, läuft zum Fenster, reißt es weit auf, beugt sich hinaus und ruft: »Hallo! Hallo, wo bist du? Bist du da? Kommst du bald, mein armes kleines Würstchen? Ach nein, nein, das dachte ich mir schon!«

Sie schmeißt das Fenster zu, daß es erzittert.

»Auf wen wartest du?« fragt Didrik.

»Auf niemanden«, sagt Yrla und versucht, unbekümmert auszusehen. »Ich führe mich nur kindisch auf. Es würde mir nie einfallen, auf jemanden zu warten! Niemals!«

»Ist es dieser spezielle Mensch?« fragt Didrik.

Darauf antwortet Yrla nicht. Sie schaut Didrik auch nicht an.

»Soll er kommen?«

»Nein!« zischt Yrla, dann läßt sie sich aufs Bett plumpsen und seufzt. »Ich weiß nicht . . .« Sie wirft Didrik einen schnellen, scheuen Blick zu.

»Warum wartest du auf ihn, wenn er gar nicht kommt?« bohrt der weiter.

»Weil er nicht hier ist, natürlich«, antwortet sie kurz. Es wird wieder still zwischen ihnen. Didrik fängt an,

das Yrla-Lied mit einer Hand zu klimpern. Yrla geht ans Fenster und schaut auf die Straße. Er sieht, wie ihr das Haar über die Schultern und den Rücken fällt. Er sieht, wie ihre Wimpern das graue Licht einfangen. Nur die einzelnen Töne des Liedes sind zu hören.
»Wie hieß diese Tante, die den ganzen Tag an ihrem Fenster stand und nach dem Kerl Ausschau hielt, der irgendwas mit U hieß . . . der nie kam? Wie hieß sie noch?«
Yrla blickt über die Schulter. Ihre Augen treffen Didriks.
»Eufemia?« fragt sie verwundert.
»Du bist wie sie.«

Eine große weiße Fähre mit Möwen im Schlepptau legt im Hafen an. Auf dem Bahnhof steht ein Zug und schnauft, und die Menschen eilen auf den Bahnsteig. Am Busbahnhof drängen sich alle Menschen, die die Stadt für heute verlassen wollen, die Busse stehen aufgereiht da, fressen eine Schlange nach der nächsten in sich hinein und verschwinden dann. Eine Gruppe Reisender wartet auf den Bus, den auch Didrik nehmen muß. Doch Didrik und Yrla stehen an eine Wand gepreßt ganz für sich. Er hat seinen Rücken an sie gelehnt, und sie hat ihre Arme um seinen Hals gelegt. So stehen sie da, schweigsam, während die Minuten verstreichen. Zum Schluß muß Yrla etwas sagen.
»Warum bist du eigentlich hergekommen?«

»Weil ich dich vermißt habe.«
»Ich bin froh, daß du gekommen bist«, sagt sie.
»Wirklich?«
»Aber es ist doch besser, wenn wir uns bei Teofil treffen, unten am Strand, beim Meer . . .« sagt sie gedankenverloren.
»Wann kommst du wieder?« fragt er.
»Ich weiß nicht«, antwortet sie.
»Kommst du zurück?«
»Ja, das ist sicher.«
»Mehrere Jahre lang?«
»Auf jeden Fall nächsten Sommer«, sagt Yrla.
Es ist noch lange hin bis zum nächsten Sommer. In der Zwischenzeit kann soviel geschehen. Alles verändert sich ununterbrochen. Niemand weiß, wie es im nächsten Sommer sein wird.
»Den ganzen Sommer?«
»Ich weiß nicht, Didrik, aber ich komme zurück, das verspreche ich.« Sie streichelt seine Wange – ihre Hand ist kalt, aber die Berührung ist warm.
»Allein?« fragt Didrik weiter.
»Ich weiß nicht . . .«
Yrla kann nichts versprechen. Es gibt keine Antworten.
»Dann können wir vierhändig spielen!« sagt sie plötzlich ganz begeistert.
»Kann er spielen, dein . . .?« fragt Didrik.
»Nein. Er ist vollkommen unmusikalisch«, antwortet Yrla.

»Ich werde üben«, sagt Didrik entschlossen.
»Ich auch«, sagt Yrla.
Da fährt der Bus vor und läßt die Passagiere einsteigen. Yrla drückt Didrik so fest an sich, wie sie kann, sie hält ihn sogar noch einen Augenblick länger fest. Zusammen stellen sie sich ans Ende der Schlange. Didrik zählt sein Geld, wirft sich die Tasche über die Schulter. Sie läßt ihn nicht aus den Augen. Es ist, als wolle sie sich sein Bild ins Gedächtnis einprägen, als wolle sie ihn nicht gehen lassen.
Dann ist es Zeit für Didrik, einzusteigen. Yrla lacht ihn an. Didrik lacht sie an. Das ist in neues Lachen zwischen ihnen. Dann umarmen sie einander, ganz fest.
»Tschüs, mein allerbester, liebster Freund«, flüstert sie ihm ins Ohr. Er bohrt sein Gesicht in ihren Hals und schließt die Augen. »Tschüs ... mein aller ...«, sagt er. » ... Mädchen ...«
Sie stehen da, eng beieinander, ohne den Wind, die Zeit oder die ungeduldigen Blicke des Busfahrers zu bemerken. Der räuspert sich schließlich laut, und Didrik und Yrla lassen einander los.
»Paß auf dich auf ... immer ...« sagt Yrla und hält weiterhin seine Hand fest.
»Du auch«, sagt Didrik, und nun muß er in den Bus springen. Die Türen schließen sich, und Yrla bleibt draußen stehen.
»Versprich es mir!« ruft sie. Er nickt. Dann läuft er schnell im Bus nach hinten, um ihr von dort noch einmal zuzuwinken. In dem kalten Wind sieht sie

dünn und verloren aus. Sie hebt ebenfalls die Hand zum Winken, ändert dann aber ihre Meinung und wirft ihm einen Handkuß zu. Und der Bus fährt vom Platz, und sie ist fort.
Didrik schaut noch einen Augenblick hinter ihr her. Dann setzt er sich. Die Stadt zieht vor den Fenstern vorbei. Er schließt seine Augen und sieht Yrlas Gesicht. Er sieht ihre Augen, spürt ihren Duft und sieht ihr Lachen. Er muß dafür gar nicht extra an sie denken. Es gibt sie, die ganze Zeit, in seiner Nähe. Dann und wann streift er sie mit seinen Gedanken, und dann breitet sich etwas Helles in seinem Inneren aus. Etwas, das jeden Winkel seines Herzens ausfüllt. Es prickelt innen und außen, es wärmt.
Und als Yrla durch die Stadt geht, ist ihr Herz ganz von ihm erfüllt. Sie denkt an die Zeit. Das Leben hat elf Jahre zwischen sie beide gelegt, und das wird sich niemals ändern lassen. Aber es gibt sie. Und es gibt ihn.

19

Die Neonröhre an der Decke des Klassenzimmers summt. Der Herbst läßt den Regen gegen die Fenster peitschen. Die Lehrerin hat sich herbstlich angezogen. Schwere Goldarmbänder klingeln um ihre Handgelenke, ihr Haar ist kastanienrot. Ihre Augenlider glän-

zen goldbraun, und während sie die Englischaufgaben abhört, malt sie sich die Nägel rostrot an.
Tova betrachtet Didrik, der dasitzt und schreibt. Er schreibt einen neuen Liedtext. Er hört der Lehrerin nicht zu. Hin und wieder wandert sein Blick hinaus zu dem Baum, dessen Zweige sich auf dem Schulhof im Wind bewegen. Dann sieht Tova das Licht auf seine Wimpern fallen. Sie sieht seine Nasenspitze, seine Wangen und Lippen. Schon lange will sie mit ihm reden. Sie will ihm ihm Sagen, daß sie ihm gern helfen will, wenn er sie braucht. Sie hat ihm verziehen. Sie will einfach seine Freundin sein.
In den letzten Tagen hat er sich verändert. Mehrere Male hat er ihren Blick erwidert und sie gegrüßt. Versucht er, sich ihr anzunähern, hat aber Angst, daß sie noch böse auf ihn sein könnte?
Die Lehrerin richtet ihren Blick auf Didrik. Sie will eine Antwort auf ihre Frage, jedoch er merkt nichts. Tova pikst ihn mit dem Lineal in den Rücken. »Didrik!« flüstert sie.
»Und was schreibst du da?« fragt die Lehrerin.
»Er schreibt Tova einen Liebesbrief«, sagt Ruben säuerlich. Die ganze Klasse kichert, doch Didrik protestiert nicht. Nur als die Lehrerin zu seiner Bank kommt und die Hand nach dem Zettel ausstreckt, stopft er ihn wortlos in seine Tasche. Die Lehrerin betrachtet ihn erstaunt. Ihr ist klar, daß sie ihm den Zettel nicht mit Gewalt entreißen kann, um zu lesen, was er geschrieben hat. Eine Sekunde zögert sie noch

unter seinem festen Blick, dann läßt sie ihn in Ruhe. Im gleichen Moment klingelt es zur Pause, und alle Kinder packen ihre Sachen ein und rennen davon.
»Danke für heute!« ruft die Lehrerin und winkt auf eine irgendwie übertriebene Art mit der Hand. An ihrem Ringfinger glitzert ein Ring.
»Sind Sie verlobt?« fragt Didrik, als er gehen will.
»Und verheiratet«, antwortet die Lehrerin zufrieden.
»Glückwunsch«, sagt Didrik und schlüpft hinaus. Er hat es eilig, nach Hause zu kommen. Er will zu dem neuen Text eine Melodie machen.
Aber am Fahrradständer wartet Tova. Sie bastelt an ihrem Fahrrad herum. Sie sagt, daß sie das Schloß nicht aufkriegt. Didrik beugt sich über Tovas Fahrrad, um die Sache zu untersuchen. Tovas Herz schlägt schneller. Jetzt steht er dicht bei ihr, und es gibt soviel, was sie sagen will. Sie könnten so gute Freunde werden. Er soll wissen, daß er sich darauf verlassen kann, daß sie immer da sein wird, auch wenn ihm alle anderen den Rücken kehren. Und sie will ihm erzählen, was sie alles über die Liebe weiß.
»Hat sich dein Vater von der Papageienkrankheit wieder erholt?« fragt sie.
»Das ist doch schon Ewigkeiten her«, sagt Didrik mit einem winzigkleinen Seufzer. Dann geht das Schloß auf, und Didrik besteigt sein eigenes Fahrrad. Tova beeilt sich, auf ihres zu kommen. »Ein Glück!« sagt sie. Etwas anderes fällt ihr nicht ein.
Tova und Didrik fahren nebeneinander her. Sie reden

nicht viel. Ehrlich gesagt, reden sie gar nichts. Tova weiß nicht, wie sie anfangen soll. Sie sieht Didrik ununterbrochen an. Er wird immer hübscher. Sie denkt an den Text, den er vorhin geschrieben hat. Er hat nicht widersprochen, als Ruben sagte, es sei ein Liebesbrief. Er protestiert nicht dagegen, daß sie neben ihm radelt. Er ist schüchtern und traut sich nicht, den ersten Schritt zu tun, weil er weiß, daß er sie verletzt hat. Ihre Liebe kann so schnell wieder erwachen! Allein dadurch, daß sie neben ihm herfährt. Jetzt muß sie ihm klarmachen, daß sie ihm alles verziehen hat.

»Hast du ein Gedicht geschrieben?« fragt sie.

»Mmh«, antwortet Didrik.

»Machst du auch eine Melodie dazu?«

»Mmh«, antwortet Didrik.

Tova lacht. Ihr ist am ganzen Körper warm. »Kann ich heute mit zu dir kommen?« fragt sie nach einer Weile. Da hält Didrik sein Fahrrad an. Sein Blick wird eindringlich. Er schaut hinüber auf die Wiese, zum stürmischen Meer.

Tova wartet verwundert.

»Darf ich?« wiederholt sie, jetzt sicher, was er antworten wird.

»Pst!« sagt Didrik. Er zieht unwillig die Augenbrauen in die Höhe. Durch den Wind ist ausgelassener Gesang zu hören, eine jubelnde Arie.

»Kai Husell!« platzt Didrik heraus. »Er singt! Dann ist seine Frau zurückgekommen!« Er prescht auf dem

Fahrrad davon, Tova ihm hinterher, doch sie bleibt an der Bahnschranke stehen.

»Didrik!« ruft sie. Aber der strampelt weiter zur Wiese.

»Didrik!« Sie sieht ihn mit dem Wind in den Haaren zu dem singenden Mann am Meer fahren.

Der Wind trägt ihren Ruf zu Ruben, der auf dem Hügel hinter ihr auftaucht. Er sieht Tova vom Fahrrad springen und hinter Didrik zur Wiese laufen. Sie hält ihre Hände trichterförmig vor den Mund, stellt sich auf die Zehenspitzen und ruft, so laut sie kann, gegen den Wind an. »Didrik!!!«

Ihre Stimme bricht, und Didrik hört nichts. Aber Ruben hört es. »Tova!« ruft er. »Tova!«

Tova hört seinen Ruf, den der Wind wegträgt, nicht. »Tova!«

»Didrik . . .« ruft Tova, plötzlich sehr müde. Sie wird so unendlich müde davon, ihn verschwinden zu sehen, so unendlich müde davon, hinter ihm herzurufen. Sie bleibt mitten im Lauf stehen und sieht, wie er zu dem singenden Mann rennt. Regen prasselt auf ihre Plastikkapuze. Die Tropfen laufen über den Rand, in ihr Gesicht. Plötzlich weint Tova. Dann dreht sie sich um und geht mit hängendem Kopf zu ihrem Fahrrad zurück. Sie guckt starr zu Boden. Ruben sieht, wie sie immer näherkommt. Bald wird sie ihn entdecken. Doch als Tova ihr Fahrrad erreicht, ist Ruben verschwunden.

Tova wirft sich aufs Fahrrad und fährt nach Hause zu

ihrem Baum. Kai Husell steht in gelber Regenkleidung und grünen Gummistiefeln da und singt eine glückliche Arie. Er streckt die Arme aus, um die gesamte Welt zu umfassen. Didrik bleibt ein Stück hinter ihm stehen, um ihn nicht zu stören. Die Möwen sitzen auf den Steinen, ausnahmsweise vollkommen still.

20

Der Herbst liegt schwer auf den Straßen, der Regen prasselt gegen Didriks Fenster. Didrik stemmt seine Füße auf den Fußboden und drückt mit seinem ganzen Gewicht gegen den schweren Klavierkörper. Ganz, ganz langsam gelingt es ihm, das schwere Möbelstück zu verschieben. Zuletzt steht es in Richtung zur Stadt, zu der Stadt, in der so viele Menschen leben, und unter ihnen auch Yrla. Auf dem Klavier liegt ein blauer Briefumschlag. Er ist blau wie der Himmel und das Meer. Im Umschlag liegt ein abgegriffener blauer Brief.

Mein lieber Didrik! steht in dem Brief. *Wie geht es dir? Spielst du Klavier? Du darfst es nicht vergessen – ich freue mich darauf, mit dir zu spielen! Wir werden in Eufemias Zimmer sitzen und spielen, während der Wind weht und der Regen gegen das Fenster peitscht. Wir werden Kerzen anzünden und Rosentee trinken, nicht wahr, Didrik?*

Wie lange ist es doch noch bis dahin! Vielleicht wirst du mich bis dahin satt haben. Ich mit meinem ewigen Warten. Wenn ich doch dieses Warten aus meiner Brust reißen und fortwerfen könnte ... Ich glaube, das sollte ich tun, Didrik. Ich verspreche es dir, Didrik – der du doch so klug bist und das Leben mit deinen klaren Augen siehst. Eines Tages wird ein Mädchen kommen, dich anschauen, und dann wirst du mit ihr gehen ...
Wie auch immer. Die Stadt stinkt, und die elenden Autos hören nicht auf, Tag und Nacht zu hupen und Krach zu machen. Wer weiß, vielleicht tauche ich eines Tages bei dir auf – wenn die Abgase mein Gehirn zu Kinderbrei verflüssigt haben. Didrik, du glaubst es vielleicht nicht, aber ich denke oft an dich. Ich vermisse dich. Ich hoffe, daß du so bleiben kannst, wie du bist, durch die Jahre hindurch. Ich hoffe, daß du nicht meinst, du müßtest dir die sinnlose Macho-Maske umbinden. Denk daran – weigere dich, dieses Männlichkeitskostüm anzuziehen, das die meisten Männer so engstirnig macht. Du weißt, was ich meine. Jetzt muß ich aufhören, denn ich muß gleich zur Arbeit. Nachher werde ich mich aber dort verabschieden, denn warum soll ich meine Kräfte in einem Geschäft vergeuden? Ich sehne mich nach dem Meer und der Wiese – danach, Herbstspaziergänge mit dir durch das duftende Laub machen zu können. Schreib mir bald, lieber Didrik. Du hast einen Platz in meinem Herzen. Immer.

Kuß, Yrla

Didrik holt seinen neuen Liedtext heraus. Er liest ihn durch und legt ihn aufs Klavier. Er massiert seine

Finger. Er schließt die Augen und fängt an zu spielen. Die Töne klingen ihm entgegen, klar und rein. Ein Ton erzeugt den nächsten, und die Melodie wächst langsam weiter. Didrik vergißt Zeit und Raum. Es ist wieder einmal, als schwebte er hoch über der Erde.

Da wird die Tür aufgerissen. »Hier bin ich!« Ebba grüßt Didrik im Vorbeirauschen und liegt im nächsten Augenblick auf dem Boden seines Zimmers, Farbstifte und Papier um sich.

»Anklopfen, habe ich gesagt!« zischt Didrik.

»Habe ich irrsinnig schnell gemacht, aber du hörst so langsam«, antwortet Ebba.

Didrik starrt sie an. Sie hat offensichtlich die Absicht, auf seinem Fußboden zu bleiben. »Was willst du hier?«

»Ich wohne hier, und ich möchte gern Gesellschaft haben«, antwortet Ebba, ohne ihn eines Blickes zu würdigen. Sie ist bereits damit beschäftigt, auf ihrem Block zu malen.

Didrik betrachtet sie. Ihr Haar ist zerzaust, sie trägt eine blaue Latzhose. Bald wird sie 10 Jahre alt. Er beschließt, daß sie bleiben darf. Es hat keinen Zweck, sich aufzuregen.

Er spielt weiter. Ebba ist still. Das einzige, was außer dem Klavierspiel zu hören ist, ist das Geräusch der Farbstifte auf dem Papier und das Klopfen des Regens am Fenster.

»Ist das ein neues Lied?« fragt Ebba nach einer Weile.

»Jaha«, sagt Didrik.

»Handelt es von Liebe?« Ebba wirft ihrem großen Bruder einen raschen Blick zu.
»Weiß nicht«, sagt Didrik.
Ebba konzentriert sich. »Didrik«, sagt sie. »Ich muß dich was fragen . . .«
Didrik sagt nichts.
»Was ist Liebe?«
Didrik hört auf zu spielen. Er sieht sein Spiegelbild in dem blankpolierten Klavier.
»Wie ist das – Liebe?« fragt Ebba ernsthaft. »Ist das irgendwie warm und hell?«
»Mmh«, antwortet Didrik.
»Und man will mit dem, den man mag, die ganze Zeit zusammensein?«
»Mmh«, antwortet Didrik.
Ebba schweigt für einen Moment. Didrik verstummt auch. »Und man denkt nur an ihn«, sagt sie dann.
»Mmh«, antwortet Didrik.
»Und träumt vielleicht auch nachts von ihm?«
»Mmh.«
»Und dann will man ihm alles geben, was man hat.«
»Mmh«, antwortet Didrik, und etwas leuchtet in seinen Augen auf.
»Dann weiß ich, was Liebe ist!«

Band II

Ebbas Geschichte

1

»Hallo! Hier bin ich!« verkündet Ebba, während sie die Haustür aufreißt.
In der Küche sitzen Mama, Papa und Didrik und essen merkwürdig still ihr Abendessen. Mama schaut auf die Uhr. Es ist zehn nach sechs.
»Wirf die Tür nicht ins Schloß«, ruft Papa genau in dem Moment, als Ebba die Tür zuschmeißt, daß der Flurspiegel wackelt.
»Hallo, Papa! Hallo, Mama! Hallo, Didrik!« Ebba stürzt in die Küche.
»Zieh deine Schuhe aus«, sagt Papa.
»Setz dich und iß«, sagt Mama und rückt Ebbas Stuhl zurecht.
»Ich muß aber erst meine Schuhe ausziehen, das hat er nämlich gesagt.«
»Welcher er?« fragt Papa.
»Na er, der da sitzt«, sagt Ebba, deutet mit dem Kopf auf ihren Vater und läuft in den Flur, wo sie die Schuhe von den Füßen schüttelt, daß sie in verschiedene Richtungen fliegen.

»Man sagt nicht ›er‹ von jemandem, der anwesend ist! Das ist äußerst unhöflich. Man nennt den Namen des Betreffenden, oder in meinem Fall heißt es ›Papa‹.«
Mama und Didrik gucken Papa amüsiert an.
»Jawohl, Herr Papa Reng, Blubber Klapper Plopper Papper!« ruft Ebba und läßt ihre Jacke auf den Boden fallen.
»Mach aus dem Flur keine Rumpelkammer, sei so gut«, verlangt Papa. Inzwischen schüttelt Ebba ein paar Zweige ab, die sich in ihrem Haar verfangen hatten, und tritt nach einem Schuh, der daraufhin unter den Schrank rutscht.
»Häng deine Jacke auf und stell die Schuhe in die Garderobe«, spricht Papa weiter. »Du weißt, was wir wegen der Schuhe vereinbart haben. Schuhe – «
»Schuhe gehören in die Garderobe, jawohl«, fällt Didrik ein. Papa verstummt erstaunt.
»Das kannst du selber machen! Mensch, was bist du immer schlaff!« tönt Ebba aus dem Flur.
»Ich habe den ganzen Tag gearbeitet«, antwortet Papa.
»Und ich war den ganzen Tag Kind – wenn du meinst, das wäre so unheimlich erholsam ...«
Papa seufzt tief. Niemand kümmert sich darum, was er sagt. Seine Familie hat keinen Sinn für Ordnung. Den hat er selbst eigentlich auch nicht, aber zwischendurch packt ihn doch immer mal das Gefühl, daß er die Kontrolle über sein Dasein verloren hat. Das Haus ist ein ewiges Durcheinander, die Kinder kommen

und gehen, wie es ihnen paßt, und niemand findet das, was er gerade braucht. Papa sehnt sich nach Ordnung, danach, das Leben in den Griff zu bekommen und sich nicht mehr um verlorengegangene Dinge sorgen zu müssen.

Deshalb hat er einen sehr teuren Kursus angefangen, der heißt »Efficient-Life-Energy-Mobilizer-Planning« oder auf deutsch so ungefähr »Plane-dein-Leben-und-werde-glücklich«. Dort lernt er, was er tun muß, um die Kontrolle über sein Leben wiederzuerlangen. Jeden Tag kommt er aufgekratzt und voller Ideen nach Hause, zeichnet Tabellen und stellt Pläne für sein Leben auf. Er lernt, daß man das Beste aus allem machen kann, wenn man seine Zeit exakt plant. Man verschwendet niemals Zeit und Energie damit, nach Sachen zu suchen, oder mit dem Versuch, sich daran zu erinnern, was man eigentlich machen sollte. Alles wird durchgeplant, und alles steht auf seinem richtigen Platz. Dadurch wird man viel ausgeglichener, abgesehen davon, daß man sowieso viel mehr vom Leben hat. Man wird entdecken, daß man Zeit hat, seinen Mitmenschen zuzuhören, besonders wenn man eingeplant hat, ihnen zuzuhören. Mit Hilfe von Kalender und Uhr wird man ein ganzer, glücklicher Mensch. Papa Reng ist überzeugt, daß er die Lösung für die Probleme des Lebens gefunden hat, aber seine Familie lacht nur darüber und verspottet ihn.

Ebba kommt wieder in die Küche. »Jetzt war ich so tüchtig, krieg' ich nun was zu essen?« Sie läßt sich am

Tisch nieder und reckt hungrig den Hals nach den Schüsseln.

»Wo bist du gewesen?« fragt Mama.

»Mit Philip«, antwortet Ebba.

»Ich habe gefragt, *wo* ihr wart«, sagt Mama, und ihre grünen Augen werden streng. Ebba antwortet nicht.

»Philips Mutter wußte auch nicht, wo ihr steckt«, bohrt Mama weiter.

»Stimmt, sie wußte es auch nicht.«

»Meinst du nicht, daß wir erfahren sollten, wo ihr den ganzen Tag seid?«

»Nein, das finde ich nicht! Und ich will nach dem Essen wieder hin!« Ebba füllt sich ihren Teller mit einem orientalischen Gericht. »Was riecht denn da so komisch?« entfährt es ihr.

»Mein Gott, ihr fehlt wirklich jegliche Erziehung«, sagt Papa empört.

»Von wem spricht er?« fragt Ebba.

»Von dir«, antwortet Didrik.

»Sie sollte langsam gelernt haben, sich besser auszudrücken. Nicht ›Was riecht denn da so komisch‹. Und außerdem sollte sie lernen, pünktlich nach Hause zu kommen und zu erzählen, was sie macht und wie lange sie fortbleiben will«, sagt Papa zu Mama.

»Redet er immer noch von mir?« fragt Ebba und schüttet dabei einen Teil der Milch neben ihr Glas.

»Ja«, antwortet Didrik.

»Und sie sollte lernen, hinzugucken, was sie tut!« fährt Papa aufgebracht fort. »Sie sollte sich bewußt darüber sein, was ihre herumwirbelnden Arme treiben!«

»Ebba heiße ich«, macht Ebba ihn aufmerksam und öffnet den Mund, um einen Bissen hineinzuschieben. Didrik beobachtet sie gespannt. Prustend spuckt sie ihr Essen auf den Teller zurück.

»Was ist das denn? Was hast du damit gemacht?« Anklagend guckt Ebba Mama an.

»Das war ich nicht. Das war Papa. Papa hat das Rezept in seinem Kurs bekommen und eine Menge Zeit darauf verwendet, exotische Kräuter zu mischen, Fleisch, Gemüse und Pilze in dünne Fetzen zu schneiden und alles zusammen in besondere Marinaden zu legen.«

»O nein«, stöhnt Ebba. »Und ich habe doch so einen Hunger. Du darfst ihn nicht an den Herd lassen!«

»Nein, das ist ein Verbrechen an uns Kindern«, sagt Didrik.

Papa stopft beleidigt sein Essen in sich hinein.

»Vielen Dank, Fredrik«, sagt Mama.

»Wieso?«

»Denkst du, ich merke nicht, daß du dieses Zeug gemacht hast, damit die Kinder *mich* bitten, das Essen zu kochen?«

»Ja, jeden Tag«, sagt Ebba.

»Du tust das nur, damit du dich drücken kannst«, zischt Mama.

»Das ist eine Verleumdung!« verteidigt Papa sich. »Ich habe wie ein Wilder an diesem Essen gearbeitet! Ich habe meine ganze Seele hineingelegt!«

»Was für eine Seele?« grinst Ebba.
»Du bist aber auch zu abgestumpft. Das ist die ganze Wahrheit«, schimpft Mama und wirft ihre Serviette auf das wirklich ungenießbare Essen. Papa schaut verschreckt auf.
»Er hat absolut keine Technik. Mangelnde Feinmotorik. Total unbegabt«, sagt Didrik und kratzt seine Portion vom Teller in den Mülleimer. Ebba tut es ihm sofort nach: »Denk doch, wenn wir jetzt einen Hund hätten – wie froh der wäre . . .«
»Der arme Hund«, stöhnt Didrik und geht.
»Kinder, wollt ihr mir nicht helfen, Ordnung in dieses Durcheinander zu bringen?« fragt Mama.
»Nein, ich habe wichtigere Dinge zu tun. Die Schule.« Didrik entschlüpft in sein Zimmer.
»Ich gehe Pizza kaufen!« Papa verschwindet, immer noch beleidigt.
»Ebba«, sagt Mama scharf, als Ebba ebenfalls versucht, sich auf Zehenspitzen davonzuschleichen.
»Aber ich habe keine Zeit! Ich bin mit Philip verabredet!«
»Ebba«, wiederholt Mama scharf.
»Warum läßt du Didrik immer weg?«
»Er hat Wichtigeres zu tun«, antwortet Mama, während sie das schmutzige Geschirr zusammenstellt.
»Meine Sachen sind auch wichtig!«
Aber Mama hört nicht zu. Sie kratzt die Spuren von Angebranntem vom Herd ab.
»Mama!«

»Bring bitte den Abfall raus«, sagt Mama müde.
Ebba seufzt und knotet den Müllbeutel zu. »Aber dann gehe ich.«
»Und wohin?« ruft Mama ihr nach.
»Das darf niemand außer Philip und mir wissen!«
»Aber denk daran, daß du um acht zu Hause bist!«
»Tschüs«, sagt Ebba und wirft die Tür hinter sich zu. Mama bleibt allein in der unaufgeräumten Küche zurück.

2

Philip duftet hinter den Ohren nach Freiheit und in den Haaren nach Blätterrauschen. Er ist Schätzesammler und Wegefinder. Er sieht Schätze, die niemand anders sieht, und wenn er durch den Wald geht, findet er verborgene Pfade. Ebba liebt seine Neugier, auch wenn sie es ab und zu etwas peinlich findet, wenn er in einen Müllcontainer klettert, um nach einem Fundstück zu graben.

Seine Mutter, Joëlle, ist Französin marokkanischen Ursprungs. Sie ist Textilkünstlerin und webt phantastische Bilder mit Garnen, die sie selbst in großen, blubbernden Töpfen färbt. Ebba und Philip helfen ihr manchmal, Zapfen und Kräuter im Wald für das Farbbad zu suchen.

Ebba ist gern bei Philip und Joëlle. Dort herrscht ein

wunderbares, spannendes Chaos. Joëlles schöne Garne sind in der ganzen Wohnung zum Trocknen aufgehängt, und überall liegen Papier, Stifte, Farben und Skizzen herum. Philips Mutter arbeitet immerzu, und währenddessen hört sie arabische Musik und diskutiert mit Philip über Gott und die Welt. Normalerweise diskutiert Ebba dann mit, aber ihr gefällt es ebensogut, zuzuhören und dabei in Joëlles Büchern zu blättern.

Philip hat in einem Bambuskäfig Vögel, und denen geht es so gut, daß sie Junge bekommen. Philip hat ein besonderes Verhältnis zu Tieren, sowohl zu den zahmen als auch zu den wilden im Wald. Sie scheinen ihm zu vertrauen. Zusammen mit Philip wird alles schön, findet Ebba. Sie können stundenlang miteinander reden. Alles wird dabei interessant. Außerdem können sie zusammen lachen, lange und viel. Ebba sieht ihn gern lachen, weil es dann so schön in seinen dunkelbraunen Augen funkelt.

Eines Tages, als sie auf einem unbekannten Weg durch den dunklen Wald liefen, öffneten sich plötzlich die Baumkronen über ihren Köpfen, und die Sonne drang herab. Sie waren auf eine Lichtung gekommen. Mitten auf der sonnenbeschienenen Lichtung lag ein verlassener Schuppen mit Tür und Fenstern. Genau so etwas hatten sie sich gewünscht! Einen Platz irgendwo weit weg, wo niemand sie finden konnte, wo sie ganz für sich allein sein konnten. Einen Platz für sie zwei.

»Unsere Gartenlaube!« rief Philip.
So ist das mit Philip. Schätze liegen auf seinem Weg, denkt Ebba. Aber Philip sagt, daß das nur passiert, wenn er mit Ebba zusammen ist.

Ebba läuft durch den Gartenlaubenwald. Sie hüpft geschickt über Baumstümpfe und Wurzeln, durch Büsche und Gestrüpp. Philip hockt oben auf dem Dach der Laube und fegt Blätter und Zweige fort.
»Hallo, Ebba Ebbselon!« ruft er.
Als sie ihn sieht, wird ihr im ganzen Körper warm.
»Hallo, Philip Philipson! Ich hab' zwei Gläser mitgebracht!«
»Stell sie in den Schrank!«
»Was für einen Schrank?«
»Ich habe auf dem Weg hierher in einem Container einen Schrank gefunden. Er steht drinnen!«
Sie geht in die Laube. Da drinnen ist es schön. Das Licht scheint durch die Stoffstücke hindurch, die sie mit Heftzwecken vor dem Fenster befestigt haben. Auf dem Boden liegt ein abgenutzter, aber hübscher Flickenteppich. Sie haben einen Tisch mit drei Beinen, zwei Küchenstühle und eine gemusterte Decke. Ebba hat einen Kerzenleuchter mitgebracht, der auf dem Tisch steht, und auf dem Fensterbrett liegt Philips schimmernde Schneckensammlung. Er hat die Schnecken in Nordafrika gesammelt, wohin er manchmal mit seiner Mutter fährt. Draußen vor dem Fenster liegt der große Wald, und neben dem Fenster

stehen Möbel, die noch gesäubert und bemalt werden sollen.

Ebba stellt die ersten gemeinsamen Gläser in den neuen Schrank. »In den Gläsern war Senf – ekliger Senf, den hab' ich weggeschmissen.«

Philip streckt eine Hand durchs Fenster und tastet nach dem Hammer. Sie reicht ihm den Hammer, und er verschwindet wieder nach oben. »Sobald wir das Dach abgedichtet haben, können wir einziehen!« ruft er zwischen den Hammerschlägen.

»Wir müßten auch einen Ofen haben.«

»Wir sind wie zwei Heizungen, du und ich«, sagt Philip, der durch ein Loch im Dach zu ihr hinunterschaut. »Zusammen haben wir 200 Watt«, sagt er.

»Mhm«, lacht Ebba.

»Also genau richtig!« Philip nagelt das Loch zu.

»Wie praktisch«, sagt Ebba. »Das wird toll, wenn wir hierherziehen! Ich habe die ewigen Nörgeleien bei mir zu Hause satt. Weißt du, was sie sagen? Sie sagen, daß ich Dreck mache. Gibt es irgendeinen Menschen, der keinen Dreck macht?«

Philip öffnet die Tür und kommt herein. »Obwohl – ich weiß nicht so recht, ob meine Mutter ohne mich klarkommt.« Er wirft Ebba einen kurzen Blick zu.

»Ist sie immer noch nicht selbständig? Sie ist doch schon fast vierzig! Du kannst doch nicht den Rest deines Lebens mit ihr verbringen?« protestiert Ebba.

»Deine Mutter hat ja deinen Vater. Meine Mutter hat nur mich.«

»Dann mußt du ihr eben einen Hund kaufen«, schlägt Ebba vor.
»Das ist zu teuer. Es reicht höchstens für einen Hamster.«
»Aber wir beide wollen einen Hund haben. Einen irischen Wolfshund, der Noalik heißen soll. Was meinst du?«
»Ja, wenn wir's uns leisten können«, antwortet Philip zerstreut und notiert etwas auf seiner Liste. Ebba seufzt. Sie möchte am liebsten sofort einen Hund.
»Bleistiftanspitzer, Regenrohr, Hängematte, Hamster... was fehlt noch?« fragt Philip nachdenklich.
»Noch etwas Wichtiges«, flüstert sie geheimnisvoll. »Ein Schild, auf dem ›Ebba und Philip‹ stehen soll.«
Da scheint es, als leuchteten Sterne in Philips Augen auf.

Als der Abend gekommen ist und Bäume und Büsche in seinen riesigen Mantel gehüllt hat, gehen sie nach Hause, dicht aneinandergeschmiegt. In der Dunkelheit wird der Wald fremd, und um sie herum raschelt es unheimlich. Das letzte Stück laufen sie, und es ist schön, die erleuchteten Straßen zu erreichen. Vor Philips Haus, unter einer Straßenlaterne, halten sie an. Sie stehen einander gegenüber und werden plötzlich verlegen. Sie wissen nicht, wie sie sich gute Nacht sagen sollen. Nach einer Weile streckt Ebba ihren Fuß aus und streichelt Philips Fuß. Er streckt seinen aus und streichelt ihren genauso.

»Du wartest auf mich, falls ich morgen früh zu spät komme, ja?« fragt Ebba, obwohl sie schon weiß, was er antworten wird.
»Und du auf mich.«
Ebba nickt. »Gute Nacht«, sagt sie.
»Nacht, Ebba.«
Einen kurzen Augenblick sehen sie einander an, dann dreht sie sich auf dem Absatz um und verschwindet über die Straße in der Dunkelheit. In diesem Moment kommt ein Taxi den Hügel heruntergefahren.
»Anhalten! Halt, stopp!« schreit Philip und stellt sich mitten auf die Straße. Das Taxi bremst scharf, Ebba dreht sich erschrocken um. Der Taxifahrer kurbelt die Scheibe herunter und schaut Philip gelangweilt an.
»Können Sie das Mädchen da ein Stück mitnehmen?« fragt Philip.
»Habt ihr denn Geld?« fragt der Taxifahrer, während er langsam auf einem Kaugummi kaut.
»Geld?« ruft Philip aus. »Klar haben wir kein Geld. Wir sind doch Kinder! Woher sollen wir denn Geld haben?«
»Na hör mal, das siehst du wohl ein, daß ihr kein Taxi nehmen könnt, wenn ihr kein Geld habt«, sagt der Taxifahrer und will seine Scheibe wieder hochkurbeln. Philip hält ihn zurück.
»Sie meinen also, daß dieses kleine Mädchen in der Dunkelheit ganz allein nach Hause gehen soll? Und was werden Sie sagen, wenn ihr etwas zustößt, nur zum Beispiel? Was werden Sie sagen, wenn Sie dar-

über in der Zeitung lesen? *Was bedeutet da schon Geld!*« faucht Philip, und es blitzt in seinen Augen.
»Du kannst sie ja nach Hause begleiten«, sagt der Taxifahrer.
»Ich! Ich bin schließlich auch noch ein Kind. Soll *ich* denn ganz allein nach Hause gehen – wo es dann sogar *noch* dunkler ist? Es ist einfach Ihre Pflicht als Erwachsener, sie nach Hause zu fahren!«
Für einen Augenblick gerät der Taxifahrer aus seinem Kaurhythmus.
»Na gut«, murmelt er. »Hüpf rein, Mädchen!«
Ebba schießt begeistert aus dem Dunkel, aber bevor sie ins Auto schlüpft, küßt sie Philip noch aufs Ohr. Fast riecht sie dort wirklich die Freiheit. Dann wird sie sicher vom Taxi heimgebracht, den Hügel hinunter, durch die Stadt, bis zum Gartentor der Familie Reng.
»Danke fürs Mitnehmen«, winkt Ebba und läuft ins Haus. Bald werden Philip und sie sich wiedersehen. Sie müssen nur ein bißchen zwischendurch schlafen.

3

Am nächsten Morgen herrscht bei der Familie Reng die übliche Hektik. Ebba sitzt in der Küche und zieht sich eilig an, während Mama herumläuft und der Familie die Sachen hinterherräumt. Didrik hält das einzige Badezimmer der Familie besetzt, und Papa tigert ruhelos davor hin und her. Er schaut unaufhörlich auf die Uhr und studiert den Plan, den er an die Badezimmertür geklebt hat.

»Jetzt verstehe ich langsam nichts mehr!« bricht es irgendwann aus ihm heraus. »Wir waren uns doch einig, daß alle sich nach dem Plan richten. Warum kann sich keiner ein bißchen anstrengen? Genau jetzt sollte Ebba schon aus dem Bad rausgehen und ich rein. Und Didrik sollte sowieso schon lange fertig sein!« Er schaut sich hilflos um.

»Man kann die Toilettengewohnheiten der Kinder schlecht planen«, ruft Mama, während sie ins Wohnzimmer flitzt, um nach Ebbas Federtasche zu suchen.

»Meine liebe Lena, in meinem Kursus wird uns gezeigt, daß man alle Probleme des Lebens, die einen stören, ganz einfach dadurch lösen kann, daß man besser plant. Und die morgendliche Badbenutzung ist etwas, das unser ganzes Familienleben durcheinanderbringt. Ich liege inzwischen die halbe Nacht wach und überlege, ob ich es überhaupt auf die Toilette schaffe, bloß weil die Kinder sie immer belagern!«

»Armer Fredrik«, sagt Mama und tätschelt ihm die Wange, während sie in die Küche rennt, um den Frühstückstisch zu decken.

»Übrigens habe ich als Hausaufgabe auf, den Bereich meines Privatlebens mit dem größten Durcheinander in Ordnung zu bringen – und das ist zweifellos der Morgen«, fährt Papa fort.

Jetzt kommt Ebba an. »Didrik, mach auf! Sonst pinkel' ich mir in die Hose!«

Papa schüttelt den Kopf. »Hier steht es, klar und deutlich«, sagt er und zeigt auf den Plan, »daß ihr beide jetzt bereits auf dem Weg zur Schule sein solltet.«

»*Didrik, mach auf!*« schreit Ebba und hämmert gegen die Tür.

»Lena?« sagt Papa. »Siehst du, in diesem Augenblick wird es wirklich ganz deutlich, daß das Leben aus Planung besteht.«

»Das hier beweist eher das Gegenteil, finde ich«, ruft Mama, wobei sie versucht, das Geschirr fertig zu verteilen.

»Es sind doch so einfache und vernünftige Regeln, die wir im Kursus lernen«, spricht Papa weiter. »Es sollte eine Selbstverständlichkeit sein, nach ihnen zu leben. Ich habe jedenfalls vor, es zu tun! Und ich bin überzeugt davon, daß man alles, was man will, erreichen kann, wenn man sich erst mal darüber klar ist, welche Rolle man im Leben spielen will!«

Mama schaut ihn prüfend an. »Aber Fredrik, glaubst du denn wirklich, daß der Schlüssel zu den Geheimnissen des Lebens in deinem Mach-mehr-aus-deinem-Leben-Kurs zu finden ist?«

Papa denkt nach. »Ja.«

»Wie lange braucht ihr noch?« seufzt Mama. Da klingelt es an der Tür, und sie läuft, um zu öffnen, weil es niemand sonst tut.

»Das ist offensichtlich eine Zeitverzögerung von ein paar Minuten«, murmelt Papa und notiert es in seinem kleinen Buch.
Auf der Treppe steht Gunilla. »O nein«, japst Ebba.
»Ebba, du mußt jetzt los! Es ist schon spät«, mahnt Mama. Sie drückt Ebba die Schultasche in die Arme, schiebt und schubst sie auf die Treppe hinaus. Ebba und Gunilla starren sich an und ziehen von dannen.
Gunilla wohnt in der gleichen Straße, und Ebba und sie haben früher immer zusammen gespielt. Aber plötzlich wollte Gunilla keine Hütten mehr bauen und nicht mehr hinter Fremden herspionieren. Sie wollte in Damenzeitschriften und Versandhauskatalogen blättern und sich die Schminke ihrer Mutter ausleihen. Ebba dagegen hatte Beine, die sich danach sehnten, laufen zu dürfen, und ihre Hände wollten etwas tun. Eines Tages half sie Philip, einen Karren mit verschiedenen Containerfunden nach Hause zu ziehen. Seit diesem Tag hat Ebba Gunilla vergessen, doch Gunilla hat Ebba nicht vergessen.
Sie gehen zusammen die Straße hinunter. Ebba schielt auf die Schuhe von Gunilla. Die hat ihre Turnschuhe gegen Schuhe mit Absätzen eingetauscht. Um die Füße herum sieht sie wie eine Dame aus.
»Weißt du, was ich soll?« fragt Gunilla angeberisch.
»Nee.«
»Ich soll zu einer Fete kommen.«
Ebba ist zu keiner Fete eingeladen. »Aha«, sagt sie so uninteressiert, wie sie nur kann.

»Bei Katarina!«

»Du sollst zu Katarina?« Ebba kann ihre Überraschung nicht verbergen.

»Du bist nicht eingeladen, oder? Ach nee, es sind nur ganz Spezielle, die kommen dürfen.«

Ebba hat sich nie um Katarina und ihre Clique gekümmert. Sie findet eigentlich, daß die Mädchen albern sind. Nur dadurch, daß Gunilla eingeladen ist, wird sie eifersüchtig. Aber sie will sich das nicht anmerken lassen.

»Hallo Ebba Ebbselon! Beeil dich!« An der Telefonzelle am Hafen wartet Philip.

»Ich gehe jetzt mit Philip«, sagt Ebba. Sie läuft schnell von Gunilla weg, zu Philip. Aber sie bemerkt trotzdem noch, daß Gunilla ihn mit Verachtung anguckt.

»Katarina und ich sind jetzt Freundinnen! Ganz dicke! Wir bleiben heute den ganzen Tag zusammen, und morgen auch!«

»Super«, sagt Philip.

»Viel Spaß, Ebba!« sagt Gunilla höhnisch und trippelt auf ihren klappernden Schuhen davon. Philip lacht, und Ebba tut, als wäre Gunilla ihr ganz egal, aber der kalte Blick zu Philip hinüber beunruhigt sie doch.

»Ta-ram-ta-ta-ta!« trompetet Philip jetzt und öffnet die Tür zur Telefonzelle mit einer stolzen Geste. Dort drinnen steht ein langes, rostiges Blechding. Erwartungsvoll schaut er Ebba an.

»Wie schön«, sagt sie höflich.

»Das schenke ich dir.«

»Danke! Aber was ist das denn?«
»Ein Regenrohr, das sieht man doch! Perfekt für uns. Wir holen es nach der Schule ...«

Genau in dem Augenblick, als sie die Schule erreichen, klingelt es.
»Sag dem Lehrer, daß ich später komme«, ruft Ebba. »Ich hab's zu Hause nicht mehr zum Klo geschafft!«
Als sie die Tür zu den Toiletten öffnet, wird sie von wildem Getöse empfangen. Eine Gruppe von Mädchen schubst ein einzelnes, kleineres Mädchen unter lautem Gejohle vor sich her. »Guckt mal, was für eine blöde Jacke!« kreischt eines der Mädchen und reißt die Jacke aus den Händen der einzelnen.
»Gebt sie her! Hört auf!« bittet die. Die Mädchen werfen sich die Jacke zu.
»Puh, die stinkt!«
»Hat deine Mutter die aus alten Staubtüchern genäht oder was?«
»Gebt sie mir«, bittet das Mädchen. »Sie ist ganz neu!«
Die Mädchengruppe antwortet mit einem Lachen, das von den gekachelten Wänden widerhallt. Ebba sieht kurz das Gesicht des Mädchens hinter den Rücken der anderen. Es hat Angst.
»Was für Schuhe!« jubeln einige.
»Hast du die vom Sozialamt?«
»Oder hast du sie geerbt?«
Ebba trägt fast die gleichen Schuhe.
»Zieh sie aus«, befiehlt die Anführerin. Mit drohend

hochgezogenen Schultern geht sie auf das Mädchen zu.

»Laßt mich in Ruhe«, wimmert das Mädchen verzweifelt. Aber die anderen kommen unerbittlich näher.

»Die müssen gewaschen werden! Schmeißt sie ins Klo!«

»Das sind ihre Füße, die so eklig sind! Stopft sie auch gleich mit ins Klo!« Wie auf Befehl fallen alle über das Mädchen her und zerren es zur Toilette.

»Loslassen! Loslassen! Loslassen!!!« weint sie.

»Hört auf!« schreit Ebba, kann die Mädchenbande aber nicht übertönen. »Hört auf!«

Plötzlich wird es still. Verwundert drehen sich alle um. Dem Mädchen gelingt es, zu entwischen. Katarina ist die Anführerin der Gruppe. Um sie herum stehen Teres, Sissi, Michaela, Jannicke, Pernilla und . . . Gunilla.

»Hast du was gesagt«, zischt Katarina und funkelt Ebba an.

»Hört auf, habe ich gesagt«, antwortet Ebba.

»Hört auf, habe ich gesagt«, äfft Gunilla sie nach. »Und wo hast du deinen kleinen Philepile?«

Die anderen stoßen sofort nach. »Sollen wir ihn holen, damit er deine Windeln wechseln kann?« höhnt Teres, Katarinas ständige Begleiterin. Ihre Gesichter sind hart.

»Traust du dich, ohne dein Phililein herumzulaufen?« schnalzt Michaela mit angemalten Lippen.

»Ja, das trau' ich mich«, antwortet Ebba.
»Du solltest dir vielleicht nicht so schrecklich viel zutrauen, Ebba Reng«, sagt Katarina.
Ebba starrt trotzig zurück, ohne sich vom Fleck zu rühren. Katarina macht einen Schritt auf sie zu und knurrt: »Hau ab! Hau ab, bevor mir der Geduldsfaden reißt!«
Ebba rührt sich nicht. Die anderen Mädchen formieren sich zu einer dichten Mauer hinter Katarina.
»Hau ab, habe ich gesagt!« Katarina droht mit der geballten Faust, daß ihr Armband klappert. Als die Tür hinter Ebba zufällt, kreischen die Mädchen vor Lachen.
Ebba läuft nun schnell zum Jungenklo. Sie tastet gerade nach dem Lichtschalter, als eine Stimme im Dunkeln zu hören ist: »Ich kann das Licht anmachen.«
Das Licht geht an, aber Ebba kann nur verschwommen den Schatten eines Jungen erkennen, bevor er es wieder ausmacht.
»Du hast dich geirrt«, stellt er fest.
»Aber ich konnte nicht aufs Mädchenklo gehen, und ich muß . . .!«
»In welcher Klasse bist du?« fragt der Junge.
»3 B«, antwortet sie, während sie versucht, in der Dunkelheit zu den Toiletten zu gelangen.
»Du bist klein. Wie heißt du? Du kennst deine Rechte. Sage die Wahrheit und nichts als die Wahrheit! Alles, was du sagst, kann gegen dich verwendet werden!«
Ebba tastet sich im Dunkeln voran.

»You are under arrest. Vorname, Rufname, Nachname?«

»Ebba Matilde Reng, aber ich werde nur Ebba genannt. Machst du jetzt das Licht an?«

»Du hast also Angst im Dunkel«, sagt der Junge.

»Oh!« stöhnt Ebba und erreicht endlich die Tür zur Toilette. Als sie hinter sich abschließt, knipst der Junge das Licht an. »Wie heißt du noch mal?« fragt er.

»Ebba, wie ich gesagt habe.«

»Ich heiße Morten.«

»Aha.«

»Als ob du das nicht wüßtest! Als ob du nicht wüßtest, wer das ist«, sagt er bedeutungsvoll.

»Na, das bist natürlich du. Du hast es ja gesagt«, murmelt Ebba zerstreut.

»Haha! Bestimmt! Ganz bestimmt weißt du nicht, wer ich bin. Ich glaube dir alles, Baby!«

Als Ebba die Tür öffnet, löscht er das Licht wieder. Sie muß sich zum Waschbecken vortasten. »Hast du denn keinen Unterricht?« fragt sie.

»Wenn ich will, schon, aber ich will nicht«, antwortet er leichthin.

»Ich muß jetzt jedenfalls gehen. Na, dann tschüs.« Als sie die Tür öffnet, fällt ein Streifen Licht auf seine Augen. Sie sind ganz blau. Schnell weicht er wieder zurück.

»Ja, tschüs, wie immer du auch heißt.« Plötzlich klingt er sehr gleichgültig.

Die Tür fällt hinter Ebba zu, und im Dunkel bleibt der

rätselhafte Junge zurück. Ebba läuft durch die leeren Korridore. Da prescht hinter einer Ecke jemand hervor und hält sie an. Es ist das kleine Mädchen von vorhin.

»Versprich, daß du niemandem was sagst!«

»Was denn?« wundert Ebba sich.

»Du darfst niemandem sagen, daß die mich geärgert haben! Du darfst bei niemandem petzen. Versprich das! Sonst wird es nur noch schlimmer...«

»Ich verspreche es«, sagt Ebba und schämt sich, obwohl sie gar nichts gemacht hat.

»Wie heißt du?« fragt das Mädchen.

»Ebba.«

Ein kurzes Lächeln huscht über das Gesicht des Mädchens. Wenn ihre Scheu fort ist, sieht sie niedlich aus. Ebba überlegt, wodurch sie wohl Katarina reizt.

»Ich heiße Lisa«, sagt die Kleine. Dann verschwindet sie lautlos wie ein Vogel die Treppe hinauf. Ebba rennt weiter zu ihrem Klassenraum. Dort ist alles noch morgenmüde und ruhig, als wenn nichts geschehen wäre. Sie setzt sich auf ihren Platz neben Philip. Sie versucht, dem Lehrer zuzuhören, kann ihre Gedanken aber nicht zusammenhalten. Immer wieder sieht sie die Angst in Lisas Augen vor sich. Und sie sieht Gunillas kalten Blick auf Philip.

Sie rutscht näher zu ihm heran. Er beugt sich zu ihr, als glaubte er, daß sie ihm etwas sagen will. Aber sie will nichts Besonderes. Sie will nur so nah wie möglich bei ihm sitzen.

4

Nach Schulschluß hat Philip es eilig, das Regenrohr aus der Telefonzelle zu holen. Ebba läuft neben ihm her, aber nicht so unbeschwert wie gewöhnlich. Sie hört hinter ihrem Rücken Flüstern und Gelächter.
Als sie das lange, rostige Regenrohr durch den Ort tragen, geht sie nicht mit dem üblichen Stolz durch die Straßen. Sie ist sich der Blicke der anderen bewußt. Erst als sie mit Philip in den Wald kommt, kann sie sich entspannen.
Die Luft ist septemberklar, und der Wald duftet. Die beiden arbeiten den ganzen Nachmittag daran, die Regenrinne am Dach zu befestigen. Sie unterhalten sich, lachen und singen. Zwischendurch verstummt Philip, legt den Finger an die Lippen und lauscht. Er zeigt Ebba einen Dachs, eine Rehmutter mit Kitz, einen ungewöhnlichen Vogel. Alles ist ähnlich wie sonst, aber dennoch ist es ganz anders. Ebbas Gedanken bewegen sich weit fort. In ihrer Brust nagt ein unbehagliches Gefühl. Ihre Gedanken wandern zu Gunilla, an die sie seit Monaten nicht mehr gedacht hat. Zu deren klappernden Schuhen. Ihrer merkwürdigen Miene. Daß sie plötzlich zu den tollsten Mädchen der Schule gehört. Und als sie an Gunillas herablassenden Blick Philip gegenüber denkt, schämt Ebba sich. Sie schämt sich, weil sie Philip plötzlich mit Gunillas Augen sieht. Sie sieht, daß er die falsche Frisur hat, Hosen in der falschen Farbe und altmodi-

sche Turnschuhe. Sein Rucksack ist eigentlich auch etwas albern. Sie hat das vorher nie beachtet. Sie hat sich nie darum gekümmert. Sie will sich auch jetzt nicht darum kümmern.

Es ist schwer, vor Philip etwas zu verbergen. Er bemerkt, daß Ebba in Gedanken ist. Nachdem sie ihm erzählt hat, was auf der Mädchentoilette passiert ist, geht es ihr besser. Sie kann mit Philip über die Mädchen die Nase rümpfen. Aber nach einer Weile stellt sich Ebbas Unbehagen wieder ein, denn über das, was sie wirklich stört, kann sie nicht reden.

Als es zu dämmern beginnt, laufen Ebba und Philip durch ihren Gartenlaubenwald. Philips Schritt ist so leicht, als tanze er. Die sich verfärbenden Bäume lassen einzelne Sonnenstrahlen durch, die Philips braunes Haar rot sprenkeln. Plötzlich wird Ebba von einer großen Wärme erfüllt. Er spürt es wohl, denn im gleichen Augenblick schaut er über die Schulter zu ihr und lacht.

»Du wartest morgen auf mich?« fragt Ebba, obwohl sie seine Antwort kennt.

»Und du wartest auf mich«, sagt Philip. Dann trennen sie sich für den Abend.

Das Essen steht auf dem Tisch, und Didrik und Mama setzen sich gerade, als Ebba nach Hause kommt. Sie ißt mit großem Appetit.

»Hör auf, so herumzuschlabbern, Schlebba«, schimpft Didrik.

»Stell dir vor«, wirft Ebba ein, »wenn Papa heute auch das Essen gemacht hätte. Dann wären wir verhungert!«
»Wo ist er übrigens?« fragt Didrik.
»Ich weiß nicht«, antwortet Mama.
»Hat er nicht gelernt, pünktlich zu sein?« sagt Didrik.
»Ich rufe ihn im Büro an!« Ebba läuft zum Telefon und wählt seine Nummer. Mama schaut auf die Straße, aber er ist nicht zu sehen. Eine kleine Sorgenfalte erscheint über ihrer Nasenwurzel.
»Hallo?« sagt Ebba. »Grüß Gott oder guten Tag oder was man so sagt. Hier ist eine, die heißt Ebba, und ich möchte wissen, ob mein Herr Papa Reng da ist . . . – Nee!« Sie wirft den Hörer auf die Gabel und kehrt zurück zum Tisch, wo sie ihr Essen weiter in sich hineinschaufelt.
»Vielen Dank und auf Wiederhören sagt man«, ermahnt Mama sie.
»Er war ja nicht da!«
Mama wirft einen Blick auf die Straße. Die ist weiterhin menschenleer. »Hat sie gesagt, wann er gegangen ist?«
»Schon vor einer Ewigkeit«, antwortet Ebba und nimmt sich noch eine Portion.
Mama sieht nachdenklich aus. Papa ruft sonst immer an, wenn er sich verspätet. Ihr Blick wandert wieder zum Fenster.
»Mama«, fragt Ebba. »Was koste ich?«
»Kosten?«

»Ja, ist es nicht teuer, Kinder zu haben?«
»Schon, aber das ist nichts, worüber du nachdenken mußt. Außerdem kostest du am wenigsten von uns allen.«
»Wieso das?«
Didrik beugt sich vor und schaut ihr ernsthaft in die Augen. »Ja, verstehst du, Schlebbamaus, weil du nicht soviel wert bist wie wir anderen.«
Ebba lacht, aber Mama nicht. »Das hättest du dir sparen können, Didrik«, sagt sie streng.
Ebba schaut verwundert erst Mama an, dann Didrik. »Du hast doch gesagt, daß sie am billigsten ist!« sagt der.
»Solange sie noch am wenigsten ißt, ja. Du weißt sehr gut, Didrik, daß es dumm von dir ist, ihr solche Sachen zu sagen.«
Mama ist sehr ärgerlich. Ihr Ernst macht Ebba angst. »Stimmt das denn?« fragt sie. »Was er gesagt hat?«
»Nein, das stimmt nicht, mein Schatz.« Mama wirft Didrik einen bösen Blick zu.
»Warum hat er es dann gesagt?« hakt Ebba nach und sieht vor sich, wie Mama und Papa ihm verboten haben, die Wahrheit zu sagen.
»Er wollte bloß lustig sein«, sagt Mama.
»Ich war ernst«, sagt Didrik ernst.
Für ein paar Sekunden ist es ganz still . . .
»Hallo!« Papa kommt nach Hause. Ebba rennt in den Flur und wirft sich ihm um den Hals. Er drückt sie fest an sich.

»Papa, was bin ich wert?« fragt sie ihm ins Ohr. Sie spürt, wie er für eine Hundertstelsekunde erstarrt.
»Warum fragst du das?« sagt er und versucht, ihren Blick aufzufangen, aber sie will ihn nicht ansehen, sie will ihm ins Ohr flüstern, in seine Arme gekuschelt.
»Weil Didrik gesagt hat ... er hat gesagt, daß ich nicht soviel wert bin wie ihr ...«
»Es ist doch klar, daß er das nicht wirklich gemeint hat!« Papa läßt sie auf den Boden hinunter und hängt seine Jacke auf.
Sie umschlingt ihn mit ihren Armen. »Warum sagt er etwas, was nicht stimmt?«
»Ach«, sagt Papa und stellt die Schuhe in die Garderobe. »Darüber brauchst du dir keine Gedanken zu machen. Das macht man manchmal.« Er zupft sie am Haar und geht in die Küche. Sie bleibt auf dem Flur stehen und sieht, wie er verschwindet. »Ja? Macht man das?«
Niemand hört Ebba.
Als Papa die Küche betritt, mustert Mama ihn. »Du kommst spät.«
»Ja, es ist heute ein bißchen später geworden ...« sagt Papa und lacht irgendwie verlegen.
»Wir haben bereits gegessen. Ich wußte ja nicht, wann es dir einfällt, zu erscheinen«, sagt Mama kurz. »Das Essen steht im Ofen.«
»Herrlich!« Papa versucht so zu tun, als meine er das tatsächlich.
Mama, Didrik und Ebba schauen ihm zu. Er ist sich

selbst nicht ähnlich. Ebba versucht zu erkennen, was anders ist, es gelingt ihr aber nicht. Alle sind still, während Papa sich sein Essen auf den Teller füllt.

In dieser Nacht wacht Ebba kurz nach zwei Uhr auf. Sie bleibt eine Weile im Dunkel und in der Stille liegen und lauscht. Sie kann nicht wieder einschlafen. Dann schleicht sie zu Didrik. Er schläft tief, obwohl seine Decke heruntergerutscht ist.
»Didrik . . .« sagt sie leise. Er grunzt und dreht sich um. Ebba hebt seine Decke auf und legt sie über ihn, dann geht sie weiter. Papa liegt auf der äußersten Bettkante und umarmt sein Kissen, und Mama liegt hinter ihm, die Hände nach ihm ausgestreckt.
»Papa? . . . Mama . . .«
Aber beide schlafen fest. Ebba geht die Treppe hinunter und holt das Telefon aus der Küche. Sie setzt sich im Wohnzimmer hinter einem Sessel auf den Fußboden und wählt Philips Nummer. Es klingelt nur einmal, dann nimmt Joëlle den Hörer ab.
»Hallo, Joëlle Clavelle?« sagt sie munter. Sie ist voll in Aktion, obwohl es mitten in der Nacht ist. Es ist schön, ihre Stimme zu hören, die französische Musik und die Vögel, die im Bauer zwitschern. Ebba kann fast das warme Licht in ihrem Haus fühlen.
»Hallo, hier ist Ebba!«
»Ebba, *ma petite!*« ruft Joëlle und scheint kein bißchen verwundert zu sein. »Wie geht es dir?«
»Es geht . . .« murmelt Ebba. Im gleichen Moment

verschwindet Joëlle, erregt französisch redend. Ebba hört, wie sie in der Küche klappert.

»Ebba, bist du noch da?« fragt sie dann schnell. »Ich hatte es ein bißchen eilig, denn ich bin dabei, Garn zu färben, und ich dachte, daß das Wasser zu heiß werden könnte, aber es besteht keine Gefahr. Jetzt ist alles in Ordnung! Also, wie geht es dir?«

»Ich würde gern mit Philip sprechen.«

»Aber der schläft längst!«

Ebba seufzt schwer.

»Ach, ist ja klar, daß du mit ihm reden kannst«, verbessert Joëlle sich. »Warte, ich werde ihn wecken. Bleib dran!«

Ebba horcht eifrig in den Hörer. »Jetzt kommt er«, sagt Joëlle.

»Philip . . .« sagt Ebba, sie sehnt sich nach ihm. Da knackt es in der Leitung, die Verbindung ist weg.

»Philip, warte, hallo!« ruft Ebba, so laut sie sich traut. Im gleichen Augenblick wird der Hörer wieder aufgenommen.

»Mmh«, murmelt Philip verschlafen. Joëlle hat ihm den Hörer zwischen Ohr und Schulter geklemmt.

»Hallo, ich bin's!« sagt Ebba.

»Mmh, hallo . . .« sagt Philip, mehr schlafend als wach.

»Ich muß mit dir über eine Sache reden. Es ist wichtig.«

»Mmh . . .« Er kriecht tief unter die Decke und versucht, seine Wange ins Kissen zu graben, aber der

Telefonhörer ist im Weg. Er gibt es mit einem leichten Seufzen auf.

»Meinst du alles ernst, was du mir sagst?« möchte Ebba wissen.

»Mmh...«

»Das über Ebba und Philip auch?«

»Ja doch.«

»Man kann das nämlich nicht immer so sicher wissen. Ob Leute das sagen, was sie meinen.«

»Doch«, wiederholt Philip undeutlich.

»Wir werden uns immer die Wahrheit sagen, nicht wahr?«

»Ja...« sagt Philip, wobei er laut gähnt.

»Gähnst du etwa?«

»Mmh.«

»Während wir über so wichtige Dinge reden?«

»Ich bin ein bißchen müde.«

Ebba seufzt. »Wartest du morgen auf mich?« fragt sie, obwohl sie weiß, was er antworten wird.

»Ja klar.«

»Auch wenn ich zu spät komme?«

»Das mache ich immer.«

Da fühlt Ebba sich beruhigt. »Dann können wir jetzt schlafen«, sagt sie.

»Mmh«, sagt Philip, der fast schon wieder eingeschlafen ist.

»Kuß und Umarmung!«

»Mmh, genau.«

»Eins, zwei, drei«, sagen beide zugleich, auch wenn

Philip etwas langsamer ist, und dann legen sie die Hörer auf. Ebba bleibt noch eine Weile in dem stillen, dunklen Wohnzimmer sitzen. Dann steht sie auf und rennt ins Bett.

Am nächsten Morgen geht Ebba beschwingt durch die Stadt. Es ist ein richtiger Gartenlaubentag mit strahlender Sonne und knallblauem Himmel. Sie läuft den Hügel hinunter, über die Eisenbahnschienen, zum Hafen und zur Telefonzelle. Philip ist noch nicht gekommen. Sie schaut in die Richtung, aus der er kommen muß. Er ist nicht zu sehen. Die Minuten vergehen.
»Philip!« ruft sie. Aber er antwortet nicht.
Da taucht Gunilla in Gesellschaft von Teres und Katarina auf. Katarina trägt ihren großen rosa Kassettenrecorder, und sie tänzeln zu der Musik.
»Wonach suchst denn du?« ruft Gunilla höhnisch.
»Hast du was verloren?«
»Die große Liebe!« brüllt Katarina und läßt ihr typisches rauhes Gelächter hören. Sie verschwinden kichernd. Ebba bleibt an der Telefonzelle stehen.
»Philip!« ruft sie. Aber Philip ist nicht da.

5

Die erste Stunde ist vorüber, und es klingelt zur Pause. Auf dem Flur schreien, lachen und boxen sich die anderen Kinder, sie haben es eilig hinauszukommen. Ebba hat nie bemerkt, was für einen Lärm sie machen. Als sie die Schultür öffnet, sticht das Licht ihr in die Augen. Sie schaut auf die Straße, aber Philip ist auch jetzt nirgends zu sehen. Normalerweise läuft sie immer zusammen mit ihm in eine bestimmte Ecke des Schulhofes, und sie reden und schmieden Pläne, aber jetzt weiß sie nicht, wohin sie gehen soll. Der Schulhof erscheint riesig und fremd. Sie kann sich nicht einfach in die Spiele der anderen einmischen, sich in eine zusammengeschweißte Clique drängen und so tun, als gehöre sie dazu. Wo ist Philip? Ist ihm etwas passiert? Eine Zeitlang ist sie unruhig, dann wieder wütend, daß er sie so allein gelassen hat. Sie will nicht, daß jemand merkt, wie sie sich fühlt.

Plötzlich durchdringt Musik den Krach. Katarina hat ihren großen rosa Kassettenrecorder eingeschaltet. Sie wirft ihr langes Haar nach hinten und macht ein paar Tanzschritte. Teres, Gunilla, Sissi und die anderen Mädchen ihres Gefolges beobachten ihre Bewegungen mit großer Aufmerksamkeit.

Plötzlich klatscht sie auffordernd in die Hände und sagt, daß sich alle auf ihre Plätze stellen sollen. Die Mädchen bilden paarweise eine Reihe. Katarina baut sich davor auf, nachdem sie die Reihe korrigiert hat.

Sie spult das Band zurück und zählt den Takt, wobei sie eine Reihe Schrittkombinationen vorführt. Die Mädchen gucken ihr aufmerksam zu.

»Habt ihr's?« fragt Katarina.

Gunilla schneidet eine überlegene Grimasse zu Ebba hinüber. Ebba versucht, ganz unbeteiligt zu wirken, kann ihren Blick aber nicht abwenden.

»Okay, dann los!« ruft Katarina und stellt die Musik wieder an. Die Mädchen beginnen zu tanzen. Gunilla spielt Fernsehkamera dazu. Katarina tanzt sehr gut, Teres fast genauso gut, und der Rest macht mit, wie es eben geht. Michaela und Sissi sind so sehr mit ihrem Tanz beschäftigt, daß sie die Plätze hinter Katarina verlassen und sich plötzlich vor ihr bewegen. Da stellt Katarina den Recorder ab: »Was treibt ihr denn?« zischt sie, und Sissi und Michaela bemerken erschrocken ihren Fehler.

»Ihr geht jetzt nach hinten!« befiehlt Katarina. »Du dahin und du dahin!« Sie dirigiert die beiden auf die hintersten Plätze.

»Genau!« sagt Teres, während die anderen kichern. Dann tauscht Katarina alle Plätze aus. Niemand ist davor sicher bis auf Teres, die einen ständigen Ehrenplatz schräg hinter Katarina hat.

Als alle umplaziert sind, entdeckt Katarina Gunilla, die gerade die Tanzschritte für sich allein übt. Sie macht ihre Sache gut. Katarina betrachtet sie mit einem schiefen Lächeln. »Und was machst du eigentlich da?« fragt sie nach einer Weile.

Erschrocken schaut die ertappte Gunilla auf. »Liebste, beste Katarina, kann ich nicht was anderes als die Fernsehkamera sein? Nur heute, nur in dieser Pause, nur dieses eine Mal?«

Katarina mustert sie. Dann entschließt sie sich, großzügig zu sein. »Okay«, sagt sie, und Gunilla strahlt und gesellt sich zu den anderen.

»Aber geh nach hinten!« korrigiert Katarina sie und zeigt mit dem Kopf in die hintere Ecke.

»Da?« fragt Gunilla verblüfft, aber die anderen Mädchen, vor allem Sissi und Michaela, die nun nicht mehr am weitesten draußen stehen, sehen zufrieden aus. »Ja, was willst du denn noch?« sagt Katarina. »Genau!« murmelt Teres.

Gunilla trottet an die zugewiesene Stelle, vom verächtlichen Lächeln der anderen begleitet.

»Und wer ist jetzt die Fernsehkamera?« beschwert sich Jannicke, die in der Mitte steht.

Alle Mädchen betteln darum, es nicht zu sein. »He, Ebba, willst du mitmachen beim Betula-Spielen?« fragt Katarina.

»Was ist das?« fragt Ebba.

»O nein, nicht die«, nörgelt Gunilla. »Die hat doch absolut keine Ahnung!«

»Betula ist eine Sängerin, ein Rockstar. Ich bin Betula, und du bist die Fernsehkamera. Kapiert?« erklärt Katarina Ebba.

»Du sollst uns filmen, klar?« ergänzt Teres.

»Okay, dann geht's wieder los!« ruft Katarina. Die

Mädchen schütteln noch einmal ihre Beine aus und klingeln mit ihrem Schmuck. Fanny trägt im letzten Moment Lippenstift auf, und Pernilla steckt ihr Haar hoch. Katarina nimmt eine lang eingeübte Position ein, spitzt den Mund und bemüht sich, verführerisch auszusehen. Die anderen machen es ihr nach. Schließlich stellt Teres den Recorder an, die Musik setzt ein, und die Mädchen beginnen ihren hübschen, verführerischen Tanz.

Als Betula auf dem Band zu singen beginnt, hebt Katarina ein gespieltes Mikrofon an ihre Lippen und formt die Worte mit dem Mund – aber ohne einen einzigen Ton zu singen. Sie muß das eifrig vor dem Spiegel geübt haben. Es sieht aus, als sänge Katarina mit Betulas Stimme. Die ganze Zeit über tanzt sie dabei weiter.

Ebba steht vor ihr und sperrt den Mund auf. »*Was machst denn du?*« ruft sie gegen die Musik an.

»Du sollst filmen!« zischt Teres böse.

Doch Ebba »filmt« nicht. Sie starrt Katarina an. »*Du schummelst!*«

Die Mädchen werfen ihr unsichere Blicke zu, aber Katarina beachtet sie gar nicht. »Film jetzt, du blöde Kuh!« faucht Teres.

»Du singst ja gar nicht!« ruft Ebba Katarina zu. »Du sollst doch Betula sein. Mußt du dann nicht so singen, daß man es hört? Wieso stehst du einfach nur da und sperrst den Mund auf? Das sieht ja richtig blöd aus!«

Die Mädchen schnappen nach Luft. Und jetzt reicht

es auch Katarina. »Du, Ebba«, sagt sie heiser und zieht sich langsam ihren kleinen Spitzenhandschuh aus.

»Ja?«

»Bist du eigentlich schon schulreif?«

Die Mädchen sind erleichtert. Katarina läßt sich nicht aus der Fassung bringen.

»Genau«, sagt Teres. »Schulreif!«

»Du kannst ja nicht mal ohne dein Phililein zur Schule gehen!« triumphiert Gunilla.

»Ist er heute morgen nicht aufgetaucht?« fährt Michaela fort.

»Vielleicht hat er dich satt, Ebba«, sagt Teres.

»Er ist sicher unterwegs, irgendwo Schrott sammeln!« ruft Sissi, und alle lachen.

»Er steckt todsicher in einer Mülltonne fest!« schreit Pernilla.

»Oder ist in einen Müllschlucker gefallen!«

Ebbas Herz schlägt wild. Sie steht den anderen direkt gegenüber und schaut sie trotzig an.

»Hahahaha!« tönt Katarina. »Der ist tot!« Die Mädchen krümmen sich vor Lachen, schlagen sich auf die Schenkel und versuchen, immer weitere Lachsalven aus sich herauszupressen.

»Wie willst du denn jetzt zurechtkommen, Ebba?« höhnt Gunilla. Das Lachen geht in schrilles Johlen über. Ebba läuft davon.

»Lauf zur Mama und heul dich bei ihr aus«, ruft Gunilla. »Dann brauchen wir dich jedenfalls nicht mehr zu sehen!«

»Blöde Kuh!« kreischt Katarina laut lachend.
»Genau!« ruft Teres.
»Ja, genau«, wiederholt Gunilla.

In Ebbas Hals brennt es von zurückgehaltenem Weinen. Sie rennt durch die Stadt bis vor Philips Haus. Sie rennt die Treppe hinauf und klingelt an seiner Tür. Niemand öffnet. Alles ist still. Sie klingelt noch einmal. Sie schaut durch den Briefschlitz. Die Vögel hüpfen in ihrem Bauer, sonst ist es drinnen ganz still und ganz leer.
»Philip!« ruft sie, bekommt aber keine Antwort.
Sie läuft in den Gartenlaubenwald. Sie reißt die Tür zur Laube auf, aber niemand ist hier gewesen, seit sie mit Philip fortgegangen ist. Sie legt die Hände an den Mund und ruft in den Wald.
Philip!
Ein Vogel fliegt zwitschernd von einem Ast auf. Sonst ist alles ruhig.

6

Ebba ist auf dem Weg zur Telefonzelle im Hafen. Vielleicht antwortet Philip am Telefon. Vielleicht hat er sich irgendwie so verletzt, daß er nicht laufen und die Tür öffnen kann?
In der Telefonzelle steht ein Mann und singt mit

großem Eifer Opernarien. Leidenschaftlich wirft er den Kopf zurück und gestikuliert mit dem Arm, der nicht den Hörer hält. Vor der Zelle marschiert ein gutgekleideter Herr hin und her. Auf der Lästerbank sitzen wie üblich ein paar Fischerjungen und betrachten das Schauspiel.
»Lassen Sie mich rein! Ich muß telefonieren – hallo!« ruft der Gutgekleidete.
Der singende Mann nickt ihm höflich zu – und singt weiter.
»Ich bin jetzt aber wirklich an der Reihe«, drängt der Eilige. »Ich bezahle schon so lange Steuern in diesem Land, daß die Telefonzelle mir genausogut gehört wie Ihnen! Sie gehört im Grunde genommen mir wahrscheinlich sogar mehr!« Auf seiner Oberlippe tauchen Schweißperlen auf, aber der Sänger singt weiter.
»Wenn Sie nicht sofort von hier verschwinden, zeige ich Sie an!« droht der Eilige, und nun bricht ihm der Schweiß auch auf der Stirn aus. Der Mann in der Telefonzelle schließt die Augen und singt genußvoll weiter.
»Ich bitte Sie! Ich bitte Sie auf meinen bloßen Knien!« sagt der Eilige verzweifelt und klopft gegen die Glasscheibe. »Ich habe es wahnsinnig eilig – sonst bin ich womöglich ruiniert!«
Der Singende breitet den Arm in einer stolzen, großzügigen Geste aus, und seine Augen leuchten. Er singt lauter und lauter, glücklicher und glücklicher.
»Ruhe! Verschwinden Sie!« ruft der Eilige. »Was kann

ich denn tun?« Er schaut sich hilfesuchend um. »Was soll das? Wer ist das?«

»Das ist Husell«, antworten die Fischerjungen.

»So sagt ihm doch was«, stöhnt der Eilige und stampft mit seinen blankgeputzten Schuhen ungeduldig auf den Boden. »Redet mit ihm, tut was! Ich habe es so wahnsinnig eilig!«

Er beginnt, Hundert-Kronen-Scheine herauszuziehen, mit denen er vor Husells Gesicht herumwedelt. Doch Husell sieht sie überhaupt nicht. Der Eilige zieht einen Tausender heraus – und noch einen. Der singende Mann schließt die Augen und singt mit gefühlvollem Vibrato weiter.

»Was soll das, verdammt?« schreit der Eilige.

»Frosch und Lerche singen beide, aber nicht in der gleichen Tonart«, sagt ein Fischer und spuckt seinen Schnupftabak aus. Der Eilige guckt erstaunt und steckt seine Scheine wieder in die Tasche. Da kommt Ebba angerauscht.

»Ich muß telefonieren! Es ist lebenswichtig!« Sie packt die Tür zur Telefonzelle, aber der Eilige schiebt sie fort, so daß sie hinter ihm steht. »Hör mal, du, ich bin eindeutig vor dir! Stell dich in die Schlange wie andere Menschen!«

Der singende Mann öffnet die Tür einen Spaltbreit, schaut zufrieden auf die Schar ringsum und sagt: »Darf ich um größtmögliche Stille bitten, denn gerade jetzt soll eine historische Epoche ihren Anfang nehmen. *Is this Sydney?«* sagt er in den Hörer. »*The Ope-*

rahouse? Die Oper«, übersetzt er seinen Zuhörern. »In Sydney, Australien!«

Der Eilige ist verstummt.

»*I am Kai Husell . . . yes! That's right! Kai Husell! Yes, yes, yes, I'm waiting! Very well, very well!*«

Er steckt seinen Kopf erneut durch die Tür und schmunzelt. »Haha, nun zeig' ich's ihnen allen! Nun bin ich bald an der Oper von Sydney engagiert. Ich soll nur erst noch einmal probesingen. Eine reine Formalität!«

Kai Husell räuspert sich, entspannt Kiefer und Zunge und macht ein paar tiefe Atemzüge.

»*Kai Husell here! Are you the boss? Very well, here I go!*«

Die Tür schwingt wieder hinter ihm zu, und als er singt, durchströmt ihn eine derartige Kraft, daß er vollkommen unbezwingbar wirkt.

»Ich bin ruiniert! Ich bin ruiniert!« wimmert der Eilige.

Plötzlich legt Kai Husell den Hörer auf und steht ganz still da, vor sich hin strahlend.

»Was soll denn das nun wieder? Warum steht der so da? Was macht der Kerl?« schnaubt der Eilige und trommelt an die Scheiben. »Ich bin jetzt dran! Rauskommen!«

Kai Husell schiebt die Tür einen Spalt auf und antwortet höflich: »Sie beraten nun. Sie wollen mich wieder anrufen, verstehen Sie.«

»Nein!« flucht der Eilige. »Jetzt reicht's aber! Sind Sie

nicht ganz richtig im Kopf, Mann? Das kann doch nicht wahr sein! Und was mache ich jetzt?«
»Es gibt auf dem Marktplatz noch eine Telefonzelle«, erklärt ihm ein Fischer gemächlich.
»Dann gehe ich da hin. Das mache ich! Verrückter Kerl! Und dafür bezahle ich Steuern! Der gehört eingesperrt! Ich bin ruiniert!« Der gutgekleidete Mann verschwindet schimpfend, schreiend und kopfschüttelnd . . .
»Er schien mir nicht ganz gescheit zu sein«, sagt Kai Husell.
»Nee«, sagt Ebba.
»Nun ruf an, aber in Windeseile!«
Ebba flitzt in die Zelle. »Ich will nur Philip anrufen und sehen, ob er zu Hause ist . . .« Sie wählt die Nummer. Ihr Herz klopft hart in der Brust.
»Ach übrigens, mein Name ist Kai Husell«, sagt Kai Husell.
»Ebba Reng.«
»Was du nicht sagst! Hast du etwa einen Bruder, der Didrik heißt?« fragt Kai Husell erstaunt.
»Mmh«, antwortet Ebba.
»Wie wunderbar! Bist du seine Schwester? Er ist mit einem Autogramm von mir beschenkt worden. Es gibt nicht viele, die diese Ehre mit ihm teilen. Du, wie klang es übrigens vorhin – klang es gut?«
»Ja, doch«, antwortet Ebba höflich und wählt Philips Nummer noch mal.
»Gut, ja«, lacht Kai Husell. »Sehr gut, ganz unglaub-

lich gut! Mein Gaumensegel ist in Topform, und bald segel' ich auf dem Weltmeer! Aber dafür habe ich auch alles geopfert. Dazu muß man bereit sein, wenn man ein Genie ist. Ich habe alles geopfert, was normalerweise die Existenz eines Menschen ausmacht: meine Arbeit, meine Kreditkarte, meine Karriere, mein Auto, mein Heim, mein Erspartes . . . und es ist klar, daß auch die Liebe einen Tritt abkriegt. Meiner Frau mangelt es an jeglichem Verständnis für meine Kunst, und außerdem plagt sie mich noch mit ihrer einfältigen Eifersucht. Sie ist nämlich auf mein Talent eifersüchtig! Aber, aber . . . ein wenig Leiden gibt der Stimme nur einen süßeren Klang, also lohnt es sich, langfristig gesehen. *Sydney, here I come!*«

Da klopft es an die Scheibe der Telefonzelle. Kai Husell und Ebba zucken beide zusammen.

»He, weg da, Mädchen, ich muß telefonieren! Oh, hallo, bist du das, Ebba Matilde Reng?«

Es dauert eine Sekunde, bevor Ebba überhaupt begreift, wer das ist. Aber dann erkennt sie seine Augen wieder.

Es ist Morten, der Junge aus dem Dunkeln.

»Du hast dir also heute auch schulfrei genommen?«

»Aus privaten Gründen.«

»Was für private Gründe?«

»Ein wenig Diskretion, ein wenig Diskretion!« sagt Kai Husell.

»Darüber braucht man nicht zu reden, wenn es private Gründe sind«, antwortet Ebba.

»Das trifft sich ja gut. Ich habe auch private Gründe, und deshalb muß ich jetzt telefonieren.«

»Nein, das geht nicht! Ich erwarte ein Gespräch aus Sydney, Australien, und wir dürfen die Leitung nicht blockieren!«

»Das ist nämlich Kai Husell«, erklärt Ebba. »Er ist ein Genie.«

Morten betrachtet ihn skeptisch.

»Ja, genau, genau das«, gluckst Kai Husell. »Und ich bin schon fast auf dem Weg nach Australien, um in der Oper in Sydney zu singen. Die wollen dort ein Jubiläum feiern, und dieses Mal reicht der große Tenor Pavarotti ihnen nicht! Darum warte ich nur darauf, daß sie zurückrufen und Zeit und Hotel und die anderen Kleinigkeiten bestätigen.«

Morten hört gleichgültig zu. Seine Augen wandern zu Ebba hinüber.

»Deshalb mußt du warten, bis sie ihn angerufen haben«, erklärt Ebba.

»Endlich wird mir Genugtuung zuteil...« seufzt Kai Husell. »Ich bin so glücklich, daß ich kaum einen Bissen herunterbekomme.«

Morten blickt zweifelnd drein.

»Wann wirst du abreisen?« fragt Ebba.

»Das ist ein Geheimnis, das ich nicht verraten kann. Die Weltpresse ist mir auf den Fersen, und ich will Interviews und diesen ganzen anderen Quatsch umgehen. –

Mein Autogramm!« ruft er plötzlich aus. »Ebba, sag

Didrik, daß er mein Autogramm einrahmen soll, denn es wird jetzt meilenweit im Wert steigen!«

In diesem Moment kommt Leben in Mortens Augen, und er zieht schnell ein Stück Papier heraus. »He, du, hast du einen Stift?« fragt er.

»Allzeit bereit!« sagt Kai Husell, den Stift schwenkend. »Was soll ich schreiben, mein kleiner Freund?«

»Schreib deinen Namen auf das ganze Papier. Schreib so viel, wie Platz ist!«

»Gut, ich mache das hier fertig, und inzwischen kannst du reingehen und telefonieren«, sagt Kai Husell.

Morten schiebt sich in das Häuschen, um zu telefonieren, und Kai Husell schreibt voller Eleganz seine Autogramme quer über das ganze Papier. »Das ist ein ausgezeichnetes Training. Kai Husell . . . Kai Husell . . . Kai Husell . . .«

Morten zieht sorgfältig die Tür hinter sich zu. »Hallo, kann ich mit Direktor Mansten sprechen?« sagt er leise in den Hörer. Unruhig wartet er einen Augenblick, bis Herr Mansten antwortet. »Hallo Papa, ich bin's . . . Ja, aber warte, es ist wichtig! Ich hab' den Schlüssel verloren und kann nicht ins Haus . . . Nein, es stand kein Name drauf. Nein, bestimmt nicht, auch keine Adresse! . . . Aber wie soll ich jetzt reinkommen? . . . Hallo . . . Papa! Papa? . . . Hallo?«

Morten beißt sich auf die Lippen. Er holt tief Luft, richtet sich auf. Dann geht er zu den anderen hinaus. Ebba zwängt sich erneut in die Telefonzelle.

»Bitte schön. Paß gut darauf auf!« Kai Husell überreicht das kostbare Papier mit seinen Autogrammen.
»Ha, ein gutes Schnäppchen!« Morten steckt es in seine Jacke.
»Ich bin sehr dankbar und geschmeichelt über euer aufrichtiges Interesse für meine Kunst, Kinder, aber jetzt muß ich euch bitten, mich allein zu lassen, denn ich habe ein großes Repertoire einzustudieren«, sagt Kai Husell. Dann winkt er Ebba herauszukommen und tritt selbst in die Zelle. »Und bald werden sie mich aus Sydney anrufen. Adieu dann, meine Lieben!«
Er schließt die Tür sorgfältig hinter sich und nimmt dann eine berühmte Arie aus der Schatzkammer der Opernwelt in Angriff.
»Du mußt mir bei etwas helfen«, sagt Morten zu Ebba.
»Muß ich?«
»Ich hab' meinen Schlüssel verloren. Du mußt mir helfen, ins Haus zu kommen.« Morten schwingt sich auf sein blinkendes Rennrad, das neueste Modell.
»Aber warte ... ich ...«
»Spring schon auf! Es eilt!«
Ebba hat keine Zeit, nachzudenken. Sie tut, was er sagt. »Ich muß mich irgendwo festhalten. Wo geht das?«
»Du kannst dich an mir festhalten.«
Ebba legt ihre Arme um Mortens Taille. Und als er mit dem Rad losfährt, sind sie so schnell, daß der Wind um die Ohren pfeift und die Haare wie ein Besen

abstehen. Morten riecht gut. Er duftet nach der großen Welt.

7

Unter Morten und Ebba breitet sich das Städtchen mit seinen Straßen, dem Markt, dem Rathaus und kleinen Mietshäusern aus. Der Ort wirkt wie aus dem Spielzeugladen, die Menschen wie kleine Puppen. Hinter der Ortschaft erstreckt sich das Meer bis in die Unendlichkeit. Über dem Meer wölbt sich der hohe Himmel. Ebba war nie zuvor auf Mortens Hügel. In seiner Straße liegen die Villen wie Schmuckstücke in ihren Gärten. Die Swimmingpools leuchten türkis, und auf den Garagenauffahrten glänzen kostbare Autos. Alles ist sehr ruhig und sehr elegant.

Mortens Haus ist das luxuriöseste von allen. Es besteht fast nur aus Glas, in raffinierten Winkeln gebaut. Der Balkon ist größer als ein kleiner Garten. Die Balkontür im ersten Stock steht einen Spalt offen, und Morten will, daß Ebba hinaufklettert und sie für ihn öffnet.

Sie balanciert auf seinen Schultern und zieht sich das letzte kleine Stück hoch. Ihr ist so schwindlig, daß es sie schon wieder stark macht. Doch als ihre Füße den Boden des Balkons berühren, beginnt eine aufgebrachte Hundemeute zu bellen.

»Hilfe!« Ebba stürzt zurück zum Geländer, bereit zu springen.
»Don't worry, baby! Die rühren dich nicht an!« ruft Morten durch den ohrenbetäubenden Lärm. Es klingt wie zehn blutrünstige Bestien, aber Ebba muß ihm vertrauen.
Sie öffnet vorsichtig die Balkontür, und in der gleichen Sekunde wird ein schriller Lärm ausgelöst. Ebba rennt erneut zurück. Die Sirene ist unerträglich, sie geht durch Mark und Bein.
»Das ist nur der Alarm. Du mußt ihn abstellen!«
»Wie denn? Wo denn?« ruft Ebba.
»Hinter dem größten Bild! Du mußt reingehen!«
»Und die Hunde?«
»Die tun dir nichts. Der Alarmknopf ist hinter dem Rahmen. Beeil dich, bevor die Polizei kommt!«
Verwirrt von dem wahnsinnigen Krach, rennt sie hinein. Die Hunde bellen wie verrückt, sind aber nirgends zu sehen. Ach du Schande, die Wände sind voll mit Bildern!
»Welches Bild?« jammert Ebba.
Morten springt hoch und bemüht sich, das Balkongeländer zu fassen zu bekommen. Aber er rutscht ab und fällt der Länge nach auf den Boden.
»*Hilfe!*« Im gleichen Augenblick findet Ebba den Alarmknopf, und der Lärm – und sogar das Hundegebell verstummen. Sie rennt auf den Balkon.
»Hast du was gesagt?«
»Brauchst du Hilfe, habe ich gefragt«, antwortet Mor-

ten lässig und bürstet sich ab. Ebba läuft durch das fremde Haus, um ihm zu öffnen.

»Warum habt ihr keine richtigen Hunde?« fragt sie.

»Weil die Unordnung machen. Und dann gewöhnt man sich an sie, und dann sterben sie. Zieh deine Schuhe aus!«

Ebba zieht gehorsam ihre Schuhe aus.

»Sonst kann es Flecken auf unseren echten Teppichen geben.«

»Gibt es auch falsche Teppiche?« fragt Ebba, erhält aber keine Antwort. Morten geht vor ihr her ins Haus, und sie trottet hinterher. Die Zimmer sind groß wie Säle. Und vornehm. Jeder Gegenstand scheint mit größter Sorgfalt ausgewählt zu sein, jedes Möbelstück ist ein Kunstwerk.

»Das hier ist unser Wohnzimmer für jeden Tag«, sagt Morten und weist beiläufig mit der Hand zu einem schönen Zimmer. An der Fensterwand steht das Modell einer eleganten Yacht.

»Das ist das Modell von dem einen Schiff, das uns gehört, Gefanina.«

Ebba geht hin und bewundert es. »Wie schön...« Sie streckt die Hand aus, um es anzufassen.

»Nicht anfassen!« brüllt Morten.

»Warum nicht?« fragt Ebba verdutzt.

»Weil du mit deinen Fingern Fettflecke machen kannst, kapierst du! Das gilt für alle Sachen. Es ist verboten, sie anzufassen.«

»Entschuldige«, murmelt Ebba.

»Unser anderes Schiff liegt irgendwo im Mittelmeer. Was habt ihr für eins?«
»Was?« fragt Ebba.
»Schiff.«
»Wir haben keins. Ich bin ja noch nicht einmal auf dem Meer draußen gewesen.«
»Was?« ruft Morten aus und schaut sie an, als ob er nicht glauben könnte, daß das stimmt.
»Aber vielleicht, wenn ich groß bin...« sagt Ebba mit Sehnsucht in der Stimme.
Morten spaziert weiter durchs Haus, und Ebba folgt ihm. Sie versucht, all die merkwürdigen Dinge anzugucken, die es in seinem Zuhause gibt.
»Weißt du, was ›Sehnsucht‹ ist?« fragt er über die Schulter.
»Ja«, sagt Ebba. »Wenn man sich nach etwas sehnt.«
»Nein«, sagt Morten. »Das ist eine Insel. Wir waren einmal mit der Gefanina da. Und wir wollen wieder dorthin fahren. Vielleicht Sonntag.«
Er dreht sich um und schaut Ebba direkt an. »Vielleicht kannst du ja mitkommen.«
Ebba staunt ihn an. »Oh, glaubst du?«
»Wer weiß?« sagt Morten und läßt eine Tür aufgleiten. »Das hier ist mein Zimmer.«
Ebba will nicht zeigen, wie beeindruckt sie ist, doch sie kann nicht verbergen, daß ihr die Spucke wegbleibt.
Mortens Zimmer hat ungefähr die Größe von zwei gewöhnlichen Wohnzimmern, und Wände und Bo-

den sind übersät mit Spielzeug. Teure, moderne Spielsachen.

»Mein Schlafzimmer ist da hinten«, sagt Morten und deutet mit dem Kopf zu einer anderen Tür.

»So viel Spielzeug!« stöhnt Ebba.

Morten geht durch seinen Saal. »Ach, das ist nur der alte, übliche Kram. Aber hier, hier ist das Beste, was ich habe!« Stolz tätschelt er einen Computer. Ebba kann nichts besonders Verlockendes an ihm feststellen, doch da beginnt der Apparat mit einer einschmeichelnden Frauenstimme zu sprechen.

»Guten Tag, lieber Morten . . .«

»*Was?*« ruft Ebba aus und eilt hin, um sich den Bildschirm zu begucken. Ein großer Frauenmund nimmt die ganze Bildfläche ein. »Wie nett von dir, daß du mir ein wenig von deiner kostbaren Zeit schenken willst, Morten«, sagt der Mund. »Du weißt, daß ich immer bereit bin, dich zu beschäftigen, zu zerstreuen, dich zu beruhigen, dir zuzuhören, dich zu beruhigen. Was du nur willst, sag es mir!«

»*Was?*« wiederholt Ebba.

»Ich will spielen«, sagt Morten und tippt einen Code ein.

»Da trifft es sich ja ausgezeichnet, daß ich gerade in bester Spiellaune bin!« antwortet der Apparat schnurrend.

»Hier sind die Spiele, unter denen du heute wählen kannst, Morten: Krieg der Sterne, Weltraumkrieg, Seekrieg, Autokrieg, Motorradkrieg, Mopedkrieg,

Flugzeugkrieg, Raketenkrieg, Missileskrieg, U-Bootkrieg, Torpedokrieg, Planetenkrieg, Atomwaffenkrieg...«
»Was willst du spielen, Ebba?« fragt Morten stolz.
»Das ist ja nur lauter Krieg...«
»Wir nehmen Spiel Nummer eins. Das ist so einfach, daß sogar ein Mädchen es schaffen kann.«
Ebba starrt Morten an. Plötzlich erscheint eine Mauer auf dem Bildschirm. Darauf steht eine Figur. »Spiel Nummer eins: Steinkrieg auf der Mauer«, sagt der Computer schnurrend.
Morten deutet zu der kleinen hageren Figur auf der Mauer. »Das da bist du. Klar, natürlich siehst du in Wirklichkeit besser aus. Du stehst da auf der Mauer, und alles ist Friede, Freude, Eierkuchen, und die Aktien klettern in die Höhe. Aber was passiert? Oh, eine Menge übelgesonnener Feinde kommt!«
»Warum denn?« fragt Ebba und schaut verständnislos auf die bösartigen Wesen, die sich auf dem Schirm vorwärts bewegen.
»Und die versuchen, dich von der Mauer zu drängen«, fährt Morten fort.
»Was mache ich denn auf dieser blöden Mauer?«
»Du *bist* da! Das ist *deine* Mauer!« Morten ist irritiert.
»Was soll ich überhaupt mit einer Mauer?«
»Dein Paradies beschützen, das innerhalb der Mauer liegt, kapierst du nicht! Niemand darf dort hereinkommen«, antwortet Morten ungeduldig.
»Dürfen sie das nicht?« Ebba betrachtet verwundert

die feindlichen Wesen, die die kleine Figur zu verschlingen drohen. Morten ist ganz aufgedreht.
»Die wollen dir alles nehmen, was du hast!« erklärt er aufgebracht.
»Jaha...« sagt Ebba. »Und warum das?«
Mortens Wangen beginnen zu glühen. »Weil das so ist! Weil das so ist! Weil alles davon abhängt!!!«
»Mmh. Ja so....« sagt Ebba.
»Kapierst du nicht?« schreit er.
»Doch«, sagt Ebba und versucht, überzeugt zu klingen.
»Du mußt dich verteidigen«, sagt Morten. »Guck mal, wenn du hier drückst, dann kommt eine Menge Steine angerauscht. Du mußt versuchen, den Feind damit zu treffen. Hier ist links, hier rechts, hier rauf und hier runter! Okay?«
Ebba nickt und fängt an zu spielen. »Hilfe, es sind ja überall Feinde!«
»Wie ich gesagt habe!« schreit Morten.
Ebba drückt auf die Tasten. Die Steine gehen in verschiedene Richtungen, treffen die Übelgesonnenen jedoch nicht. »Es werden einfach immer mehr«, japst sie und rutscht auf ihrem Stuhl hin und her.
»Dann *erschieß* sie doch! Rechts, rechts, hoch, hoch... so schieß doch! *Schieß!*« schreit Morten. Aber Ebba schafft es nicht. Plötzlich lösen sich alle Figuren auf dem Bildschirm auf. Zurück bleibt ein Kreuz.
»Oje, wo bin ich geblieben?« fragt Ebba verdutzt.
Morten schaut sie im gleichen Augenblick vollkom-

men uninteressiert an. »Na, du bist gestorben. Zackbumm.«
Das einzige, was zu hören ist, ist das leise, rhythmische Piepsen des Computers. Ebba schluckt. »Ist es . . . ist jetzt Schluß?« fragt sie, und ihre Stimme hallt in dem großen Saal.
»Ja«, antwortet Morten. »Du kannst das nicht.«
Er fummelt mit etwas anderem und würdigt sie keines Blickes.
»Können wir . . . können wir nicht lieber ein anderes Spiel spielen?« fragt Ebba.
»Ach, das lohnt sich nicht.« Aber er dreht den Kopf ein wenig, fast als wollte er sie ansehen.
»Nur ein bißchen . . .?« bittet Ebba.
»Okay«, sagt Morten und drückt auf seine Fernbedienung. »Raketenkrieg im äußeren Weltraum.«
Auf dem Bildschirm drehen sich Planeten und Sterne in einem großen Universum, und mitten zwischen all dem Gewirr fliegen ziellos Raketen umher. Plötzlich wenden alle und richten sich gegen Ebba, als wollten sie aus dem Bildschirm herauspreschen und in die Wirklichkeit hineinschießen.
»Hilfe, was muß ich jetzt machen?« kreischt Ebba.
»Schieß auf sie«, antwortet Morten ruhig. Er beobachtet das Spiel nicht, sondern geht um ihren Stuhl herum und betrachtet sie. Sie starrt mit aufgerissenen Augen auf den Bildschirm und hüpft erregt auf ihrem Stuhl auf und ab.
»Wie denn? Wo denn?«

»Heiße Schnalle . . .« murmelt Morten.

»Guck mal, ich hab's geschafft! Hast du nicht gesehen? Noch mal! Haha! Ich kann es . . . Hilfe! Hilfe! Was passiert denn jetzt?«

Die Raketen werden immer mehr. Sie entstehen aus dem Nichts. Sie teilen sich und werden schneller. Morten beobachtet Ebba, während sie zwischen Angst und Staunen hin und her pendelt.

»Woran denkst du, wenn ich H sage?« fragt Morten ruhig.

»Warte! Ich muß . . .« schreit Ebba und versucht, sich auf das Spiel zu konzentrieren.

»Woran denkst du, wenn ich H sage?« beharrt Morten.

»H! H!« ruft Ebba und hüpft auf ihrem Stuhl. »Herbstlaub? – *Hilfe!* Oh, was ist passiert?«

»Du bist gestorben. Du kannst das nicht. H-Ü . . .« fährt er fort.

»Hürdenlauf«, murmelt sie erschöpft.

»Falsch. H-Ü-B – «

»Ich weiß nicht . . .« Ebba schaut auf ihre Knie. »Ich kann das nicht.«

»H-Ü-B-S-C-H«, sagt Morten.

»Hübsch?« Sie schaut verwundert zu ihm auf. Er steht über ihr und sieht ihr direkt in die Augen.

»Das bist du«, sagt er. »Hübsch.«

8

Morten steht auf dem Balkon und blickt hinter Ebba her, bis sie verschwunden ist. Sie läuft den langen, steilen Abhang hinunter. Menschen, Autos und Häuser des Städtchens werden immer größer, und mit einemmal befindet sie sich wieder unter ihnen wie immer, so als wäre nichts geschehen, als wäre sie nie anderswo gewesen. Sie schaut den Hügel hinauf. Dort oben liegt Mortens Haus wie ein Diamant und glitzert.

In der Telefonzelle am Hafen steht Papa Reng. Er hat den Hörer dicht an seine Lippen gepreßt. Er wirft eine Münze in den Apparat und wartet. Ebba ruft und winkt, aber er bemerkt sie nicht. Das Geld klickert nach unten, und sofort meldet sich jemand. Papa drückt den Hörer noch dichter an seine Lippen. »Hallo!« sagt er sanft. »Ich konnte nicht eher. Ich tu', was ich kann! Es ist nicht so einfach für mich . . .« Er lauscht in den Hörer und sieht gleichzeitig glücklich und traurig aus. »Aber weißt du«, fährt er fort, »morgen habe ich die Möglichkeit, früher wegzugehen, und dann . . .«

»Hallo, Papa Reng!« ruft Ebba vor der Telefonzelle. Papa dreht sich erschrocken um, als er seine Tochter hört. Ebba winkt ihm fröhlich zu. Da verändert er sich im Bruchteil einer Sekunde. Er streckt seinen Rücken, räuspert sich und schaut ernsthaft drein.

»Hören Sie«, sagt er geschäftsmäßig in den Hörer.

»Wir müssen darauf zu einem günstigeren Zeitpunkt zurückkommen. Es paßt gerade nicht so gut . . .« Er sieht besorgt aus. Das findet Ebba lustig. Sie preßt ihr Gesicht an die Scheibe und schneidet Grimassen. Papa kratzt sich nervös am Kopf.
»Die äußeren Umstände haben sich momentan beträchtlich verändert, ja, das kann man sagen . . .« spricht er in den Hörer. »Ja . . . mmh . . .« Er dreht seinen Kopf ein wenig zur Seite und sagt »gleichfalls«. Dann legt er schnell auf und starrt Ebba an. »Was tust du hier?« fragt er und tritt ins Freie.
»Was tust *du* hier?« fragt Ebba.
Papa klemmt sich die Aktentasche unter den Arm. »Ich mußte kurz telefonieren«, antwortet er.
»Warum machst du das denn nicht zu Hause?«
»Ja, weil . . . weil es . . . weil . . .« stottert Papa.
»Es ist geheim, nicht wahr!« ruft Ebba begeistert aus. Papa nickt. »Ja, es ist geheim.«
Ebba läßt ihn nicht aus den Augen. Sie preßt sich eng an ihn und schaut ihm erwartungsvoll ins Gesicht.
»Du darfst es niemandem sagen«, warnt er. »Niemand darf wissen, daß ich hier war und telefoniert habe, verstehst du? Auch Mama nicht! Versprich mir das!«
Ebba zwinkert mit den Augen. »Ja, ja, ich verspreche es! Ich werde es nicht erzählen. O Papa, was für eine Rasse wird es?«
Papa guckt sie verwirrt an. Das macht sie noch fröhlicher. So gehen sie zusammen nach Hause, Ebba vor

Freude hüpfend und Papa mit Sorgenfalten auf der Stirn. Als sie auf der Treppe stehen, streicht er ihr mit ungewöhnlicher Zärtlichkeit übers Haar. Das macht Ebba stolz. Es ist herrlich, ein Geheimnis mit ihm zu teilen.

»Ebba, meine Kleine – « beginnt Papa, aber Ebba unterbricht ihn feierlich.

»Ich verspreche es, Papa.«

Mama sieht sofort, daß etwas nicht stimmt. Ebba muß die Treppe hinauf und hinunter laufen, um kleine Freudenjuchzer loszuwerden.

»Ebba, was ist denn los?« fragt Mama. Papa schaut weg.

»Das darf ich nicht sagen! Das ist ganz schrecklich geheim!«

»Was du im Augenblick alles für Geheimnisse hast...«

»Es ist Papas Geheimnis! Und ich weiß es!« verkündet sie, kurz vorm Platzen.

»Was kann das denn sein?« Mama tastet nach Papas Hand.

»Ich weiß nicht, wovon sie redet«, murmelt er. Ebba stößt eine Lachsalve aus. »Hahaha, was du nicht sagst! Du bist ein echter Schlingel!«

Mama lächelt ihren Mann erwartungsvoll an. Der schaufelt alle Schuhe um, die er in der Garderobe sieht. Danach sagt er während des Essens so gut wie kein Wort, während Ebbas Augen ununterbrochen funkeln.

Am Abend sitzt sie in ihrem Bett und schreibt Tagebuch. Philip ist immer noch weg, und sie muß schreiben, um ihre Unruhe loszuwerden. Da klopft es an der Tür. »Darf ich reinkommen?« fragt Papa und tritt ein.
»Du bist ja schon drin«, antwortet Ebba und klappt ihr Tagebuch zu.
Papa setzt sich zu ihr auf die Bettkante. Dort sitzt er eine Weile und guckt. Sie guckt zurück, aber er sagt nichts. Sie schaut gern in sein zerfurchtes Gesicht. Über seine Wangen läuft ein Netz feiner Lachfältchen, und seine Lippen sehen ganz weich aus. Aber auf der Stirn ist eine Sorgenfalte. Er nimmt ihre Hand und legt sie in seine große, sichere. Wortlos streichelt er ihre Finger. Dann seufzt er und räuspert sich. »Ich muß mit dir über etwas reden«, sagt er ernst.
»Ich habe nichts gesagt!«
»*Was* hast du nicht gesagt?« fragt er.
»Vom Hund!« flüstert Ebba glücklich.
Papa versteckt ihre Hand in seiner und seufzt wieder. Zuerst sieht er erleichtert aus, dann von neuem sorgenvoll. »Ach ja, das«, murmelt er.
»Ich finde, er soll Noalik heißen. Das ist grönländisch und bedeutet ›Kleine Mutter Eiderdaune‹!«
Papa betrachtet sie gedankenvoll. Sein großer Ernst macht sie stolz. Sie will ihr gemeinsames Geheimnis wahren, ohne irgend jemandem etwas davon zu verraten.
»Ebba, Kleines – vielleicht ist es besser, wenn du das vergißt.«

Enttäuscht schaut sie ihn an.
»Ja, denn sonst wird es ja keine Überraschung«, versucht er sie mit einem leicht wehmütigen Lächeln aufzumuntern. »Außerdem weiß ich gar nicht, ob ich einen . . . einen Hund bekomme«, ergänzt er und schlägt die Augen nieder. Da muß Ebba laut lachen.
»Na sicher!« ruft sie. »Er könnte auch Kim heißen . . . oder Sascha . . . oder Isak!«
»Hör mir mal zu.« Papa versucht sie zu beruhigen. »Ich wollte mit dir über was ganz anderes reden.«
Ebba findet das, worüber er reden will, bereits jetzt langweilig.
»Ich muß im Moment doch so viel arbeiten, weißt du, abends und an den Wochenenden – und deshalb habe ich mir gedacht, daß wir spezielle Zeiten einführen sollten, an denen nur wir uns treffen.«
»Mmh«, sagt Ebba skeptisch.
»Ja, damit wir einander nicht verlieren!«
»Jaha«, seufzt Ebba uninteressiert.
»Eine gute Planung macht mehr aus dem Leben«, erklärt Papa und sieht plötzlich rosig aus.
»Mmh«, stöhnt Ebba und denkt, daß er jetzt schon wieder damit anfängt.
»Das betrifft nicht nur die Arbeit, sondern genausogut das Privatleben. Das habe ich in meinem Kursus ›Efficient-Life-Energy-Mobilizer-Planning‹ gelernt, weißt du.«
»Der, der soviel Geld kostet?« Ebba verzieht ihr Gesicht.

»Aber dafür lerne ich dort viele nützliche Dinge, das sage ich dir!« schmunzelt Papa. »Guck hier«, fährt er fort und blättert in seinem kostbaren Kalender – in Leder gebunden, mit Goldkante. »Hier habe ich reingeschrieben: ›Treffen mit Ebba‹.«

Ebba guckt brav in seinen Kalender. »Mmh«, sagt sie. »Denn wenn man sich in unserer heutigen Gesellschaft ordentlich um seine Kinder kümmern will, dann muß man das planen.«

»Jaha«, seufzt Ebba. »Aber findest du nicht, daß Noalik ein schöner Name für einen Hund ist?«

»Den hier habe ich umsonst dazu gekriegt«, verkündet Papa und zeigt ihr stolz einen vergoldeten Schreiber. »Und wenn wir uns zu unseren gemeinsamen Verabredungen treffen, dann reden wir über alles, was es zwischen Himmel und Erde gibt. Vollkommen zwanglos, einfach so!« Er beugt sich vor und schaut ihr vergnügt ins Gesicht.

»Ich finde, der Hund sollte Noalik heißen«, beharrt Ebba.

Papa seufzt. »Ja gut. Und wie läuft es bei dir in der Schule?« Er hofft, daß sie aufhört, wegen des Hundes zu quengeln.

»Gut. Aber kommt der Hund zu Weihnachten?«

»Ebba«, bittet Papa, »nun laß es mal genug sein, was den Hund betrifft.«

Ebba guckt ihn verständnislos an. Da streichelt er ihr mit seiner großen Hand über die Wange und lächelt. »Na, wie ist die Lehrerin?« fragt er. »Ist sie nett?«

»Ich habe einen Lehrer, und er sieht ganz süß aus.«
»Was?«
»Er hat einen Dackel. Der heißt Gorki.«
Nun wirkt Papa langsam erschöpft. »Und das Schulessen? Ist es gut?«
»Ich finde eigentlich, daß das kein schöner Name ist. Es klingt wie ein Frosch. Gorki, Gorki!«
»Ja«, murmelt Papa. »Jetzt gibt es gleich Nachrichten ... vielleicht können wir ...« Er will aufstehen.
»Papa! Ich muß dich was fragen!«
»Jaha?« sagt er kurz.
Ebba beißt sich auf die Lippen. Sie schaut nach unten und fummelt an ihrem Tagebuch.
»Was denn?« Papa wird ein bißchen ungeduldig.
»Ja, ob das stimmt, daß ... ob es so ist, daß man sagt ... wenn zum Beispiel Philip etwas gesagt hat, von dem er geschworen hat, daß er es wirklich gemeint hat ... aber das muß nicht Philip sein, das kann irgendwer sein ... aber wenn er gesagt hat ...«
Papa steht auf. »Was denn, Ebba?«
»Willst du gehen?« Sie sieht ihn mit großen Augen an.
»Nein, ich mußte nur mal aufstehen.«
»Du hast auf die Uhr geguckt!« sagt sie vorwurfsvoll.
»Nein, habe ich nicht. Kannst du dich nicht ein bißchen beeilen?«
»Ja, gut, wenn er doch gesagt hat, daß er wirklich versprochen hat ... wenn es Philip war, obwohl es auch sonst jemand sein könnte ...«
Jetzt unterbricht Papa sie. »Ebba. Überlege, was du

sagen willst, bevor du es sagst! Erstens: Was will ich sagen? Zweitens: Ist es für irgend jemanden interessant? Drittens: Wie kann ich es in der einfachsten und deutlichsten Form ausdrücken?«

Nun beginnen die Nachrichten im Fernsehen. Ebba kneift ihre Augen fest zu und schweigt. Papa zuckt vor Ungeduld. »Was ist denn nun wieder los?«

»Ich denke. Das soll ich doch. Du darfst nicht reden, während ich denke.«

»Du, Ebba, ich . . .« Papa geht rückwärts Richtung Tür. Da schlägt Ebba die Augen auf und ruft: »Ich möchte wissen, ob das stimmt, was du gesagt hast! Du hast gesagt, daß die Leute die ganze Zeit eine Menge Sachen sagen, ohne eigentlich zu meinen, was sie sagen. Stimmt das, Papa?«

Papa bleibt in der Tür stehen. »Ebba, Kleines«, sagt er. »Ich weiß nicht, was ich gesagt habe. Man kann nicht auf alles achten, was man sagt, aber sicher war es nicht wichtig – nichts, woran man sich hochziehen sollte. Ebba, ich muß jetzt . . .«

Papa steht auf der Türschwelle. Im nächsten Augenblick wird er zum Fernsehen und den Nachrichten verschwunden sein.

»Aber Papa!« ruft Ebba ungeduldig. »Wie kann man dann wissen, was stimmt?«

Er steckt seinen Kopf noch einmal ins Zimmer. »Das merkt man, Ebbalein. Wir werden nochmal darüber reden, wenn ich mehr Zeit habe, ist das in Ordnung? Hüpf jetzt ins Bett, Mäuschen! Gute Nacht!« Er wirft ihr einen Handkuß zu, dann schließt er die Tür und ist verschwunden.

9

Die Zeitungen der Woche liegen aufgeschlagen auf dem Küchentisch. Es ist Samstag vormittag, und Ebba sitzt über die Todesanzeigen gebeugt. Sie liest jeden Namen, sehr gewissenhaft.
»Es ist so schrecklich . . .« schluchzt sie.
»Aber warum liest du das dann?« fragt Mama.
»Stell dir vor, wenn Philip gestorben ist!«
»Dann hätten wir doch davon gehört, das ist ja wohl klar.«
»Oh, wie schrecklich, all diese Menschen, die sterben!«
Mama sammelt die Zeitungen ein. »Geh lieber und guck, ob er wieder zu Hause ist«, sagt sie und streicht ihr übers Kinn.
»Ich war doch jeden Tag da«, seufzt Ebba.
»Aber heute noch nicht.«
Ebba putzt sich die Nase und läuft los. Mit klopfendem Herzen eilt sie Philips Treppe hinauf und klingelt an seiner Tür. Sie wartet. Nichts passiert. Sie guckt durch den Briefschlitz.
»Philip?« ruft sie, aber niemand antwortet. Nur die Vögel sind zu Hause. Resigniert trottet sie davon,

zum Kiosk, um sich mit einem Eis zu trösten. Dort sitzen Teres und Gunilla. Gunilla wippt mit den Füßen in ihren neuen Schuhen, aber jetzt hat sie außerdem noch etwas, was an den Ohren blitzt. Die Mädchen stecken ihre Köpfe eng zusammen und tuscheln, als sie Ebba kommen sehen.

»Hallo«, grüßt Ebba.

Die zwei antworten nicht. Sie mustern sie von oben bis unten.

»Ist der kleine Philepile heute auch nicht da?« sagt Gunilla.

»Es ist nicht gut, wenn man von jemandem so abhängig ist«, sagt Teres. »Aber vielleicht hast du ja keine anderen Freunde?«

Ebba tut, als hörte sie nichts. Sie steht vor dem Kiosk und zählt ihr Geld. Da taucht Katarina hinter ihrem Rücken auf. »Hallo«, sagt sie und nickt.

»Hallo«, antwortet Ebba, aber Katarina sieht Ebba überhaupt nicht.

»Hallo!« rufen Teres und Gunilla.

Katarina hat wieder ihren Kassettenrecorder mit und tänzelt zu Betulas Musik. Sie stellt sich direkt vor Ebba und kauft eine große Tüte Eis mit vielen Kugeln, Schokoladensoße und Streuseln. »Habt ihr die Einladung gekriegt?« erkundigt sie sich.

»Ja, danke. Mann, toll!« sagt Teres und wirft ihr Haar nach hinten.

»Ihr kommt doch?« fragt Katarina.

»Na klar!« sagt Teres.

»Absolut klar! Wer ist denn noch eingeladen?« fragt Gunilla und schielt zu Ebba hinüber.
»Sissi, Michaela, Jannicke, Pernilla, Sofie ...«
»Anna?« fragt Teres.
»Nee!« Katarina rümpft die Nase.
»Nee, nee«, Teres nickt bedeutungsvoll.
»Und Julia?«
»Na, das ist ja wohl logisch!«
»Ja, genau«, sagt Teres.
»Und Fanny und Camilla.«
»Sonst keine?« fragt Gunilla.
»Wer sollte sonst noch kommen?«
Sie schauen kalt zu Ebba hinüber, die das billigste Eis am Stiel lutscht. In diesem Moment kommt Morten auf seinem blitzenden Rennrad angesaust. Ohne die drei Mädchen auch nur irgendwie zu beachten, bremst er genau vor Ebba.
»Das hier hast du vergessen.« Er gibt ihr ein hübsch eingepacktes Päckchen mit einer Goldschleife.
»Das ist nicht meins«, antwortet Ebba.
»Jetzt ist es deins«, sagt Morten, ohne sie aus den Augen zu lassen.
»Oh ... danke!«
Er verschwindet genauso schnell, wie er gekommen ist. »Wir sehen uns. Tschüs, Ebba«, ruft er über die Schulter.
Die Mädchen schauen ihm stumm hinterher.
Ebba faltet das schöne Papier auseinander.
»Kennst du Morten?« fragt Katarina erstaunt.

»Ein bißchen.«

Im Päckchen liegt ein Computerspiel. »Was ist das denn?« murmelt Ebba.

»Das ist doch ein Computerspiel, Mensch!« zischt Katarina, ändert aber schnell die Tonlage und sagt freundlich: »Wie nett!«

»Wenn du es nicht haben willst, nehme ich es«, sagt Teres einschmeichelnd und geht auf Ebba zu. Katarina knufft sie weg. »Wenn, dann bin ich's, die . . .!«

»Natürlich will ich es haben. Es ist ja ein Geschenk«, antwortet Ebba.

Die Mädchen werfen sehnsüchtige Blicke auf das Spiel. »Wie lange kennst du Morten schon?« möchte Katarina wissen.

»Wir haben uns vor einer Weile kennengelernt«, antwortet Ebba und untersucht das Computerspiel.

»Was habt ihr gemacht?« fragt Teres.

»Wo wart ihr?« fragt Katarina.

»Zu Hause bei ihm.«

»Nur du und er?!«

Ebba nickt. Sie guckt zu den dreien auf. Sie schnappen nach Luft.

»Sag mal – hast du keine Einladung gekriegt?« sagt Katarina plötzlich sehr freundlich und legt ihren Kopf schräg.

»Was?« fragt Ebba skeptisch.

»Na, zu meiner Fete. Am siebten, um drei Uhr. Du kommst doch, oder?«

Ebba betrachtet sie nachdenklich. »Mal sehen«, antwortet sie. »Wenn ich nicht mit Morten verabredet bin.«

Sie lächelt ein Lächeln, das Katarina nicht deuten kann, und geht. Kurz bevor sie hinter der Ecke verschwindet, winkt sie den anderen mit dem Computerspiel zu. Ein Sonnenstrahl trifft die Hülle und blendet die Mädchen. Dann ist Ebba verschwunden.

Sie spaziert durch die Stadt. Sie genießt die plötzliche Unbeholfenheit der Mädchen. Sie fühlt sich stolz und stark. Mortens Interesse schmeichelt ihr, die Eifersucht der Mädchen freut sie. Aber als sie eine Weile gegangen ist, vermischt sich langsam das herrliche Gefühl von Stolz mit einem Gefühl der Scham. Und als sie noch länger gegangen ist, wird sie unruhig und traurig.

Wo ist Philip? Sie möchte nicht traurig sein. Sie will stark und interessant sein. Sie wird böse auf Philip, weil sie seinetwegen unruhig ist, weil er das schöne Gefühl stört. Als sie den Hafen erreicht und sich der Telefonzelle nähert, hat sie das Gefühl, dort hineingezogen zu werden. Sie weiß ganz genau, was sie dorthin zieht. Sie hat es nicht willentlich entschieden, es ist einfach so, daß sie eine Münze einwirft. Das Geld verschwindet im Apparat, es tutet im Hörer. Sie wählt eine Nummer. Als das Geld fällt und jemand abnimmt, will sie auflegen. Aber sie tut es nicht.

»The Mansten Residence«, sagt eine Jungenstimme.
»Bist du es, Morten? Hier ist Ebba.«
»He, du!« Er klingt fröhlich.

Sie weiß nicht so recht, was sie sagen soll. »Wie geht es dir?«
»Ganz okay. Phantastisch. Wir wollen mit dem Boot nach ›Sehnsucht‹ fahren.«
»Ach ja?«
»Ich hab' gerade einen Haufen Kumpel bei mir, deswegen habe ich nicht soviel Zeit zum Reden«, fährt er fort. Im Hintergrund sind Stimmen, Lachen und Musik zu hören. Es klingt, als fände ein Fest statt.
»Ich wollte mich nur für das Geschenk bedanken! Vielen Dank!« sagt Ebba schnell.
»Gefällt es dir? Du kannst damit üben, wenn du nicht hier bist. Dann können wir bei mir zu Hause Wettkämpfe machen. Du und ich.«
»Ach, so hast du dir das vorgestellt?« Ebba ist irgendwie geschmeichelt.
»Du kannst ja gleich herkommen, dann machen wir ein paar Spiele.«
»Aber solltest du nicht nach ›Sehnsucht‹?«
»Wenn du kommst, richte ich mich danach«, sagt Morten ganz selbstverständlich.
»Und deine Freunde?«
»Ach, die schicke ich nach Hause. Kommst du?«
»Okay«, ruft Ebba begeistert. »Ich komme!«
Im selben Augenblick drückt Philip seine Lippen an die Scheibe der Telefonzelle. »Hallihallo, Ebba Ebbselon!« ruft er.
Ebba läuft es kalt den Rücken hinunter. Zuerst wird sie blaß, dann rot.

»Ich hole dich mit meinem Rennrad ab«, sagt Morten am Telefon.

»Nein!« schreit Ebba. »Ich kann nicht! Ich muß jetzt aufhören, danke und auf Wiederhören!«

Philip reißt freudestrahlend die Tür auf. »Endlich sehen wir uns wieder!«

Ebba kommt heraus, ohne ihn eines einzigen Blicks zu würdigen.

»Guck mal, was ich habe«, sagt er und zeigt ihr eine Tüte mit leeren Dosen. »Dafür kriegen wir bestimmt einen Zehner.«

»Zehner!« schnaubt Ebba.

»Was wollen wir uns dafür kaufen, was meinst du? Eine Fußmatte?« fährt Philip fort.

»Fußmatte!« schnaubt Ebba.

Philip schaut sie verwundert an.

»Was machst du hier?« fragt er.

»Kurz telefonieren.«

»Mit wem denn?«

»Niemand Besonderes«, fertigt Ebba ihn ab. »Wo warst du die ganze Zeit?«

»Warum willst du keine Antwort geben?« fragt Philip neugierig. »Ist es ein Geheimnis?«

»Ja, ist es«, antwortet sie gereizt. »Und wo, bitte schön, bist du die ganze Zeit gewesen?«

»Bei meinen Verwandten«, sagt Philip und zählt die leeren Dosen.

»Warum hast du nichts gesagt? Wir waren doch verabredet!« schimpft Ebba.

»Aber ich wußte doch nichts davon! Mama hatte verschwitzt, daß wir dorthin sollten, ihr ist es erst in dem Moment eingefallen, als ich gerade zur Schule gehen wollte, und dann hatten wir es wahnsinnig eilig. – Ist es eine Überraschung zu meinem Geburtstag?« fährt er fort.
»Was für blöde Verwandte?« faucht Ebba.
»Haiko und Angelika«, antwortet Philip.
»Angelika?« schreit Ebba mit wütendem Gesicht.
Philip nickt, während er weiter die leeren Dosen zählt.
»Mit der du dir Briefe schreibst?«
»Ja. Meine Kusine.«
»Ha! Das glaube ich dir! Ganz bestimmt wußtest du nicht, daß ihr dorthin solltet, ganz bestimmt!«
Sie wendet sich von Philip ab und rennt davon. Er schaut ihr verblüfft hinterher. Sie bleibt stehen, stampft mit dem Fuß auf und schreit, so laut sie kann: »Weißt du, was ich gemacht habe, während du bei deiner doofen Angelika warst? Ich habe vor deiner Tür gesessen, jeden Tag! Ich war kurz davor zu verhungern!«
»Ebba warte! Was ist denn los? Warte doch!«
Aber sie will nicht warten.

10

»Verräter!« schreit Ebba.
Sie prescht durch das Gestrüpp des Gartenlaubenwaldes. Philip folgt ihr mit den leeren Dosen.
»Ich geb' dir mein Ehrenwort, daß ich nicht wußte, daß wir dorthin sollten.«
»Du lügst!!«
»Jetzt hör aber auf, Ebba!«
Ebba tritt die Laubentür auf und poltert hinein, daß die Mäuse unter dem Boden sich ducken. »Du hast garantiert mit dieser Angelika auch eine Laube! Was für ein dämlicher Name!« Sie wirft sich in die Ecke, so geladen, daß es Funken schlägt.
»Nein, habe ich gesagt. Warum bist du so sauer?«
»Das ist vererbt«, faucht Ebba. »Was habt ihr denn gemacht, *du* und *sie?*«
»Vögel beobachtet. Ist das verboten? Sie will Vogelwartin werden.«
»Dann werde ich so jemand, der sie ausstopft!« Ebba holt ihr Computerspiel heraus und beginnt zu spielen.
»Ist das deins?« fragt Philip erstaunt.
»Ja! Ist sie nett, diese alberne Wie-heißt-sie-noch?«
»Ja«, sagt Philip.
»Wie sieht sie aus?« murmelt Ebba.
»Sie hat lange schwarze Haare bis zum Po, und . . .«
»Ekelhaft!« schreit Ebba. »Hör mal, was würdest du antworten, wenn dich jemand fragt, wie *ich* aussehe?«

Er betrachtet sie sachlich. »Daß du böse aussiehst«, sagt er und macht sich daran, einen Stift anzuspitzen.
»Ach, du kannst das nicht!« motzt Ebba. »Woran denkst du, wenn ich H sage?«
»Haubentaucher«, antwortet Philip.
»*Ach was!* Du kannst es nicht, das ist falsch! H-Ü-...«
Philip seufzt müde. »Hürdenlauf...« sagt er. »Hüberraschung, Hündin, Hühott.«
»Ich werd' wahnsinnig!« jault Ebba. »Und – findest du, daß ich irgendwie nett aussehe?«
Philip betrachtet sie nachdenklich. Sie guckt trotzig zurück. »Du siehst lustig aus«, sagt er und spitzt den nächsten Stift.
»*Lustig?*«
Er wirft ihr noch einen Blick zu und nickt bekräftigend. »Wahnsinnig lustig, genau.«
Ebba fühlt sich so gekränkt, daß sie für eine Weile still bleibt. Dann sagt sie: »Es gibt aber welche, die mich hübsch finden. Jawohl, *hübsch*.« Und während sie das sagt, blitzt es boshaft in ihren Augen auf. Sie sieht, daß sie Philip beunruhigt, tut aber nichts dagegen. Statt dessen setzt sie eine mürrische Miene auf und spielt weiter mit dem knallenden und pfeifenden Computerspiel herum. Philip hockt stumm da und beobachtet sie. Sie schweigt, ihr Mund ist zusammengekniffen. Aber in ihrem Herzen tut es weh.
Das geschieht, als die Herbststürme vom Meer herüberwehen und durch den Gartenlaubenwald brausen...

Und es stürmt den ganzen Abend. Die Dunkelheit drängt sich an Ebbas Fensterscheibe, und der Regen prasselt hart dagegen. Ebba denkt nicht an Philip, sie denkt auch nicht an die Gartenlaube, die vom Regen durchweht wird draußen im Wald, sie denkt an etwas ganz anderes. Ans Gewinnen.
»Peng!« ruft sie. »Dreihundertsiebzig Punkte!«
Da kommt Papa ins Zimmer. Ebba sitzt auf ihrem Bett, so mit dem Spiel beschäftigt, daß sie nicht einmal zu ihm aufblickt. »Du sollst anklopfen«, meckert sie.
»Aber um Gottes willen, was hast *du* denn gemacht?« Überall stehen Porzellanfiguren, Plastikblumensträuße, Glastiere. An den Wänden hängen Plakate und Bilder, und mitten auf dem Fußboden steht eine »Tischfontäne« mit sich drehenden Lampen und sprudelndem Wasser.
»Ist das nicht schick?« sagt Ebba. »Dreihundertneunzig!«
»Warst du auf dem Dachboden?« fragt Papa entsetzt. Ebba nickt zufrieden.
»Du kannst das nicht so lassen hier«, sagt Papa.
»Doch, denn ab jetzt soll es hier ein bißchen hübscher sein, das habe ich beschlossen!«
Papa will nach der Tischfontäne greifen. »Oje, die erinnert mich an die gräßliche Tante Astrid ...«
»Nein!« ruft Ebba so scharf, daß Papa mitten in der Bewegung erstarrt. »Du darfst meinen Brunnen nicht anfassen!«
»Ja, aber ...« Papa will den mit Glasperlen bestickten

Kerzenleuchter mit den flackernden Kunstflammen berühren.

»Das gilt für alle Sachen! Anfassen verboten!«

»Wie lange soll das hier stehen?« fragt Papa ergeben.

»Von jetzt an bis in alle Ewigkeit«, antwortet Ebba. »Was willst du denn?«

»Ich muß mit dir über etwas reden, was ernster ist, als du vielleicht verstehst«, sagt er und fährt sich nervös mit der Hand durchs Haar.

»Vierhundertzwanzig Punkte!«

»Jetzt hör mir mal zu, mein Schatz«, bittet Papa. »Hast du Didrik was erzählt von . . . von . . .«

»Vom Hund?« flüstert Ebba mit funkelnden Augen.

Papa öffnet den Mund, um zu protestieren, schlägt dann aber die Augen nieder. »Ja . . . oder, was ich sagen wollte . . .« murmelt er.

»Ja, habe ich«, sagt Ebba fröhlich. »Aber er hat mir gar nicht zugehört!«

Papa schaut sie erschrocken an. »Egal, ob jemand zuhört oder nicht, wir sind doch übereingekommen, daß du niemandem etwas von diesem . . . Geheimnis sagst. Und wie gesagt, ich weiß ja gar nicht, ob ich einen Hund kriege.«

Er schielt ab und zu nach der Tür und redet leise und geheimnisvoll. In Ebba kribbelt es vor Spannung.

»Gib uns doch einfach einen Gutschein, dann können wir uns den Hund selbst aussuchen!«

Papa sieht verzweifelt aus. Er sitzt eine Weile mit verkniffenem Gesicht da und denkt nach. Ebba spielt weiter auf ihrem Spiel. Schließlich holt Papa tief Luft, als wollte er Mut schöpfen, und dann beugt er sich ganz weit vor und sieht Ebba direkt in die Augen. »Ich möchte dich nur bitten, meine kleine Ebba, erhoffe dir nicht zuviel . . .«

Aber Ebba lächelt nur. »Hahaha«, sagt sie. »Du bist vielleicht ein komischer Kerl, du! Fünfhundertundneunzig Punkte!«

Papa seufzt hilflos.

»Sechshundert!« jubelt sie.

»Woher hast du das denn?« fragt Papa, froh, das Gesprächsthema wechseln zu können.

»Das habe ich geschenkt gekriegt. Rate mal, von wem?«

»Philip?«

Es ist, als hätte sie sich verbrannt. Das Spiel fällt piepsend auf ihre Knie. »Mmh«, sagt sie leise. Das Spiel liegt da und blinkt, aber sie faßt es nicht mehr an.

»Willst du jetzt schlafen gehen?« fragt Papa sanft. Ebba kriecht unter die Bettdecke, daß nur noch die Augen hervorgucken.

»Frierst du nicht an den Füßen?«

»Nee«, sagt sie leise.

»Und du hast keine Krümel im Bett?«

»Nee.«

Papa gibt ihr einen Kuß und streicht mit seiner großen Hand über ihre Wange. »Gute Nacht, mein kleines Blümchen«, sagt er und sieht ganz gerührt aus.

»Mmh.«

Als er ein paar Schritte gegangen ist, dreht er sich noch mal um. »Also – du versprichst mir, daß du niemandem etwas von dem Hund sagst und davon, daß ich in der Telefonzelle gewesen bin, ja?«

Er scheint wieder sehr beunruhigt zu sein. Aber das sieht Ebba nicht. Sie sieht einen Hundewelpen vor sich.

»Ich verspreche es«, antwortet sie feierlich.

Papa beißt sich auf die Lippen. »Schlaf gut, mein Liebling«, sagt er und will gerade die Türe schließen, als Ebba noch einmal ruft.

»Weißt du, was Sehnsucht ist?«

»Wenn man sich sehnt«, antwortet Papa verwundert.

»Ja«, bestätigt Ebba. »Aber das ist auch eine Insel. Zu der man mit dem Schiff fahren kann ... Und ich weiß das.«

Papa zögert auf der Türschwelle. »Gute Nacht, Ebba. Bis morgen.«

Er schließt die Tür endgültig, und sie hört, wie seine Schritte sich entfernen. Der Regen trommelt gegen das Fenster, und der Sturm draußen reißt die Blätter von den Bäumen ab. Der bunte Zimmerschmuck glitzert im Licht der Straßenlaterne. Die ganze Nacht über peitscht der Sturm das Meer gegen das Land. Und in Ebbas Träumen donnert es.

11

Ebba hat ihre Latzhose gegen ein Kleid vertauscht und ihre Turnschuhe gegen Schuhe mit kleinen Absätzen. Es klingt wie bei einer Dame, wenn sie geht. Verbissen starrt sie auf die Straße. Sie ist auf dem Weg zu Philip in die Laube, biegt aber ab in Richtung Hafen. Unruhig umkreist sie die Telefonzelle. Dann dreht sie noch eine Runde im Hafen. Sie seufzt. Sie kann sich nicht entscheiden, ob sie das Haus oben auf dem Hügel anrufen soll oder nicht. Philip wartet auf sie in der Laube, und dort will sie hin. Als sie schließlich wieder die Telefonzelle erreicht, sitzt Kai Husell drinnen auf einem Campingstuhl und blättert in seinen Noten.
»Hallo!« ruft Ebba. »Bist du nicht in Sydney?«
»Bist du allein?« Kai Husell steht schnell auf.
»Ja«, antwortet Ebba.
»Entschuldige«, sagt Kai Husell sanft. »Aber ich fühle mich etwas ... etwas unter Druck.«
»Sind die Journalisten hinter dir her?«
»Ja ... nein ... ach, es ist meine Frau.« Er schneuzt sich laut. »Und all die anderen auch, was das betrifft.« Er breitet verzweifelt die Arme aus und läßt einen tiefen Seufzer hören. »Es gibt keinen Ort, wo ich üben könnte! Meine Seele zerbricht! Mein Gaumensegel muß in Übung bleiben, mein Geist, meine Seele müssen von der Kraft der Musik durchströmt werden. Aber man drückt mich zu Boden, beschwert meine

Flügel mit Dreck. Es gibt keine Grenzen dafür: Erpressung und Haß, Tränen und Geschrei, Scheidung und Abschied – alles, um mich aufzuhalten! Warum, Ebba, warum können die Menschen es nicht zulassen, daß andere Menschen aufblühen?«
Er sinkt in sich zusammen, und für einen Augenblick sieht er wie jeder andere aus. »Zu Hause kann ich nicht singen, denn da schlurft meine Frau herum, und es ist nicht besonders ermutigend mit anzusehen, wie sie sich die Ohren zuhält und vor Schmerzen windet, wenn ich singe. Sie sagt, daß sie mich nicht lieben kann, wenn ich singe. Und hier stehe ich, die Hände voller Liebe, den Körper bis zum Bersten angefüllt von Liebesliedern! Ich bitte sie, mich nach Sydney zu begleiten und meinen Auftritt anzusehen. Aber nein – sie lacht mich aus! Sie will lieber in ihren alten Räumen herumlaufen, auf ihrem alten Boden trampeln, zwischen ihren alten Wänden und mit ihren alten Sachen herumpusseln, die sie in- und auswendig kennt. An den Samstagen, wenn ich bereitstehe, um mit meinen Liebesliedern Leben und Wärme in ihr Herz zu blasen, will sie Fernsehen gucken; und wenn wir es an einem Samstag besonders schön haben sollen, möchte sie einen Großeinkauf machen. Das gibt ihr viel mehr, als meinem Gesang zu lauschen. Sie sagt, daß ich mich wie die anderen Männer im Fernsehen verhalten und das Auto putzen soll. Wer sind diese anderen Männer? Was macht sie so beliebt? ›Meine liebe Kleine‹, sage ich, ›du bist nicht

mit einem dieser Männer verheiratet, du hast Kai Husell geheiratet.‹ Da vergräbt sie ihr Gesicht in den Händen und weint! In meinen schwärzesten Stunden überlege ich, ob sie mich eigentlich überhaupt liebt, wenn sie es mit mir nicht aushalten kann, wie ich bin. Und sie will nicht das haben, was ich ihr geben will: meine Liebe, meine Musik! Sie will Pelze, winterfeste Gartengewächse, ein Auto und einen Mikrowellenherd!«

Kai Husell schüttelt den Kopf. Seine Augen sind feucht. Ebba weiß nicht, was sie sagen soll, um ihn zu trösten.

»Und bei der Arbeit«, fährt er fort, »haben meine Kollegen den Chef auf mich gehetzt. Ich mußte zu ihm kommen und wurde ermahnt, zurechtgewiesen und gemaßregelt wie ein kleiner Junge. Er hatte mir zu berichten, daß es Klagen über mich gab. Und plötzlich neigte er sich vertrauensvoll zu mir – ich dachte, er wollte mir sein Herz ausschütten –, aber statt dessen sagte er mit einem Grinsen: ›In deinem innersten Inneren, Kai, weißt du, daß du nicht singen kannst.‹ Das tun sie, um einen kaputtzumachen. Eifersucht ist eine gefährliche Krankheit, die die Menschen verdirbt! Wenn sie erst mal von jemandem Besitz ergriffen hat, ist es äußerst schwierig, sie zu beherrschen. Und sie ist listig; sie kommt verkleidet in so schönen Kostümen wie ›Rücksicht‹, ›Verantwortungsgefühl‹ und ›Mitleid‹, ab und zu ›Liebe‹. Nimm dich davor in acht, Ebba! Es ist schwierig, solche Eifersucht wieder

loszuwerden. Aber ich denke nicht daran, mich unterkriegen zu lassen!«
Kai Husell sieht so stark und unbezwingbar wie sonst aus, er erinnert an ein wildes Pferd, das über die Wiesen galoppiert. Doch plötzlich verdüstert sich seine Miene von neuem. »Es ist klar, daß das Leben viel einfacher wäre, wenn ich glücklich über einen Großeinkauf sein könnte. Meine Frau wäre zufrieden mit mir. Alle wären freundlicher zu mir.«
Er starrt wehmütig aufs Wasser. Dann blitzen mit einemmal seine Augen auf. Er wendet sich Ebba zu. »Aber wer hat gesagt, daß das Leben einfach sein soll?« sagt er, und sein Lächeln ist warm und verschmitzt zugleich. Ebba lächelt zurück.
»Übrigens«, setzt er hinzu, »hast du ihn erreicht, den ... den ...«
»Philip?«
»Ja?«
»Mmh.«
»Du magst ihn sehr gerne, was?«
»Mmh«, antwortet Ebba leise.
»So etwas soll man hüten und bewahren. Es gibt vieles, was der Liebe nur ähnlich sieht.«
»Wirklich?« Ebba schaut ihn forschend an. Kai Husell nickt. Dann bleiben sie noch eine Weile so stehen und schauen sich gegenseitig nachdenklich an.
»Nein, so geht das nicht«, sagt Kai Husell schließlich. »Ich habe es eilig.«
»Ich auch«, sagt Ebba.

Kai Husell stopft die Notenblätter in seine Aktentasche und rückt seinen Schlips gerade.
»Ich darf meinen Bus nicht verpassen. Er kommt gleich«, sagt er.
»Zum Flugzeug?«
»Zum Job«, antwortet Kai Husell.
Danach verschwindet er mit seiner Aktentasche unterm Arm, und Ebba verschwindet in die andere Richtung mit ihren klappernden Schuhen. Beide mit Unruhe in den Augen.

Der Gartenlaubenwald ist von der Herbstsonne durchleuchtet. Die Luft ist frisch, und der Boden ist mit raschelndem Laub bedeckt. Aber Ebba läuft nicht wie üblich, sie hüpft kaum von einem Grasbüschel zum anderen, aus Sorge um die neuen Schuhe und das saubere Kleid. Philip steht auf dem Laubendach und fegt Blätter aus der Regenrinne.
»Hallo Ebba Ebbselon!«
»Hallo.«
Sie läßt sich mit einem Seufzer auf einem Küchenstuhl nieder. »Ist mit der Laube alles in Ordnung?« fragt sie, weil sie nichts anderes zu sagen weiß.
»Alles in Ordnung mit der Laube.«
»Schön«, sagt sie ohne große Begeisterung. Sie möchte froh klingen. Aber sie kann nicht. Sie hat keine Lust, die Tür aufzureißen und hinter sich zuzuwerfen und ohne Punkt und Komma zu reden und bei alledem noch vor Lachen zu platzen. Normalerweise hat sie

mit Philip dazu Lust. Plötzlich fühlt sie sich hauptsächlich müde.

»Ich habe eine Überraschung!« Philip wirft den Besen fort und springt vom Dach herunter. Sie sieht, wie er in die Laube rennt, ist aber gar nicht gespannt. Als er zurückkommt, überreicht er ihr ein Paket, das nachlässig in alte Zeitungen eingewickelt ist. »Das ist für dich. Und mich. Von mir. Und dir.«

Ebba schaut das Paket an und denkt an die Druckerschwärze, die ihr Kleid schmutzig machen kann.

»Willst du es nicht aufmachen?« fragt er.

»Doch . . .«

Mit schweren Händen schlägt sie das Zeitungspapier auseinander. Drinnen liegt ein schön bemaltes Holzschild. Auf ihm steht: »Hier wohnen Ebba und Philip«. Zwischen die Namen hat Philip ein rotes Herz gemalt.

Ebba will seinem Blick nicht begegnen. »Oh, schön . . .« preßt sie heraus. Sie hat sich schon so lange ein solches Schild gewünscht. Aber jetzt macht es sie traurig.

»Mensch, ich hab' was vergessen!« Philip flitzt davon, und als er zurückkommt, hat er einen Blumenstrauß in der Hand. »Der sollte doch dabeisein! Beim Paket!«

Ebba steht schnell auf. Das Schild rutscht von ihren Knien und fällt zu Boden. »Ich muß jetzt gehen«, sagt sie.

»Aber du bist doch gerade erst gekommen?« Philip schaut sie verstört an.

»Ich kann nicht . . .« murmelt sie. »Ich muß weg.«
Er sieht verletzt aus. »Warum hast du denn vorher nichts gesagt? Wir wollten heute hier aufräumen! Und wir müssen malen! Wir . . .«
Ebba unterbricht ihn. »Ich *kann* nicht, habe ich gesagt!«
Wenn sie nur einfach abhauen könnte.
»Warum?« fragt er und bohrt seinen Blick in ihren.
»Ich muß . . . zu meiner Großmutter.«
»Ist die nicht tot?«
Ebba schluckt. »Nein«, sagt sie, ohne mit der Wimper zu zucken.
Er wartet.
»Sie ist krank«, fährt sie fort. »Und ich muß sie besuchen. Das habe ich versprochen.«
Er hält sie weiterhin mit seinem Blick fest, aber Ebba guckt entschlossen zurück. »Ja dann . . .« sagt er schließlich und zuckt mit den Achseln. Anstatt weiter auf Ebba einzureden, wendet er sich ab und beginnt damit, einen Küchenstuhl abzuschleifen. Ebba würde sich am liebsten zu ihm beugen und ihn berühren, aber . . .
»Ja, tschüs also, Philip . . .«
Er antwortet nicht.
Zögernd dreht sie sich um und will gehen. »Wir sehen uns später!« ruft sie und versucht, es wie immer klingen zu lassen. Er antwortet nicht. Jetzt möchte sie ihm eigentlich die Hände ums Gesicht legen und seine Augen zum Lachen bringen. Sie möchte, daß alles ist

wie immer. Aber sie muß weiter, jetzt, wo sie einmal losgegangen ist.

Als Ebba ein Stück entfernt ist, hebt Philip den Kopf und schaut ihr nach. Ihr Körper sieht traurig aus. Da nimmt er den Blumenstrauß und läuft hinter ihr her. Als sie seinen schnellen Schritt hinter sich hört, wird sie froh, dann aber ruft sie: »*Nein!* Du kannst nicht mitkommen!« Und ihre Stimme klingt wie ein Peitschenhieb.

Philip bleibt abrupt stehen. »Den kannst du deiner Großmutter geben. Richte ihr einen schönen Gruß aus«, sagt er und hält Ebba den Strauß hin. Sie nimmt ihn entgegen, ohne sich zu bedanken.

»Und jetzt beeil dich«, sagt er und geht zur Laube zurück. »Hoffentlich wird sie bald wieder gesund. Tschüs Ebba!« Er hebt das Schild auf und winkt ihr zu. Aber Ebba steht wie versteinert da.

»Sollst du dich nicht beeilen?« Philip winkt noch einmal zum Abschied.

Ohne ein Wort dreht sie sich auf dem Absatz um und läuft, so schnell ihre Beine sie tragen, davon. Philip steht währenddessen in dem schräg einfallenden Herbstlicht und nagelt das Schild an der Laubentür fest. »Hier wohnen Ebba und Philip« steht da, und das Licht, das durch die Bäume dringt, färbt alles golden. Auf dem ganzen Weg durch den Gartenlaubenwald hört Ebba Philips Hammerschläge.

12

Als Ebba auf Mortens Hügel angelangt ist, wirft sie den Blumenstrauß in den Graben. Morten erwartet sie bereits an der Tür. Sie folgt ihm durch die hellen Zimmer des Hauses, bis in seinen verschwenderisch ausgestatteten Spielsaal. Er schiebt sie vor den Computer, und sie spielt konzentriert.
Plötzlich bittet Morten sie, die Augen zu schließen. »Du sollst ein Geschenk kriegen.«
Ebba kneift gehorsam die Augen zu. Er holt eine selbstleuchtende Kette und legt ihr den Schmuck um den Hals. Es kitzelt, Ebba muß lachen.
Morten gefällt es, wenn sie lacht. »Das kriegst du, wenn du lieb bist.«
»Ich bin der liebste Mensch auf der Welt!«
»Dann sag: ›Du bist der tollste Junge des Universums, Morten.‹ «
»Das kann ich nicht«, lacht sie, denn so etwas will sie nicht sagen.
»Los, sag es!« Morten lacht auch.
»Ich hab's vergessen! Ich bin so wahnsinnig vergeßlich!«
»Du bist der tollste Junge des Universums, Morten«, wiederholt er, und ein Anflug von Angst taucht in seinen Augen auf.
»Ich kann ›Universum‹ nicht sagen.«
»Natürlich kannst du das!« Er kitzelt sie erneut mit dem Schmuck.

»Nein, ich hab' Schwierigkeiten mit manchen Buchstaben! Ich soll deshalb zum Paltedagog gehen!«
Morten stopft die Kette zurück in seine Tasche. »Warum sitzt du eigentlich mit geschlossenen Augen da?« fragt er verächtlich.
»Ich soll das, weil ich ein Geschenk von dir kriege«, antwortet Ebba.
»Du bist also so jemand, der für irgendwas Blödes alles tut, was man ihm sagt?«
»Quatsch!« entgegnet Ebba lachend. »Ich kümmer' mich nicht die Bohne um blöde Sachen! Bääääh!«
Morten betrachtet sie. Sie sieht dumm aus, wie sie da mit geschlossenen Augen sitzt. »Und ich bin losgezogen und hab' ein Geschenk für dich gekauft, und jetzt sagst du, daß das eine blöde Sache ist?«
Ebbas Lächeln erstarrt.
»Und das sagst du, obwohl du, sooft du willst, herkommen darfst! Obwohl du auf meinem Computer spielen darfst!« fährt Morten fort.
Erschrocken öffnet sie die Augen.
»Mach die Augen zu!« schreit er. »Habe ich gesagt, daß du gucken darfst? Ja oder nein?«
Ebba kneift schnell wieder die Augen zu. »Nee – aber krieg' ich jetzt das Geschenk?«
»Und du solltest mit auf der Gefanina nach ›Sehnsucht‹ fahren!« ruft er vom anderen Ende des Zimmers. »Kannst du nicht wenigstens ein bißchen nett zu mir sein, wenn ich nett zu dir bin?«
Er zieht die schweren, dunklen Gardinen vor die

Fenster. Im Zimmer wird es immer dunkler. Ebba hört, daß etwas vor sich geht, weiß aber nicht was und traut sich nicht zu gucken.

Da schreit er sie wieder an. »Mach die Augen auf! Warum sitzt du da und hast die Augen zu? Du siehst vielleicht doof aus!«

Ebba traut sich noch immer nicht, die Augen zu öffnen.

»Augen auf, habe ich gesagt!!!«

Sie gehorcht. Das Zimmer ist stockdunkel.

»Morten . . .?« Ihre Stimme hallt in der weiträumigen Finsternis. Er antwortet nicht.

»Mach das Licht an«, bittet sie.

»Ich habe es nicht ausgemacht«, antwortet Morten.

»Morten, mach es an!«

»Vielleicht bist du ja blind geworden? Weil du nicht nett zu mir warst?«

Jetzt langt's Ebba. Sie rutscht vom Stuhl und tastet sich vor. Da wird das Zimmer plötzlich von einem dumpfen Grollen erfüllt. Es knallt wie bei einer Schießerei. Es klingt, als würde etwas explodieren. Sirenen beginnen zu heulen. Menschen schreien angstvoll. Und das Zimmer ist schwarz.

»Hör auf, Morten! Schalte das ab! Ich weiß, daß das der Computer ist! Schalte ihn ab!!«

Aber Morten schaltet ihn nicht ab. Er dreht ihn noch lauter. Das dumpfe Grollen vibriert in Ebbas Füßen, der Lärm schmerzt in ihren Ohren. Und sie sieht nichts! Sie versucht, irgendwie wegzukommen, stößt

aber ständig gegen Mortens Sachen. »Morten!« bittet sie verzweifelt. »Wo bist du?«
»Hier«, antwortet er ruhig.
»Bleib da stehen!« Sie steuert durch die Dunkelheit auf seine Stimme zu, aber als sie dort ankommt, ist er verschwunden.
»Morten, geh nicht weg! Wo bist du?«
»Hier«, antwortet Morten von der anderen Seite des Zimmers.
»Versprich mir, daß du da stehenbleibst!« Sie tastet sich voran, mit zurückgehaltenen Tränen im Hals. »Morten, bitte, kannst du nicht das Licht anmachen? Mach es doch an!«
Aber Morten schaltet nicht das Licht an, und er antwortet auch nicht. Ebba hat immer mehr Angst, daß er gegangen ist. »Du darfst nicht gehen! Morten, du bist der tollste Junge der Welt, wenn du das Licht anmachst!« bettelt sie.
In diesem Moment stolpert sie über etwas, das mit einem Scheppern zerbricht. Sie schreit auf, und das Licht geht an.
»Bist du nicht ganz bei Trost?« schimpft Morten. »Willst du auch noch meine Spielsachen kaputtmachen? Weißt du, was so was kostet?«
Ebba hockt auf dem Boden zwischen den Splittern einer Weltraumstation. Sie verbirgt ihr Gesicht in den Händen und weint. Als Morten sieht, daß sie weint, kommt er und legt seinen Arm vorsichtig um sie. »He, Ebba«, sagt er sanft und hilft ihr, sich aufzurichten.

»Hast du Angst gekriegt? Das war doch alles nur Spaß ... arme Ebba ...«
Er fischt die selbstleuchtende Kette aus seiner Tasche und legt sie ihr um den Hals. »Die ist für dich. Bitte schön.« Er streichelt ihre feuchte Wange. Er versucht, ihren Blick aufzufangen, aber Ebba dreht den Kopf weg. »Du arme Ebba«, sagt er, so zart er kann.
An ihrem Hals leuchtet die Kette. Morten drückt Ebba tröstend an sich.

13

Ebba steht vor dem Spiegel und bindet ihr Haar mit einer glänzenden Schleife zusammen. Sie zieht sich ihr schönstes Kleid über den Kopf. Es ist kühl und glatt auf der Haut. Sie schlüpft in ihre neuen Schuhe. Dann betrachtet sie sich von allen Seiten. Sie will zu Katarinas Fete. Bevor sie geht, braust sie in Didriks Zimmer. Er sitzt wie immer am Klavier und spielt.
»Willst du mich zum Wahnsinn treiben? Warum kannst du nie anklopfen?«
»Weil es so langweilig ist, anzuklopfen«, antwortet Ebba und dreht sich in ihren schönen Kleidern hin und her.
»Willst du zum Karneval?«
»Quatsch! Ich bin hübsch, damit du's weißt! Es gibt jemanden, der findet, daß ich *hübsch* bin.«

»Nun sag bloß noch, daß du auch sexy bist.« Er wendet sich ab und spielt weiter.
»Es gibt jemanden, der findet mich hübsch, und das ist nicht irgendwer«, erklärt Ebba.
»Kannst du jetzt abhauen?!«
»Sag, daß ich hübsch bin«, befiehlt Ebba.
»Hau ab«, wiederholt Didrik, ohne sie eines Blickes zu würdigen.
»Sag es!« beharrt Ebba, aber da springt er auf und schiebt sie aus seinem Zimmer.
»Hör auf, mich so fürchterlich rumzustoßen, du brutaler Kerl!« protestiert Ebba.
»Auf Wiedersehen, Wickelbaby.« Didrik schmeißt ihr die Tür vor der Nase zu. Das macht ihr nicht besonders viel aus, weil sie es gewohnt ist. Sie stellt sich vor den Flurspiegel und bewundert sich von neuem aus den verschiedenen Blickwinkeln. Dann leiht sie Mamas Lippenstift aus und spitzt die Lippen. Sie sprüht sich noch ein paar Tropfen Parfüm an den Hals, und schließlich trippelt sie davon.

Auf Katarinas sonnigem Balkon sind die Gäste bereits versammelt. Es raschelt, klappert und duftet. Die Mädchen wippen mit den Füßen in hübschen Schuhen und werfen ihr sorgsam frisiertes Haar zurück. Sie spiegeln sich in den bunten Getränken. Sie bewegen sich gewandt, kommentieren und bewundern gegenseitig die Kleidung und das Aussehen.
Katarinas wunderschöne Mutter schaut zufrieden auf

die Mädchen durch ihre rosa Kamera. »*Smile*, Mädchen!«
Die Mädchen stellen sich in einstudierten Posen auf und lächeln freundlich.
»Phantastisch, Kinder! Ihr seid süß, einfach phantastisch!« Katarinas Mutter schießt ein Foto, aber Katarina protestiert. »Du mußt noch eins machen, Mama! Ich habe gerade gekaut. Ich will auf meinem Foto nicht doof aussehen!« Die Mutter macht also noch ein Bild, und danach klatscht sie auffordernd in die Hände. Ihre Nägel blitzen in der Sonne. »Sind alle da?« fragt sie und läßt ihren Blick über die Gesellschaft schweifen.
»Ebba noch nicht«, sagt Teres.
»Es ist jetzt genau drei, wir können nicht länger auf Ebba warten. Gehen wir hinein.«
Die Mädchen drängen lärmend in das Speisezimmer. Katarina bleibt noch einen Augenblick zögernd auf dem Balkon stehen, aber Ebba ist nicht zu sehen.
»Willst du jetzt deine Freundinnen willkommen heißen, mein Kleines?« sagt die Mutter und führt Katarina ebenfalls ins Zimmer. Die Gäste warten um den festlich gedeckten Tisch. »Ja, also, dann willkommen«, murmelt Katarina, woraufhin sich alle setzen. Porzellan, Gläser, Strohhalme, Servietten, Tischdecke und Torte leuchten in verschiedenen rosa Nuancen. Mitten auf dem Tisch steht ein riesiger Blumenstrauß in einer kostbaren Vase. Das Ganze ist sehr geschmackvoll und elegant. Die Mädchen bestaunen

mit offenem Mund die Pracht. Da taucht Ebba in der Tür auf.

»Hallo, da bin ich!« ruft sie und winkt mit der Hand zur Begrüßung.

»Endlich«, stöhnt Katarina.

Ebba entdeckt sofort die wunderbare Torte und will zum Tisch laufen. Aber Katarinas Mama hält sie mit einer sanften Geste zurück. »Ich nehme an, du bist Ebba?« sagt sie.

»Ja, stimmt«, bestätigt Ebba, ohne die Mutter der Gastgeberin auch nur anzuschauen.

»Was für ein goldiges Kleid du anhast«, sagt diese mit einem zweideutigen Lächeln.

»Mmh. Wo soll ich sitzen?« fragt Ebba, ihren Blick unablässig auf die Torte gerichtet. Sie ist hungrig wie ein Wolf.

»Neben mir!« ruft Katarina, und Ebba will erneut losstürzen, wird von Katarinas Mama aber erneut aufgehalten. »Wollen wir uns nicht erst mal ordentlich begrüßen?«

»Hallo, da bin ich – das habe ich doch gesagt. Gerade eben, da hinten in der Tür. Außerdem kenne ich alle hier«, erklärt Ebba, ohne den Blick von der Torte zu lassen.

»Aber wir beide sind uns noch nie begegnet«, macht Katarinas Mama sie aufmerksam. Ebba schaut das erstemal richtig zu der schönen Frau auf. »Nee.«

»Dann gibt man sich die Hand, verbeugt sich und stellt sich vor. So ist das viel netter.«

»Jaha. Guten Tag, ich heiße Ebba Matilde Reng. Und Sie?«

»Ja, genauso ist es richtig«, antwortet Katarinas Mutter. »Jetzt kann ich mich um die Blumen kümmern.«

»Und ich setze mich«, erklärt Ebba hungrig.

»Aber wo sind denn die Blumen?« Katarinas Mutter schaut Ebba fragend an.

»Habe ich sie?« Ebba guckt um sich, sogar unter den Tisch. Die Mädchen sind zugleich schockiert und begeistert.

»Nein, ich habe sie nicht«, sagt Ebba. Da gibt Katarinas Mama auf.

»Ach, komm und setz dich!« ruft Katarina, und Ebba flitzt zu ihrem Platz. Katarinas Mutter seufzt. »Nun mußt du eine tüchtige Gastgeberin sein, mein Kleines.« Dann verläßt sie das Zimmer mit einem letzten, ziemlich entsetzten Blick auf Ebba. Ebba langt währenddessen schon nach der unberührten Torte und schneidet für sich selbst ein Stück ab. Sie beugt sich über Teres' Teller und bekommt die Limonade zu fassen, mit der sie ihr Glas füllt. Ohne lange zu fakkeln, schlingt sie Torte und Limonade hinunter.

Die Mädchen schauen Katarina stumm an. »Nehmt von der Torte«, sagt die höflich. »Und was zu trinken auch.«

»Hmmm!« schmatzt Ebba, die bereits ein Drittel ihres Tortenstücks verdrückt hat.

»Danke«, sagt Teres laut und verzieht den Mund über Ebbas Mangel an Erziehung.

»Bitte schön«, sagt Ebba, den Mund voll mit Torte. Die Mädchen sitzen um den Tisch herum und beobachten jede Bewegung von ihr. Ebba ist so beschäftigt, daß sie nichts bemerkt.
»Was glotzt ihr so?« faucht plötzlich Katarina. »Ihr sollt euch miteinander unterhalten!«
Gehorsam beginnen die Mädchen zu reden, doch ihre Blicke kleben weiterhin an Ebba fest.
»Wie läuft es mit Morten?« fragt Katarina nun halblaut und beugt sich dicht zu Ebba.
»Gut.«
»Ja?« nickt Katarina. Sie will mehr hören.
»Supergut«, sagt Ebba und kaut weiter. Die Mädchen können es nicht lassen, sie müssen zuhören.
»Wie oft trefft ihr euch denn?« fragt Katarina.
»Oft«, antwortet Ebba.
»Hast du noch mehr Geschenke gekriegt?« Katarina läßt ihre Finger über die leuchtende Halskette gleiten.
»Ja«, antwortet Ebba.
»So einen Freund möchte ich auch haben! So einen, der mir die ganze Zeit Geschenke macht«, stellt Teres fest und wirft ihr langes Haar zurück.
»Klappe!« sagt Katarina. »*Ich* rede mit Ebba. Und ihr dürft nicht horchen!«
»Wo hast du ihn zum erstenmal getroffen?« wagt Gunilla trotzdem zu fragen, denn sie platzt fast vor Neugier.
Die Mädchen warten gespannt auf Ebbas Antwort.
»Auf dem Klo«, sagt sie.

»Auf dem *Klo?*« Verächtliche Augenbrauen gehen in die Höhe, und ein paar Lippen kräuseln sich zu einem höhnischen Grinsen. Ebba wird von der plötzlich eintretenden Spannung ganz nervös. »Nein, das stimmt nicht ... Aber er ... er will nicht, daß ich erzähle, wo wir uns getroffen haben. Er will, daß das unser Geheimnis bleibt.«

Die Augen der Mädchen strahlen erneut.

Ebba schneidet sich noch ein Stück von der Torte ab, es ist genauso groß wie das vorherige.

»Was macht ihr überhaupt so, du und er?« möchte Katarina wissen.

Ebba sieht ihre Zuhörerinnen uninteressiert an. »Wir sind bei ihm zu Hause.«

»Nur du und er?« japst Jannicke.

Ebba nickt. Die Mädchen warten atemlos darauf, mehr zu hören. Ebba trinkt ein bißchen Limonade, bevor sie weiterredet. »Er wohnt in einem riesengroßen Haus. 'ner Villa. Luxus. Superluxus! Und sie haben 'ne Menge schöne Sachen, die man nicht anfassen darf, weil sie so teuer sind.«

»Wirklich?« Katarina sperrt den Mund auf.

»Aber meistens sind wir in seinem Spielsaal«, fährt Ebba fort und pflückt eine Rose von der Torte.

»Das heißt Spielzimmer«, macht Gunilla aufmerksam.

Ebba nagt an der Marzipanrose und schielt überlegen zu Gunilla hinüber. »Seins ist so groß wie ein Saal.«

Die Mädchen stöhnen.

»Und voll mit teuren Spielsachen.«
»Was für welche denn?« erkundigt sich Katarina.
»Ach, so das Übliche«, antwortet Ebba. Sie läßt ihren Blick von einer zur anderen gleiten. Ihre Augen sind kugelrund. »Aber er hat einen Computer, der spricht. Mit dem spielen wir meistens.«
»Nur du und er?«
»Mmh«, nickt Ebba geheimnisvoll.
»Was haben sie noch?«
»Drei Autos und zwei Schiffe – ach, und das eine liegt im Mittelmeer.«
»Und das andere?«
»Das liegt hier im Hafen, das weiß ich!« brüstet sich Gunilla.
»Das wußte ich auch!« ruft Sissi.
»Es heißt Gefanina«, sagt Ebba.
»Genau!« sagt Teres.
»Wir wollen irgendwann mal mit der Gefanina rausfahren«, sagt Ebba. »Morten und ich. Zu einer Insel, die ›Sehnsucht‹ heißt. Toll, was?«
Plötzlich fühlt sie sich seltsam erschöpft, aber rings um den Tisch herrscht erregtes Stimmengewirr. »Du Glückspilz, Glückspilz, Glückspilz!« rufen Katarina und die anderen durcheinander.
Michaela läßt nach einer Weile ein lippenstiftfarbiges Lächeln erscheinen und sagt: »Ich mache übrigens in ein paar Wochen auch eine Fete, kommst du da, Ebba?«
»Ebba war schon meine Freundin, lange bevor ihr sie

kennengelernt habt! Stimmt's, Ebba?« schreit Gunilla mit hochroten Wangen.
Doch Ebba antwortet nicht. Sie starrt in die Luft. Die Stimmen um sie vereinen sich zu einem entfernten Lärm. Es ist, als wäre sie plötzlich nicht mehr hier.
Inzwischen beginnen die Mädchen darüber zu diskutieren, ob Morten sie einmal gegrüßt hat oder nicht.
Katarina neigt sich zu Ebba. Ihre langen Haare fallen auf Ebbas Arm. »Ich muß dir was Wichtiges sagen. Ebba, hörst du?«
»Ja . . .« antwortet Ebba teilnahmslos.
Katarina rutscht näher und legt ihren Arm um Ebbas Schultern. Ebba spürt Katarinas Atem in kleinen Stößen, während diese redet. »Ich will dich nur warnen«, sagt Katarina leise. »Man soll ja nicht schlecht von seinen Freunden reden, aber es ist einfach so, daß die anderen sich nur bei dir einschmeicheln wollen, um Morten zu treffen. Verstehst du? Aber, Ebba . . . ich bin nicht so. Ich wollte schon lange deine Freundin werden, nur warst du immer mit diesem Philip so beschäftigt . . .«

Als Ebba von dem Fest nach Hause geht, macht sie einen großen Umweg, weil sie nicht riskieren will, Philip zu treffen. Sie schaut zu Boden; am liebsten wäre sie selbst unsichtbar. Dann wieder wirft sie schnelle Blicke nach allen Seiten. Plötzlich hört sie rasche Schritte hinter sich und spürt eine Hand auf der Schulter.

Erschrocken dreht sie sich um. Vor ihr steht Lisa.
»Hallo!« sagt Lisa und betrachtet neugierig Ebbas schöne Kleider. »Wo warst du?«
»Auf einer Feier«, antwortet Ebba und läuft eilig weiter. Lisa hüpft neben ihr her. »Wer hat denn gefeiert?«
»Ach, niemand Besonderes«, antwortet Ebba.
»Doch, erzähl!« bittet Lisa sie, und es ist nicht die geringste Spur von Neid in ihrer Stimme, nur ein bißchen Sehnsucht.
Ebba schluckt. »Du weißt, wer«, murmelt sie.
Lisa schaut vergnügt. »Glaubst du, daß ich sie auch irgendwann mal treffe?«
Ebba wirft Lisa einen raschen Blick zu. Deren Gesicht ist ganz offen. »Du hast sie schon getroffen.«
»Ja? Wann denn, wo denn?«
»In der Schule.«
Lisa schaut Ebba erwartungsvoll an.
»Sie wollte deine Füße im Klo waschen.«
Lisa bleibt abrupt stehen. Ebba bleibt auch stehen.
»Bist du mit der befreundet?«

14

Ebba stochert gedankenvoll in ihrem Chili con Carne. Sie hat wieder normale Kleidung angezogen, aber die leuchtende Kette liegt immer noch um ihren Hals.
»War es auf dem Fest nicht lustig?« fragt Mama.

Ebba seufzt. »Doch.«
»Wer war denn alles da?«
Bevor Ebba antworten kann, klingelt es an der Tür. Mama geht, um zu öffnen.
»Oh, hallo Philip.«
Ebbas Herz macht einen Satz in ihrer Brust.
»Auf mich soll aufgepaßt werden«, sagt Philip. »Meine Mutter will heute abend tanzen gehen.«
»Aha – na, dann komm rein!« sagt Mama.
»Reicht das Essen?« fragt Philip und trottet herein.
Ebba nimmt schnell die Kette ab und versteckt sie in ihrer Tasche. Als Philip Ebba erblickt, blitzt dieses besondere Leuchten in seinen dunklen Augen auf.
»Hallo Ebba Ebbselon!«
»Hallo!« sagt Ebba und versucht, wie immer zu klingen. Er läßt sich neben ihr nieder, und Mama holt noch einen Teller und ein Besteck.
»Ich darf heute abend hierbleiben, toll, nicht? Meine Mutter will tanzen gehen. Sie versucht, einen Mann zu finden.« Philip füllt sich eine große Portion Bohnen-Hackfleisch-Gemüse auf den Teller. Ebba schielt zu ihm hinüber. Sie kann ihn nicht lange angucken, ohne daß es weh tut. Er sieht so unbekümmert aus, als wenn nichts auf der Welt ihm etwas anhaben könnte. Glücklich und zufrieden ißt er sein Essen.
»Lecker«, sagt er und nickt Mama anerkennend zu.
»Ja, und wo ist denn der Rest der Familie?«
»Ebbas Papa ist sicher auf dem Weg nach Hause, und wo Didrik ist, weiß ich nicht«, antwortet Mama.

»Und wie geht es der Großmutter?« fragt Philip höflich.

Mama, die am Spülbecken steht, dreht sich erstaunt um, kommt aber nicht dazu, etwas zu sagen, weil Ebba in einer heftigen Bewegung mit der Hand auf ihren Teller schlägt, so daß Bohnen und Tomatensoße sich über Philip und den halben Tisch ergießen.

»Ebba!« ruft Mama.

»Oje, ich habe nicht aufgepaßt«, sagt Ebba.

»Was treibst du denn?« schimpft Mama.

»Ich weiß auch nicht«, sagt Ebba. Das Chili con Carne läuft rot und klebrig über Philips Pullover. Er hat Bohnen im Haar und im Gesicht.

Mama versucht, ihn mit Haushaltspapier sauberzuwischen.

»Wir müssen deinen Pullover waschen, Philip. Hol ihm einen Pullover von dir, Ebba!«

Philip zieht den bespritzten Pullover aus, aber Ebba rührt sich nicht vom Fleck.

»Ebba!« befiehlt Mama. »Beeil dich!«

Ebba reißt sich den eigenen Pullover herunter und gibt ihn Philip. »Der ist angewärmt.«

Während Philip ihn sich über den Kopf zieht und Mama mit seinem Pullover in die Waschküche verschwindet, saust Ebba in Windeseile los, um in ihrem Zimmer für sich einen neuen Pullover zu holen. Aber sie hat gerade erst den Flur erreicht, als Mama schon wieder in die Küche zurückkehrt.

»Ist sie sehr krank?« fragt Philip.

»Meinst du Ebbas Großmutter?« möchte Mama stirnrunzelnd wissen.

Ebba greift sich schnell Papas Trenchcoat im Flur, wirft sich den über und stolpert in die Küche zurück. »Mama!« reißt sie den Mund auf. »Wo sind meine ganzen Kleider? Warum wäschst du nie meine Sachen? Warum müssen ausgerechnet meine Sachen immer schmutzig liegenbleiben? Soll ich etwa so herumlaufen und für den Rest meines Lebens frieren? Alle meine Pullover liegen dauernd im Wäschesack! Du wäschst nur immer die Kleider der anderen! Nie meine!«

Mama schaut sie verständnislos an, und mitten in dieses Durcheinander hinein kommt Papa nach Hause.

»Hallo«, ruft er von der Wohnungstür.

»Du bist aber spät!« Mama geht hinaus, ihm entgegen.

»Mmh, das waren die Busse«, antwortet Papa ausweichend.

»Ich habe bei dir im Büro vor einer Stunde angerufen, und die haben gesagt, daß du bereits um vier gegangen bist!«

»Ja, ich mußte . . . wir hatten heute in der Stadt eine Sitzung . . . da wurden wir nicht ganz fertig, deshalb mußte ich nachmittags noch mal hin«, sagt Papa.

In der Küche versucht inzwischen Ebba, Philip zu erziehen. »Jetzt benimm dich aber anständig und frag nicht mehr soviel«, ermahnt sie ihn.

Als Papa in die Küche kommt, steht Philip auf, gibt

ihm die Hand und macht einen Diener. »Guten Tag, Herr Reng, mein Name ist Philip Clavelle.«
»Ja, so, guten Tag, guten Tag«, antwortet Papa, verwirrt von der plötzlichen Höflichkeit.
»Ich bin hier, weil meine Mama heute abend tanzen gehen will«, sagt Philip und zieht Papa einen Stuhl heran.
»Ach ja?« Papa setzt sich hin.
»Sie geht sich einen Mann besorgen. Es gibt nämlich furchtbar wenige, die ihr gefallen.«
Philip serviert Papa Chili con Carne. »Sie denkt, daß es gut wäre, einen Mann zu haben, zum Beispiel, wenn zu Hause was Elektrisches kaputtgeht«, fährt er fort und gießt Bier in Papas Glas. »Aber so soll es doch nicht sein, oder? Sie müssen doch Bescheid wissen!«
Philip sieht Papa und Mama auffordernd an.
»Wir wissen Bescheid?« fragt Papa.
»Ja! Sie sind doch verheiratet!«
»Ach so, ja«, sagt Papa zerstreut und beginnt zu essen.
»Sie haben Ihren Mann doch nicht nur, weil es *praktisch* ist?!« sagt Philip zu Mama.
»Nein«, lacht Mama, »natürlich nicht.«
»Und Sie?« Philip schaut Papa mit durchdringendem Blick an.
»Was?« sagt Papa. »Nein, nein, natürlich nicht...« Er lacht ein kurzes, nervöses Lachen.
»Nein, man soll sich nicht nur haben, weil es praktisch ist!« stellt Philip fest und schlingt noch eine Portion Essen in sich hinein.

»An Papa ist auch gar nichts Praktisches«, sagt Ebba.
»Wenn ich mal eine Frau hätte, dann weil ich sie total gern habe!« sagt Philip und wirft Ebba einen stolzen Blick zu. Mama lächelt ihm zu, aber Ebba schlägt die Augen nieder und kaut stur weiter. Im gleichen Moment kommt Didrik nach Hause. Er hat gerötete Wangen, und sein Blick ist klar wie ein Sommerhimmel.
»Wenn du eine Frau hättest«, überfällt ihn Philip, »dann doch bestimmt, weil du sie liebhast?«
»Na, klar«, sagt Didrik, ohne rot zu werden, die Augen niederzuschlagen oder wegzugucken.
Mama lächelt erneut Philip zu, der dasitzt und ißt. Sie sieht Didrik an, und ihr Lächeln wird noch wärmer. Ihr Blick wandert weiter zu Papa Reng. Der schaut nur auf sein Essen, will ihren Blick nicht erwidern. Verwirrt guckt sie zu Ebba. Ebba starrt auf ihren Teller und will überhaupt niemanden ansehen.
»Was gibt es zum Nachtisch?« fragt Philip.

15

Jetzt peitscht der Sturm das Meer auf das Land hin, die Wellen donnern in Kaskaden gegen den Anleger. Die Menschen draußen ducken sich, aber unten zwischen den Landungsstegen geht Ebba. Sie findet es schön, gegen den Sturm anzulaufen, das Jaulen in den Masten zu hören und das schäumende, gefährliche

Meer zu beobachten. Der Herbst lärmt so sehr, daß sie kaum denken kann, und es ist schön, nicht zu denken. Plötzlich entdeckt sie Kai Husell. Er ist draußen auf dem Anleger, und die Gischt spritzt um seine Füße. Er befindet sich auf dem Weg an Land, und sie wartet auf ihn.

»Hallo Kai Husell!« sagt sie.

Er erschrickt. »Oh, ich war in Gedanken«, sagt er, und sie sieht, daß seine Augen nicht froh sind.

»Was ist denn?« fragt sie.

»Nichts«, sagt er schnell. »Überhaupt nichts! Alles ist vortrefflich!«

Ebba schaut ihn an. »Und wie läuft es mit deiner Frau?« fragt sie.

»Gut! Es könnte nicht besser sein!« Er sieht aus, als wollte er ein Beispiel dafür nennen, wie gut es geht, aber statt dessen verstummt er.

»Und selbst?« fragt er.

»Doch. Gut.«

Er nickt ihr zu. »Das ist meins!« Er klopft auf ein stahlgraues, glänzendes Auto, das direkt vor dem Anleger geparkt steht. »Ich habe es gemietet. Es ist nagelneu! Meine Frau freut sich so sehr.« Das Auto blitzt wirklich. Die Sturmwolken des Himmels spiegeln sich im Lack.

»Warum bist du nicht in Australien?« fragt Ebba.

Kai Husell schnaubt gereizt. »Damit habe ich aufgehört. Das ist vorbei.«

»Singst du nicht mehr?«

»Nein.« Er steht da und streichelt sein Auto, ohne Ebba anzusehen. »Daran will ich nicht mehr denken. Ich habe ein neues Leben angefangen. Das muß man von Zeit zu Zeit tun, Ebba, damit ... damit die Dinge zusammenpassen. Jetzt ist alles gut. Alle sind zufrieden. Mein Chef ist zufrieden, meine Arbeitskollegen sind zufrieden, meine Nachbarn, meine Freunde sind zufrieden. Meine alten Eltern sind zufrieden, meine Geschwister, meine Cousins und Cousinen, meine Tanten und Onkel sind zufrieden. Meine Frau ist zufrieden. Ich kann mich mit meinen Mitmenschen über Raten und Abzahlung unterhalten, und wir verstehen uns. Meine Frau sagt, daß sie mich liebt. Alles ist so gut, wie es nur sein kann.«

Ebba hört zu. »Mmh«, sagt sie. »Bei mir auch. Supergut.«

»Fein«, sagt Kai Husell und klopft ihr auf die Schulter, aber sein Lächeln entzündet kein Licht in seinen Augen.

»Ich habe es eilig«, sagt er dann. »Ich habe einen Banktermin.« Er nickt noch einmal kurz und zwängt sich in das Auto. Ebba bleibt im Sturm stehen und sieht das stahlgraue Auto davonfahren. Sie zieht ihre Jacke enger um sich, dann geht sie in das Städtchen hinauf, wo der Wind nicht ganz so stark bläst. Sie möchte am liebsten ganz, ganz weit gehen, bis in eine andere Zeit, an einen anderen Ort. Aber soviél sie auch in den Straßen herumläuft, sie kann nicht verschwinden.

Im Park tanzen Katarina und die Mädchen ihren Betula-Tanz. Ebba steht eine Weile versteckt da und schaut zu. Die Mädchen tanzen schnell, sie sind schön. Plötzlich sehnt Ebba sich heftig danach dabeizusein. Sie möchte sich stark und hübsch fühlen und dieses eigentümliche Gefühl der Unruhe in ihrer Brust loswerden.

Jetzt entdeckt Katarina sie. »Ebba!« ruft sie. »Komm, mach mit!«

Ebba zögert noch einen kurzen Moment. Aber sobald sie sich dem Tanz angeschlossen hat, fühlt sie sich viel besser. Es ist lustig, zu tanzen. Dabei vergißt sie die Unruhe. Als Katarina ihr sogar anbietet, Betula zu sein, fühlt Ebba sich sehr stark, und sie genießt den Neid der anderen. Sie hält das gespielte Mikrofon an die Lippen und bewegt sich stumm zum Betula-Lied. Sie lebt sich so sehr in ihre Rolle als Betula ein, daß sie Philip gar nicht sieht. Plötzlich steht er da, direkt vor ihr. Sie spürt sehr genau die Blicke der anderen Mädchen. Sie tanzt weiter. Sie sagt nichts. Sie nickt Philip nicht einmal zu.

Ebenso plötzlich, wie er gekommen ist, dreht er sich um und geht. Ebba hört, wie jemand kichert. Philip geht stolz und aufrecht. Ebba schaut ihm nicht nach. Als alles vorbei und Philip verschwunden ist, ist Ebba innerlich ganz hart geworden. Katarina dreht die Lautstärke des Kassettenrecorders auf, und Ebbas Betula wird immer besser.

»He, Ebba!« Diesmal steht Morten vor ihr und schaut

sie mit seinem typischen Blick unter halbgeschlossenen Lidern an.

»Tag, Mädels«, sagt er, und die anderen versuchen, seine Aufmerksamkeit auf sich zu ziehen, aber er hat nur Augen für Ebba. Er tritt dicht zu ihr und sagt leise: »Ich spendiere ein Eis. – Kommt alle mit!« fügt er mit lauter Stimme großzügig hinzu.

Ebba und Morten ziehen als erste los, und Katarina versucht, sich zwischen die beiden zu schieben. Ihnen folgen alle anderen Mädchen. Dann geht Morten zum Kiosk und kauft Eis, während die Mädchen Ebba umringen. Jede bekommt ein Eis am Stiel, aber Ebba hat eine Eistüte mit einem Berg von Kugeln, Streuseln und Schokoladensoße.

»Bitte schön.«

»Danke«, sagt Ebba und beginnt sofort zu essen.

Katarina zeigt ihr schönstes Lächeln. »Ich mache bald eine Faschingsfete. Kommst du dann, Morten?« Sie sieht aus, als wollte sie ihn verschlingen.

»Ach, nee . . .« sagt er zögernd.

»Mensch, komm doch! Es wird garantiert Spitze! Am siebzehnten um sechs Uhr.«

»Da habe ich keine Zeit. Ich fahre weg, und Ebba kommt mit«, sagt Morten.

Ebba schaut ihn überrascht an.

»Oder nicht, Ebba?« fragt er.

»Ja klar«, sagt sie großspurig.

»Wohin wollt ihr denn?« fragt Teres atemlos. Ebba wirft Morten einen fragenden Blick zu.

»Geheimnis«, sagt er.

Ebba nickt den Mädchen triumphierend zu.

»Ach nein! Nun sag schon, wohin wollt ihr? Erzähl!« bittet Katarina und rückt näher zu Ebba.

»Geheimnis«, antwortet Ebba.

Die Mädchen werden ganz rot vor Erregung.

»Willst du noch was vom Kiosk, Ebba?« fragt Morten.

»Geld«, sagt Ebba. »Lakritzgeld.«

»Was du willst.« Morten geht und kauft Lakritzgeld.

»Ebba, könnt ihr denn nicht auf meine Faschingsfete kommen?« bittet währenddessen Katarina, kurz vorm Weinen vor Ungeduld.

»Nee, glaub' ich nicht«, antwortet Ebba.

»Ich verschiebe die Fete auf einen anderen Tag!« bietet Katarina an.

»Hach, ist er toll, Ebba!« seufzt Teres verträumt.

»Laß uns jetzt gehen«, sagt Morten und gibt Ebba eine Tüte voll Lakritzgeld.

»Ja«, sagt Ebba, reckt die Nase in die Luft und dreht sich auf dem Absatz um. Morten hüpft wie ein Hund um sie herum und fängt das Lakritzgeld, das sie in die Luft wirft, mit dem Mund auf. Die Sonne glänzt in Ebbas Haaren, und ihr Lachen schallt über die Straße.

16

Es ist dunkel, als Ebba von Morten nach Hause kommt. Sie reißt so schwungvoll die Haustür auf, daß ein paar welke Blätter mit in den Flur wehen.
»*Hallo!*«
Sie knallt die Tür wieder zu, daß der Flurspiegel wackelt. Niemand antwortet ihr. Sie schleudert die Schuhe von den Füßen und befördert die Jacke auf den Boden. »Hier bin ich!« ruft sie. Sie wirft sich selbst einen schnellen Blick im Spiegel zu und findet sich ganz in Ordnung. Die Halskette leuchtet im Dunkeln.
»Guten Tag, habe ich gesagt! Ja, ja, ja, ich weiß, daß ich die Schuhe in die Garderobe stellen soll! Meckert nicht!« Sie schubst die Schuhe unter einen Stuhl. Aber niemand antwortet.
»Mama?« ruft sie. »Papa! Didrik!« Sie läuft ins Wohnzimmer. Auf dem Sofa sitzen Mama und Didrik dicht beieinander.
»Hallo«, grüßt sie noch einmal. »Na, ihr seht ja vielleicht fröhlich aus! Guckt doch mal ein bißchen netter!« Sie greift sich ein paar Schokoladenstücke aus einer geöffneten Packung und stopft sich den Mund voll.
»Ebba . . .« sagt Mama, aber Ebba unterbricht sie. »Ja, ja! Ich weiß, daß ich früher nach Hause kommen soll, aber es ist eine ganze Menge passiert, und deshalb habe ich es nicht eher geschafft. Was gibt es zu essen? Wer hat gekocht? Wo ist Papa?«

»Ebba . . .« sagt Mama erneut.
»Essen wir jetzt?« fragt Ebba kauend.
»Ebba, Papa will sich scheiden lassen.«

An diesem Abend wird es merkwürdig still. Der Herbststurm, der über dem Meer getobt hat, legt sich plötzlich. Die Straßen sind ruhig, und das Meer liegt betäubt unter dem dunklen Himmel.
Ebba sitzt in ihrem Bett, alle Lampen gelöscht. Die Straßenlaterne scheint in ihr Fenster. Es sieht aus, als sei das Fenster in tausend kleine Scherben zersprungen. Ebba starrt lange hin, ehe sie begreift, daß das an dem Baum draußen liegt, der seine entlaubten Äste und Zweige in alle Richtungen streckt. Die Stille und die Kälte sind in das Haus der Familie Reng gekrochen, in ihre Körper, in ihre Herzen.
Mama klopft an die Tür. »Ebba?«
Ebba antwortet nicht. Sie starrt in die Dunkelheit. Mama versucht die Tür zu öffnen, doch sie ist abgeschlossen. »Ebba!«
Ebba schweigt im Dunkeln.
»Willst du mich nicht reinlassen?«
Ebba sieht Mamas Schatten unter der Tür. Plötzlich laufen heiße Tränen über ihre Wangen. Sie schnieft nicht, schluchzt nicht, jammert nicht – die Tränen laufen einfach, vollkommen still. So hat sie nie zuvor geweint.
»Ebba . . .« sagt Mama erschöpft und lehnt den Kopf von außen an die Tür. Didrik guckt aus seinem Zim-

mer. Er sieht, daß auch Mama weint. Er würde gern etwas sagen, kann es aber nicht.

Am nächsten Morgen erwacht Ebba in der neuen Stille. Sie wandert von Raum zu Raum und lauscht auf Didrik und Mama, die in der Küche sitzen und frühstücken. Sie reden langsam und mit bedrückten Stimmen. Ebba guckt in das Schlafzimmer der Eltern. Papas Bett ist unberührt. Über dem Stuhl hängt sein Pullover, auf dem Tisch liegen seine Bücher. Hinter der Tür hängt sein Morgenmantel. Der riecht nach Papa.
»Ich glaube, er kommt zurück«, hört sie Didrik zu Mama sagen.
»Das glaube ich nicht«, antwortet Mama.
»Er wird es nach einer Weile leid sein.«
»Was soll er mit mir, wenn es *sie* gibt?!«
»Aber du bist doch seine Frau«, argumentiert Didrik.
»Das hat damit gar nichts zu tun! Ich habe nämlich für ihn meine frühere Anziehungskraft verloren. Sie dagegen ist attraktiv, weil sie schön ist!«
»Du bist ganz hübsch«, tröstet Didrik sie.
»Aber sie ist fröhlicher«, redet Mama weiter.
»Normalerweise bist du doch wohl auch fröhlich?«
Ebba geht über den Flur. Sie sieht ihr Gesicht im Flurspiegel. Sie ist blaß.
Dort stehen Papas alte Schuhe, dort hängt sein Trenchcoat.
»Und vor allem ist sie jünger«, fährt Mama fort. »Au-

ßerdem ist sie in ihrem Beruf erfolgreich. Ich bin nur alt und langweilig, jeden Tag . . .«
»Was ist das für eine?« fragt Didrik. »Wo hat er die kennengelernt?«
»Sie ist so eine Art Persönlichkeitsentfalterin.«
»Bei seinem Kursus! Idiotenkursus! Zweitausendkronenkursus!« ruft Didrik wütend.
»Er sagt, daß sie zusammen es schaffen, seine inneren Energien zu wecken«, zischt Mama hinter zurückgehaltenen Tränen. Dann putzt sie sich energisch die Nase.
»Aber ich kapier' das trotzdem nicht. Wann haben die Zeit gehabt, sich richtig kennenzulernen? Er arbeitet doch wie wahnsinnig!« sagt Didrik.
Ebba betrachtet Papas Plan an der Badezimmertür.
»Ach, Didrik«, sagt Mama. »Verstehst du wirklich nicht?«
Ebba rupft den Plan von der Badezimmertür und zerreißt ihn in kleine Fetzen.

17

Nachdem einige Zeit vergangen ist, schleichen sich eines Nachts Mamas und Papas Stimmen in Ebbas Träume ein. Nach einer Weile wacht sie auf. Sie liegt lauschend in der Dunkelheit. Die Stimmen reden weiter. Ebba spitzt die Ohren. Das *ist* Papa! Sie setzt sich im Bett auf. Er redet immer noch. Sie hält die Luft vor Spannung an. Sie kneift sich in den Arm. – Ja, sie ist wach.

Mit klopfendem Herzen schleicht sie zur Tür und schiebt sie vorsichtig auf. Im Wohnzimmer unten brennt Licht.

Die Stimmen sind freundlich! Papa ist zurückgekommen! Vielleicht ist er nie weggegangen? Vielleicht war alles andere nur ein Traum?

Ebba tastet sich zur Treppe vor. Papa lacht. Ebba tappt vorsichtig die Treppe hinunter. »Denk nur, wie glücklich wir sind!« sagt Papa gerade. Gleich wird Ebba ihn sehen. Er sitzt sicher neben Mama auf dem Sofa!

»Wenn es ein Mädchen wird, soll sie Ella oder Emma heißen. Ich denke Emma«, sagt Papa genau in dem Moment, als Ebba ihren Fuß ins Wohnzimmer setzt. Mama schaut auf. Sie sitzt auf dem Sofa, einen Kassettenrecorder auf dem Schoß. Ihre Wangen sind naß.

»Ebba, Kleines, geh wieder nach oben. Ich räume nur ein bißchen auf«, sagt sie und versucht zu klingen, als wenn das alles gar nicht merkwürdig wäre. Ebba möchte am liebsten zu ihr laufen und das Gesicht in ihrem Schoß verstecken.

»Geh und leg dich wieder hin. Es ist schon spät. Du müßtest längst schlafen ...«

Ebba sieht sie an und schluckt. Mama nickt ihr zu und blinzelt, um ihr zu zeigen, daß alles in Ordnung ist. Ebba traut sich nicht, etwas anderes zu tun, als sie in Ruhe zu lassen. Sie hat Angst vor Mamas Tränen.

Verwirrt geht sie durch das dunkle Haus zurück, die Treppe hinauf. Da ruft Didrik: »Ebba!«
Sie öffnet seine Tür einen Spaltbreit.
»Hast du gedacht, daß Papa zurückgekommen ist?«
»Ja«, nickt Ebba leise.
»Willst du hier schlafen?« fragt er und hebt seine Decke hoch.
»Mmh«, nickt Ebba. Sie läuft zu seinem warmen Bett und kriecht neben ihm unter die Decke. Die Dunkelheit ringsum ist groß. Die beiden liegen regungslos dicht beieinander.
»Vielleicht ist er nur für eine Weile irgendwo, an irgendeinem geheimen Ort«, sagt Ebba. »Vielleicht um etwas zu holen . . . eine Überraschung . . . vielleicht ein . . . vielleicht einen Hund?«
Didrik ist still. »Ebba«, sagt er schließlich.
»Ja?«
»Du weißt, daß er das nicht tut.«
»Ja«, antwortet Ebba nach einer Pause. Tief in ihrem Inneren weiß sie das.
»Er kommt nicht zurück! Er ist zu einer anderen Frau gezogen. Dort will er bleiben«, sagt Didrik.
Sie liegen im Dunkeln und denken nach.
»Hör auf zu hoffen, Ebba. Das bringt nichts.«

18

Vorsichtig öffnet Ebba die knarrende Tür zur Laube. Den Rücken halb zu ihr gewandt, sitzt Philip da und malt einen Küchenstuhl rot an. Als sie seinen Nacken sieht, wird ihr ganz warm ums Herz. Im allerersten Moment, als er sich umdreht, ist sein Gesicht froh, aber dann verdunkelt sich sein Blick.
»Ja?« sagt er knapp und malt weiter.
»Darf ich reinkommen?«
Philip zuckt mit den Achseln, ohne zu antworten. Ebba geht hinein. Die Laube erscheint ihr fremd. Sie selbst fühlt sich plump und unbeholfen.
»Bist du nicht mit Katarina zusammen?« fragt Philip.
»Nein. Ich bin hier.«
»Möchte wissen, warum.«
Ebba beißt sich auf die Lippen. »Darf ich das nicht?«
»Ich kann dich nicht dran hindern.«
»Willst du nicht mehr, daß ich hier bin?«
Philip antwortet nicht.
»Wie geht es dir?« fragt Ebba nach einer Ewigkeit des Schweigens.
»Prima.« Dann verstummen beide wieder.
»Und selbst?« fragt Philip plötzlich.
»Doch, ja...« seufzt Ebba.
»Und der Großmutter?«
Seine Stimme klingt hart. Er wendet den Kopf um und sieht ihr direkt in die Augen. Ebba guckt schnell weg.
»Ich kann ja wohl nichts dafür, daß sie krank ist!«

»O nein«, sagt er bedeutungsvoll.
»Glaubst du denn, daß das so verdammt einfach ist?« fragt Ebba.
Philip malt schweigend weiter.
»Wohin gehst *du* denn so, wenn ich bei meiner Großmutter bin?« fragt Ebba mit böser Stimme.
»Verschieden.«
»Allein?« In ihren Augen blitzt es auf.
»Ja.«
»Du wirst ja wohl mal jemand anderes treffen!«
»Nein.«
»Was machst du denn immer allein?«
Er schaut sie an. »Warum fragst du danach?«
»Ist das irgendwas Heimliches?« fragt sie mißtrauisch.
Philip seufzt. »Ich mache tausend verschiedene Sachen. Repariere hier was, kümmere mich um die Vögel, was auch immer! Was weiß ich!«
»Schreibst du vielleicht auch Briefe?« spuckt Ebba aus.
»Ab und zu.«
»Traust du dich nicht, das zuzugeben?«
Philip schaut sie erstaunt an. »Was?«
»Versuch nicht, den Unschuldigen zu spielen! Denkst du, ich weiß nicht, was du treibst, wenn ich bei meiner Großmutter bin?«
»*Was* wissen?« erkundigt Philip sich.
»Hahaha, was! Wem du schreibst, natürlich!«
»Wem schreibe ich denn?« fragt Philip.

»Angelika! Deiner netten kleinen Cousine!«
Philip taucht den Pinsel in die Farbe und malt weiter.
»Nein, das tu' ich nicht«, sagt er.
Aber Ebba ist nicht zu bremsen. »Und ihr trefft euch! Heimlich! Du denkst wohl, ich komme nicht dahinter, was?«
Philip schaut sie an. Ihre Augen sind schwarz vor Wut, aber die Arme hängen ihr hilflos an den Seiten herunter.
»Wieso soll ich Angelika heimlich treffen?« möchte er wissen.
»*Meinst du, ich bin so dumm, daß ich alles glaube, was gesagt wird? Meinst du das?*« Hinter ihrer wütenden Stimme lauern die Tränen. Aber sie will nicht traurig sein. Sie will schreien und um sich schlagen.
»Ebba«, sagt Philip. »Hör mal, warum bist du in letzter Zeit so – so komisch?«
Ebba verliert den Faden. Einen Augenblick lang stehen sie sich stumm gegenüber und sehen einander an. Ebba ist nun wirklich kurz davor, in Tränen auszubrechen. Da erschallt unerwartet ein ausgelassener Gesang in der Stille. Kai Husell läuft mit wehendem Mantel durch den Gartenlaubenwald. In seinen Händen trägt er einen Vogelbauer mit einer Decke darüber.
»Hallo, seid ihr da, Ebba und Philip?« ruft er.
Philip öffnet die Tür der Laube.
»Gott sei Dank, daß ich euch gefunden habe! Ich habe vielleicht gesucht!« ruft Kai Husell atemlos.

»Willkommen«, sagt Philip.
»Mein armer Körper, ich muß mich setzen!« schnauft Kai Husell und läßt sich auf einem noch unbemalten Stuhl nieder.
»Ist was passiert?« fragt Ebba.
»Ob etwas passiert ist? Ja, das kann man wohl behaupten! Ich war dabei, mich selbst aufzugeben! Ich war kurz davor, mich einem Haufen Menschen zuzugesellen, die ihre Köpfe wie verwelkte Blumenknospen auf ihren Körpern tragen! Aber im letzten Moment habe ich gesehen, wohin das führt, und nun bin ich wieder auf der richtigen Fährte. Heute nacht reise ich nach Sydney!«
Kai Husell lächelt zufrieden. »Zu deiner Information, Philip«, fügt er mit leiser Stimme hinzu. »Ich soll an der Oper in Sydney, Australien, singen. Extra eingeladen. Als Ehrengast. O heilige Mutter Gottes, dabei hätte nicht viel gefehlt, und ich wäre aufgehalten worden!«
»Von wem denn?« fragt Ebba.
»Von mir selbst!« ruft Kai Husell erregt aus. »In einem vergeblichen Versuch, es meiner geliebten Frau recht zu machen! Ich habe aufgehört zu singen – alle wollten es, und ich habe es gemacht. Ich habe geschworen, nie wieder einen Ton hervorzubringen, ich habe den Gesang *verspottet*, um anderen zu gefallen! Aber wie konnte ich nur so dumm sein und glauben, daß ich jemals wieder in meinem Leben glücklich werden würde, wenn ich mir doch die Seele aus meinem

Körper gerissen, auf ihr herumgetrampelt habe? Mich selbst belogen habe?!«

Ebba hört genau zu. Kai Husell beugt sich vor und spricht leiser. »Was euch betrifft, Ebba und Philip, paßt euch niemals an!«

Dann streckt er die Arme in die Luft und strahlt. Ebba schluckt. »Nun ja, jetzt bin ich jedenfalls auf dem Weg nach Australien. Jetzt kriegen Pavarotti und Domingo weiche Knie, ich sage es euch!«

»Wer ist das denn?« fragt Philip.

»Luciano Pavarotti? Placido Domingo? Sagt dir das gar nichts?« staunt Kai Husell.

»Nee, nicht die Bohne«, antwortet Philip. Auch Ebba schüttelt den Kopf.

Kai Husell lacht ein leises, spöttisches Lachen. Er lacht und lacht und kann kaum aufhören. »Ach, das sind zwei völlig überschätzte Opernsänger, die sich von meinem Eintritt in die Weltszene bedroht fühlen. Nun ja, ich bin hergekommen, um euch um einen Gefallen zu bitten.«

»Was sollen wir tun?« fragt Philip hilfsbereit.

»Euch um Birgit kümmern.« Kai Husell zieht die Decke vom Käfig. Drinnen sitzt ein Kanarienvogel und blinzelt.

»Nun hat Papa es getan«, gurrt er. »Es ist herzzerreißend, daß ich mich von ihr trennen muß, aber ich kann sie nicht mit nach Australien nehmen . . .«

»Ich werde mich um sie kümmern. Ich habe eine Menge Vögel«, sagt Philip.

»Oh, vielen Dank. Danke, meine Kinder, meine Freunde!« Kai Husell umarmt Ebba und Philip. »Ich habe es eilig! Ich muß gehen! Ich werde heute nacht abreisen, wenn nichts dazwischenkommt...«
Er zieht sich seine Handschuhe an und schlingt sich seinen Schal um den Hals. Ein letztes Mal streichelt er Birgits Käfig. Dann bleibt er auf der Türschwelle stehen. »Wenn jemand nach mir fragen sollte, sagt, daß ihr nichts wißt!«
»Versprechen wir«, sagt Ebba. »Tschüs!«
»Viel Glück, Kai Husell!«
»Adieu, meine Freunde!« Er wirft ihnen einen Handkuß zu, dreht sich auf dem Absatz um und verschwindet in der Dämmerung. Das einzige, was man noch hört, ist das Herbstlaub, das um seine Füße raschelt. Ebba bleibt eine Weile zögernd in der Tür stehen und lauscht seinen Schritten. Dann geht sie zu Philip hinein.
»Deine Leuchtkette ist ausgegangen«, sagt Philip.
Ihre Hand fährt zur Halskette. »Oh...!«
»Woher hast du die?«
Sie guckt ihn hastig an. »... meine Großmutter...«

19

Es ist Morgen, und Ebba muß bald zur Schule gehen. Alles ist still. Alle wachen still auf, essen ihr Frühstück in aller Stille und machen sich still fertig. Niemand schimpft lautstark über Zeiten und Pläne.

Ebba liegt auf dem Flurboden und versucht, ihren zweiten Schuh hervorzuangeln, der sich unter dem Garderobenschrank verklemmt hat. Dann zieht sie ihre Jacke an und wirft sich die Schultasche über die Schulter. Sie öffnet Didriks Tür einen Spalt weit. Er spielt Klavier, eine wehmütige, eintönige Melodie.

»Didrik . . .«

Er putzt sich die Nase.

»Alles wird wieder gut«, sagt sie.

Didrik schweigt.

»Glaube ich. Bestimmt.«

»Mmh . . .« antwortet er.

Sie weiß nicht, was sie noch sagen soll. »Mußt du nicht auch zur Schule? . . . Ich gehe dann jetzt«, sagt sie und wünscht sich fast, daß Didrik sie hinausjagt wie sonst. Aber er hockt nur mit traurigem Rücken da. Sie geht rückwärts aus seinem Zimmer und winkt ihm dabei zu, doch das sieht er nicht.

In der Küche sitzt Mama am Fenster. Das graue Herbstlicht fällt auf ihr nachdenkliches Gesicht.

»Mama . . .? Ich gehe jetzt zur Schule.«

»Mmh.« Mamas Gedanken sind weit weg. Es scheint, als hätte sie in ihrem Kopf für nichts anderes mehr

Platz als für das, woran sie die ganze Zeit denken muß.

»Gehst du heute nicht zur Arbeit?« fragt Ebba.

Mama antwortet nicht.

»He?!«

»Ebba, Kleines, es ist nichts, worüber du dir Sorgen machen müßtest. Beeil dich jetzt«, sagt Mama sanft.

»Ja«, sagt Ebba und trottet davon. Aber auf der Türschwelle bleibt sie noch einmal stehen. »Es wird bestimmt wieder gut, Mama . . .« sagt sie tröstend.

»Mmh . . .« sagt diese. »Es wird bestimmt gut . . .«

Sie schauen einander an, und Ebba muß schnell weg, um nicht anzufangen zu weinen. »Tschüs, Mama!« ruft sie an der Haustür. »Tschüs, Didrik!«

Als sie vor dem Küchenfenster vorbeiläuft, winkt sie.

»Wir sehen uns später, Mama!«

Sie rennt zur Schule, den Blick auf den Boden gerichtet.

»Hallo!«

Ebba schaut auf. Philip steht an der Telefonzelle und wartet auf sie. Sie bleibt verblüfft stehen. »Hallo?« sagt sie und hört, daß ihre Stimme seit langem nicht mehr so leicht geklungen hat.

Philip trägt etwas Zusammengerolltes unter dem Arm. Die beiden bleiben einen Augenblick lang so stehen, direkt voreinander.

»Was hast du da?« fragt Ebba.

»Eine Fußmatte . . .«

Ebba strahlt. Philip auch. »Ich hab' sie aus einem Müllcontainer.«

Sie denkt an die Gartenlaube, traut sich aber nicht, etwas zu sagen. Es ist schön, seinem Blick wieder zu begegnen. Dann gehen sie gemeinsam los. Ebba hatte ganz vergessen, wie es ist, neben Philip zu gehen. Sie hatte vergessen, daß es sich besonders anfühlt. Nach einer Weile sagt sie: »Meine Mama ist verrückt geworden.«

»Wieso das?«

»Mein Papa ist abgehauen.« Das hat sie noch nie zuvor ausgesprochen. Es ist unheimlich, es zu hören.

»Wirklich?« Philip sieht sie an.

»Ja«, antwortet Ebba und schluckt. Sie traut sich nicht mehr hochzugucken, sie hat schon wieder Angst, daß sie weinen muß.

»Wohin denn?«

»Zu einer anderen Tante.«

»Wohnt er jetzt da?« fragt Philip entsetzt.

Es tut gut, ihm davon erzählen zu können. »Ja . . .«

»Das gibt's doch nicht!« ruft Philip aus. »Ist das ganz plötzlich passiert? Einfach so, peng-bumm, und er ist zu ihr gezogen?«

Ebba nickt.

»Aber er hat sich schon ewig mit ihr getroffen, ohne daß wir davon wußten. Mama wußte auch nichts davon.«

»Dann hat er diese andere Tante heimlich getroffen?«

»Ja, obwohl er gesagt hat, er würde arbeiten.«

»Dann hat er die ganze Zeit gelogen?«
Und gerade als Ebba ihren Kopf heben und ihm antworten will, fährt Morten mit seinem glänzenden Fahrrad zwischen sie und Philip.
»Hallo Ebba!« sagt er. Ihr bleibt fast das Herz stehen. »Wo bist du denn in letzter Zeit gewesen? Endlich erwische ich dich! Ich habe jeden Tag deinen Lieblings-Hamburger gemacht und gewartet, daß du auftauchst. Komm heute nach der Schule zu mir, dann können wir spielen! Ich hab' ein neues Computerspiel gekauft, Spezialbestellung für dich und mich. In Ordnung? Ich warte!«
Er nickt ihr zu und fährt auf seinem goldschimmernden Fahrrad weiter. »Wir sehen uns später! Du weißt ja, wie man reinkommt! Tschüs dann!« ruft er.
Ebba und Philip sehen ihn davonradeln.
»Wer war das?« fragt Philip.
Ebba kann nicht antworten. In ihr ist alles schwarz. Es ist, als sauge die Schwärze sie in einen bodenlosen Abgrund.
»Deine Großmutter?«

20

Morten läßt die Tür zum Spielsaal aufgleiten. Er schaut Ebba direkt in die Augen. Seine Augen sind hart, aber sein Mund ist weich. »Ich wußte, daß du kommen würdest.«
Der Spielsaal ist vollkommen leer, bis auf den Computer. Der steht mitten auf dem spiegelblanken Boden. Ebba folgt Morten durch den Saal, ihre Schritte hallen.
»Was spielen wir heute? Ich habe ein neues Spiel, das heißt ›Lade die Raumfähre voll mit Lehrern und wehre die Explosion ab‹.«
»Ich . . . ich wollte eigentlich nicht bleiben.«
»Heißt das, daß du das schon mal gespielt hast?«
»Nein, aber ich . . .«
Er unterbricht sie und drängt sie vor den Computerschirm. »Hast du bestimmt nicht. Ich bin nämlich der einzige im Land, der dieses Spiel hat. Direktimport nennt sich das.«
»Aber ich kann nicht bleiben!« protestiert sie.
»Doch – heute wollen wir feiern.«
»Was feiern?«
»Dich«, antwortet er.
»Warum denn?«
»Weil du gekommen bist. Weil ich wußte, daß du kommen würdest.«
»Nein, ich . . .«
»Hoch soll Ebba leben! Ebba Matilde Reng, die von

ein paar kreischenden Mädchen ins Jungenklo gefegt wurde!«

Er beugt sich dicht zu ihr. »Stimmt das nicht?« flüstert er.

»Doch, aber ...«

»Dann laß uns jetzt spielen, Ebba Matilde Reng!« befiehlt er und stellt den Computer an.

»Ich will aber nicht bleiben! Ich wollte nur darüber reden, daß ... daß ...« stammelt sie unsicher.

»Daß?«

»... daß ich nicht ... daß wir ...« Sie konzentriert sich einen Moment, dann sieht sie ihn an und sagt einfach: »Aber du weißt es ja längst.«

»Ich weiß nichts anderes, als daß du jetzt hier bist. Du bist gekommen. Das ist alles, was ich weiß. Und jetzt will ich dir ein neues Spiel beibringen.«

»Nein, das geht nicht! Ich bleibe nicht hier ...«

Er hört ihr nicht mehr zu. »Das Spiel ums Leben heißt es. Drück dort.« Er zeigt auf eine Taste, aber Ebba rührt sich nicht.

»*Drück da, habe ich gesagt!*« wiederholt Morten. Ganz unwillkürlich streckt ihr Finger sich aus und drückt auf die Taste. Ein undeutliches Gesicht zeichnet sich auf dem Computerschirm ab. Der Computer beginnt zu reden, aber nicht mit seiner üblichen Frauenstimme:

»In einem Schloß auf einem Vulkan wohnt ein Junge. Nichts auf der Welt kann ihn zum Lachen bringen. Er sitzt im höchsten Turm des Schlosses und wartet darauf, daß das Glück zu ihm kommt. Du bist der Junge. *Ja* oder *nein*.«

Es ist Mortens Stimme, mit der der Computer spricht. Morten hat versucht, sie zu verstellen, aber Ebba hört, daß er es ist. Sie schluckt.

»Hast du nicht gehört?« fragt Morten ungeduldig. »*Ja* oder *nein*?«

Ebba will den Nein-Knopf drücken. »*Nein!*« ruft sie, aber Morten ist schneller.

»*Ja!*«

»Ist er traurig? *Ja* oder *nein*?« fragt der Computer weiter mit seiner kratzigen, zischenden Jungenstimme.

Ebba sucht nach einem Knopf zum Abschalten. »*Nein!*« schreit sie. Aber Morten ist schneller. »*Ja!*«

Das Spiel muß weitergehen. »Warum ist er traurig? Hat er nicht alles, was ein Junge sich wünschen kann? *Ja* oder *nein*?«

Dieses Mal ist Ebba sehr schnell. Morten kommt ihr dennoch zuvor. »*Nein! Nein!*« schreit er.

Das Spiel geht weiter. »Was hat er verloren?« Beide, Ebba und Morten, schweigen. Der Computer wiederholt seine Frage. »Was hat er verloren?«

Ebba guckt verzweifelt auf das verschwommene Gesicht auf dem Bildschirm.

»Was hat er verloren?«

Da erkennt sie, daß es Mortens Gesicht ist, das sich hinter der Gesichtsmaske auf dem Bildschirm versteckt.

»Was hat er verloren?«

»Ich weiß nicht, was ich machen soll!« wehrt sich Ebba.

»Drück da«, befiehlt Morten und zeigt auf eine andere Taste.

»Nein!« schreit sie erneut. »Ich will nicht!«

Sie versucht vergeblich Morten wegzuschubsen, als er vorschnellt und auf die Taste drückt.

»Er hat seine einzige Freundin verloren«, fährt die kratzige Stimme fort. »Was soll er tun, damit sie zurückkommt?«

»*Aufhören!!*« fährt Ebba dazwischen. »Ich kann nichts dafür! Ich muß jetzt gehen!«

»Wohin willst du?« fragt Morten ganz ruhig, aber seine Augen brennen.

Ebba antwortet nicht. Sie schämt sich. Sie schämt sich für alles. Es gibt in diesem Moment nichts, wofür sie sich nicht schämt.

»Ich habe gefragt, wohin du willst«, wiederholt Morten tonlos. »Meinst du nicht, daß du mir das sagen mußt?«

Ebba schluckt.

»Nach allem, was ich für dich getan habe?«

Ebba antwortet nicht.

»Nach allem, was ich dir gegeben habe? Habe ich nicht alles für dich getan?« Er hebt seine Hände, als wollte er sie nach ihr ausstrecken, statt dessen fallen sie schwer auf seine Schenkel. »*Ja* oder *nein?*« schreit er, und seine Stimme kippt um.

»Doch . . .« murmelt sie und macht Anstalten zu gehen.

»*Wohin willst du, Ebba Matilde Reng?*«

Sie bleibt mit dem Rücken zu ihm stehen. Sie sieht ihr Spiegelbild auf dem blanken Fußboden.

»Du brauchst nicht zu antworten«, spricht er weiter. »Ich weiß es. Du willst in diese ekelhafte Spielhütte da im Wald gehen. Ich weiß Bescheid.«

Ebba horcht auf. Morten klingt nicht mehr verzweifelt – nur müde. »Also – dann gehe ich jetzt . . .« sagt sie rasch.

»Und wenn du nicht darfst? Wenn ich dich nicht rauslasse? Wenn ich will, daß du hierbleibst? Für immer?« Er geht langsam auf sie zu. »Niemand weiß, daß du hier bist, oder? Du redest ja nicht darüber, daß du zu Morten gehst! Niemand weiß, wann du kommst, und niemand weiß, wann du gehst.«

Sie spürt seinen Duft. Den Duft nach großer Welt.

»Oder wie, Ebba Matilde Reng?«

»Doch, alle wissen es!« schreit Ebba. »Ich will jetzt weg!«

»Ich höre, ich höre«, sagt Morten ruhig. »Ich sehe und höre.«

Ebba geht rückwärts zur Tür.

»Wir wollen heute mit der Gefanina rausfahren«, macht er noch einen letzten Versuch.

»Mach's gut«, antwortet Ebba kurz.

»Wir wollen zur ›Sehnsucht‹ fahren!«

»Das glaube ich nicht«, sagt Ebba.

Morten erstarrt.

»Ich mag nicht mehr!« spuckt sie aus. »Außerdem kommen deine Eltern ja doch nie!«

Da zerbricht Mortens forsche Miene. Ein ängstliches kleines Jungengesicht kommt zum Vorschein. Ein Gesicht mit großen, blauen, fragenden Augen. Schnell versucht er, seine Gesichtszüge wieder in den Griff zu bekommen. Aber so ganz gelingt es ihm nicht. Er atmet schwer. »Hau ab!« zischt er.

Ebba bleibt stehen und schaut Morten an. Er geht auf sie zu.

»Warum ziehst du nicht endlich Leine? Ich habe gesagt, du sollst gehen. Hau ab zu deinem Schlappschwanz im Wald! *Ich will dich nicht mehr sehen! Verschwinde! Hau ab!*«

»Ich bin schon dabei«, antwortet Ebba.

»Und nimm das mit!« schreit er und wedelt mit Kai Husells Autogrammen. Ebba streckt die Hand danach aus, aber er zerreißt sie und wirft ihr die Papierfetzen zu. »Die sind doch keinen Öre wert!«

Sie hockt sich vor ihn hin und sammelt die Schnipsel vom Boden auf.

»Weißt du, daß das ein Verrückter ist?« sagt er. Sie schaut zu ihm auf. Seine Augen sind kalt, jetzt wieder ganz ohne hilfesuchenden Blick.

»Ist er nicht!«

»Ein Idiot!« schreit er. »Ein richtiger Idiot!« Seine Stimme kippt von neuem um.

»Kai Husell ist kein Idiot«, gibt Ebba zurück. Beide

atmen heftig. Dann brüllt Morten, so laut er nur kann:
»*Hau aaaab!!*«
Ebba legt die erloschene Halskette auf den Computer.
»Tschüs«, sagt sie leise und geht endgültig zur Türe.
» . . . hau ab . . .« murmelt er und hockt sich neben
seinem Computer auf den Boden.
Er lauscht ihren Schritten. Er hört die Haustür zuschlagen, und er hört, wie sie durch den Garten geht.
Dann ist alles ruhig. Aber noch lange bleibt Morten
auf dem Boden sitzen und horcht nach neuen Schritten – zurückkehrenden Schritten. Als die Dämmerung einsetzt, steht er auf. Er schiebt ein Programm in
den Computer. Das hat er schon hunderte Male vorher gemacht, er braucht dabei nicht zu denken, es
geschieht einfach. Aus dem Lautsprecher erschallt
sofort Musik. Musik, Stimmen und Gelächter. Der
ganze Raum wird von den gemütlichen Menschenlauten des Computers erfüllt. Morten kriecht in sein
Bett und schläft ein, mit Tränen zwischen den Wimpern.

21

Ebba klingelt an Philips Tür. Das Herz klopft ihr
heftig in der Brust. Jemand greift nach der Klinke, die
Tür wird geöffnet. Joëlle steht da. Hinter ihr leuchtet
das warme Licht, und die französische Musik tönt

hinaus zu Ebba. Es riecht gut nach brodelnden Kräutern und Zapfen.
»Oh, hallo Ebba!« lächelt Joëlle.
»Ist Philip zu Hause?«
Joëlle tritt einen Schritt zurück, um Ebba ins Haus zu lassen, und sie öffnet den Mund, um zu sagen, daß Ebba willkommen ist, und Ebba ist schon dabei, ihren Fuß über die Türschwelle zu setzen, als Philip angerannt kommt. Er faucht: »Nie im Leben!!«
Dann packt er die Tür und schlägt sie mit einem lauten Knall zu. Ebbas Herz klopft zum Zerspringen. Sie bleibt zögernd stehen, wie betäubt. Schließlich läuft sie. Sie läuft den ganzen Weg nach Hause, und sie guckt weder nach Autos noch Zügen noch Menschen.

Ebba sitzt über das Telefon gebeugt da und wählt immer wieder Philips Nummer. Sie läßt es so lange klingeln, bis wieder das Besetztzeichen erklingt.
»Nun reicht es, Ebba«, sagt Mama, die unruhig um sie herummarschiert. »Es geht ja sowieso niemand dran.«
»Ich *muß* aber!«
»Nein, du mußt nicht.« Mama klingt gereizt. »Du kannst morgen in der Schule mit Philip reden. Du kannst mit ihm reden, wann du willst, sooft du Lust hast. Du brauchst nicht den ganzen Abend den Apparat zu belagern.«
»Doch, das muß ich!«
»Begreifst du nicht, daß vielleicht jemand hier anrufen möchte?« sagt Mama bittend.

»Wer soll das denn sein?« fragt Ebba unfreundlich und wählt erneut die Nummer.
»Jetzt hörst du aber auf, sonst werde ich böse!« ruft Mama und schlägt mit der Hand auf den Tisch.
»Das bist du ja jetzt sowieso immer!«
»Ebba«, warnt Mama. »Leg sofort auf.«
»Nein!«
»Hörst du, was ich sage? Du legst sofort auf!« Mama will den Hörer greifen, aber Ebba entwischt damit.
»Du sollst mir nicht alles vorschreiben!«
»Leg jetzt auf, Ebba.«
»Keiner hat mir was zu befehlen!« protestiert Ebba.
»Doch, ich befehle dir, denn du bist mein Kind!«
»*Nein!*« schreit Ebba. »*Ich bin meins!!*«
Sie starren sich gegenseitig mit aufgerissenen Augen an. Dann reißt Mama Ebba das Telefon aus den Händen. »So, und jetzt gehst du ins Bett.«
»Mußt du so fürchterlich rumbrüllen, nur weil Papa weg ist?« heult Ebba hinter ihrem Rücken.
»*Schrei mich nicht an, sonst ziehe ich aus!*« schreit Mama.
»Und zu wem willst du ziehen?« murmelt Ebba.
Danach liegt sie stundenlang wach. Der Regen tanzt auf ihrem Fenstersims, und die Tischfontäne rauscht im Schein der bunten Lampen. Ebba hat sich die Decke weit über die Ohren gezogen, sie versucht einzuschlafen. Aber sie schafft es nicht. Die Gedanken drehen sich im Kreis in ihrem Kopf.

22

Ebba geht ziellos durch die Stadt. Sie geht, weil sie gehen muß. Wenn sie stehenbleibt, wird sie unruhig. Wenn sie geht, trifft sie vielleicht Philip oder sogar Papa. Aber auch wenn sie keinen von beiden trifft, fühlt sie sich in Bewegung besser. Darum geht sie, wohin die Straßen sie führen.
Katarina, Teres und Gunilla tanzen wieder einmal im Park nach Betulas Hits. Katarina hat ihre engste Gefolgschaft gewählt. Die anderen, die nicht geschickt genug waren, sind mittlerweile aussortiert worden. Drei geschmeidige Körper sind in enganliegende Kleider gepackt und bewegen sich perfekt zur Musik. Armreifen klirren, Augenlider sind hellblau bemalt und Lippen rosarot – es sind drei Damen, aber in den Körpern von Mädchen.
»Hallo«, sagt Ebba.
Niemand antwortet ihr. Die Mädchen tanzen weiter, den Blick auf ein gedachtes Publikum fixiert.
»Hallo!« sagt Ebba noch einmal, lauter.
Niemand sieht sie an. »Hast du die Einladung für mein Fest gekriegt?« fragt schließlich Teres, ohne ihren Blick vom Horizont zu lösen.
»Ja. Danke, ich werde . . .«
»Verbrenn sie! Du bist nicht mehr eingeladen!«
Nun richten sich alle Blicke gleichzeitig auf Ebba. Sie wollen deren Enttäuschung und Entsetzen sehen, dann wenden sie sich wieder ab, in die Ferne. Die

Tänzerinnen haben keinen Schritt vergessen, keine Bewegung versäumt. Während Ebba davonläuft, erwartet sie, daß die Mädchen hinter ihr herlachen werden. Aber das tun sie nicht. Sie setzen nur ihren exakten Tanz fort.

Ebba läuft in den Gartenlaubenwald. Der Wald ist verändert. Er sieht nicht mehr wie vorher aus, als sie zusammen mit Philip hier war und die Bäume ihre schützenden Kronen über sie ausgebreitet haben. Jetzt fliegen die Vögel kreischend von den Ästen auf. Ebba hört Schritte im Gebüsch verschwinden. Und sie bleibt in langen Brombeerranken hängen, rutscht auf feuchtem Laub aus.
Genau dort, wo der Weg zur Laube abzweigt, sieht sie im Preiselbeerkraut ein abgebrochenes Stuhlbein liegen. Und plötzlich tritt sie in zerbrochenes Glas. Sie bleibt stehen. Es dauert eine Weile, ehe sie versteht, was sie sieht: Die Laube ist von oben bis unten mit roter Farbe bespritzt, wie mit Blut!
Die Tür liegt zertreten auf dem Boden, und die Fenster sind zertrümmert. Die Regenrinne hängt schief und sieht auch ganz blutig aus. Das Schild, auf dem »Ebba und Philip« stand, liegt in drei Teile zerbrochen im Gras.
Drinnen in der Laube bewegt sich etwas. Ebba rennt hin. Dort steht ein alter Mann mit einem großen Hund. Er stochert mit seinem Stock zwischen Ebbas und Philips Schätzen.

»Weg, weg, weg hier! Bist du verrückt? Verschwinde!« schreit sie verzweifelt.
»Aber meine Liebe, beruhige dich! Es ist dir doch wohl klar, daß ich das nicht gemacht habe.«
Ebba schaut sich voller Entsetzen um. Die Gardinen sind heruntergerissen, die Möbel zerschlagen, Boden und Wände mit roter Farbe vollgeschmiert, der Kerzenhalter zerbrochen und Philips Schneckensammlung zu Krümeln zertrampelt.
»Wer war es dann?« fragt Ebba unglücklich.
»Tja, ich weiß nicht«, sagt der alte Mann. »Das hier gehört also dir?«
Sie nickt. Sie erkennt ihn wieder, er ist unten aus dem Ort, wo er normalerweise seinen Hund ausführt. Sie weiß, daß er Teofil heißt und daß Didrik ihn kennt.
»Jaja«, sagt Teofil. »Das muß jemand gewesen sein, den es geärgert hat, daß es hier so schön war.«
»Aber warum?!«
»Vielleicht weil es hier so etwas wie Freundschaft und Liebe gab?«
Ebba schaut ihn an. Seine Augen blicken freundlich zwischen den Runzeln hervor.
»Derjenige, der das hier getan hat – wenn es wirklich ein Er war –, konnte wohl all das Schöne nicht ertragen, weil es seine Einsamkeit noch größer gemacht hat. Ein glücklicher Mensch strengt sich nicht so an, etwas zu zerstören . . .«
Ebba schluckt. »Es ist meine Schuld . . .« murmelt sie, vor allem zu sich selbst.

»Hast du eine Ahnung, wer das gewesen sein kann?« fragt Teofil.
Ebba beißt sich auf die Lippen.
»Du!« sagt Teofil. »Ich habe zu Hause auf dem Boden ein paar Glasscheiben. Und dann habe ich noch ein paar Rollen Tapete und Farbe, Nägel und Bretter. Das steht da nur rum. Du kannst es haben, dann kannst du das hier reparieren. – Man soll sich nicht von solchen Dummheiten unterkriegen lassen!« tröstet er.
»Aber guck nur, die Schnecken . . .« jammert sie. Sie liegen wie winzige Scherben in einem roten Farbfleck.
»Mit jedem Sturm kommen neue Schnecken«, sagt Teofil.

Später am gleichen Tag ist Ebba auf dem Weg nach Hause mit einer Rolle Tapeten unterm Arm, als jemand hinter ihr hergelaufen kommt – jemand mit klappernden Schuhen. Es ist Lisa.
»Ebba, warte! Ich hab' dir soviel zu erzählen!«
»Hallo!« sagt Ebba, froh, Lisa vergnügt zu sehen.
»Weißt du, es ist in letzter Zeit so schrecklich viel passiert«, platzt sie heraus. »Rate mal, was!« Sie strahlt Ebba an.
»Ich weiß nicht!«
»Ich bin zu einem Fest eingeladen, sogar zu mehreren!«
»Super!«
»Ich habe unheimlich viele Freunde gekriegt. Und sie sind alle wahnsinnig nett!«

»Mmh, prima«, sagt Ebba.
»Und dann . . .« sagt Lisa geheimnisvoll und kichert ein bißchen, »weißt du was? Ich habe einen Freund! Er heißt Morten.«
»Jaha«, sagt Ebba tonlos.
»Und weißt du, was wir machen? Wir fahren bald mit seinem wahnsinnig schicken Schiff Gefanina aufs Meer raus! Da gibt es eine Insel, die heißt ›Sehnsucht‹, und zu der sollen wir fahren. Vielleicht schon am Sonntag!«
Ebba betrachtet Lisa.
»Guck mal, was ich von Morten gekriegt habe . . .«
Lisa öffnet ihre Jacke und sucht mit den Fingern im Halsausschnitt. Stolz holt sie eine Halskette hervor. »Sie leuchtet von allein. Er hat sie mir gegeben – ich habe sie geschenkt gekriegt.«

23

Das letzte, was Ebba auf den Dachboden trägt, ist die Tischfontäne. Dann hängt sie den Bodenschlüssel zurück an seinen Platz. Ihr Zimmer sieht nun wieder aus wie vorher. Nicht ein einziges Glastier hat sie dagelassen. Jetzt fühlt sie sich leichter. Aber nach ein paar Seiten Hausaufgaben werden ihre Gedanken wieder schwer. Plötzlich entdeckt sie, daß sie ein Schild ins Buch gekritzelt hat, ein Schild, auf dem »Ebba und

Philip« steht. Sie beißt sich auf die Lippen und starrt aufs Papier. Da klopft es an der Tür.
»Ebba?«
Schnell schlägt sie das Buch zu.
»Wollen wir für Mama Essen machen?«
Didrik verschwindet in Richtung Küche, und Ebba läuft hinterher. Durch den Eifer in seiner Stimme wird sie jedesmal etwas abgelenkt. Er bindet sich die Schürze vor den Bauch und holt eine Menge Zutaten aus dem Schrank. Ebba fügt eine Saftpackung und Erdnüsse hinzu und läßt für Mama ein Schaumbad ein. Als Mama nach Hause kommt, grau vor Müdigkeit, empfangen Ebba und Didrik sie mit funkelnden Augen. Während Didrik das Essen macht, stellt Ebba noch einen Strauß Astern hin und deckt den Tisch, so schön sie kann. Mama wiederum zieht ihren großen Schlafanzug an und steckt die Füße in weiche Hausschuhe.
»Jetzt ist es fertig!« ruft Didrik.
Mama schlurft mit rosigem Gesicht vom Bad in die Küche. Auf dem Tisch brennt eine Kerze, und das Essen riecht gut. »Setz dich hierhin«, befiehlt Ebba und zieht Mamas Stuhl zurück.
»Wie lieb ihr seid«, sagt Mama und läßt sich gehorsam nieder. Didrik stellt einen dampfenden Topf auf den Tisch. »Das riecht aber gut, was ist es denn?« fragt Mama erwartungsvoll.
»Meine Spezialität, der Reng-Reggae-Gegga-Gang!«
Mama streicht ihm über die Wange und lächelt. Jetzt

verschüttet Ebba ihre Suppe, gerade als sie den Löffel in den Mund befördern will.

»Schlebba«, stöhnt Didrik. »Hol mir mein Regenzeug!«

»Das war ich nicht, das war die Suppe! Es ist eine sehr ungezogene Suppe!«

Mama lacht. Es ist das erstemal seit langem, daß sie lacht.

»Dieses Essen soll nicht bei Tisch herumspielen!« schimpft Ebba. »Dieses Essen weiß nicht, wie es sich zu benehmen hat!«

Es ist schön, herumzualbern und sich zu necken, genau wie früher. Es ist so schön, das Lachen in den Gesichtern der anderen zu sehen. Die drei stellen fest, daß sie es gemütlich miteinander haben können, auch wenn Papa sie verlassen hat.

Aber mitten in Mamas Lachen entdeckt Didrik Papas Teller. Ebba hat ihn aus Versehen mit auf den Tisch gestellt.

»Ebba«, flüstert er und stößt sie mit dem Fuß an.

»Stör die Suppe nicht, sie konzentriert sich! Sie ist dabei, Anstand und Benehmen zu lernen. Hörst du, was ich sage, Suppe? Du sollst im Löffel nicht hin- und herschaukeln, und auch sonst nicht!«

»Der Teller...« flüstert Didrik, so leise er kann.

Doch Mama hat es gehört. Ihr Lächeln versteinert.

»Ebba«, sagt sie leise, »sei so gut und nimm ihn weg.«

Ebbas Herz beginnt hart zu pochen. Sie streckt die

Hände nach ihm aus, da rutscht er ihr weg und zerbricht auf dem Fußboden.
»Nimm den Stuhl auch weg!« befiehlt Mama.
Ebba und Didrik schauen sie ängstlich an.
Da springt sie auf und ergreift Papas Stuhl. »Ich will ihn nicht mehr sehen!« schreit sie. »Er soll verschwinden!«
Sie schleppt Papas Stuhl auf den Flur. »Den werfe ich weg! Alles, was ihm gehört, soll weg!«
»Mama...!« ruft Didrik, aber sie hört ihn nicht. Sie reißt zwei Mützen von der Hutablage.
»Seine ekligen alten Mützen! Alles weg, ich will es nicht mehr sehen!«
Mama ist ganz außer sich. Ebba und Didrik haben sie noch nie so erlebt. Es ist, als ob plötzlich alles in ihr aufgebrochen wäre. Ebba sucht nach Didriks Hand. Sie drücken sich eng aneinander und schauen erschrocken auf ihre Mutter.
»Ich will ihn vergessen! *Vergessen, vergessen, vergessen!*« Sie reißt die Tür auf, um seinen Stuhl hinauszuwerfen. Da steht *er* auf der Treppe im Nieselregen. Er sieht sehr naß und traurig aus. Sie schauen einander an, beide sprachlos.
»Hallo...?« sagt er schließlich mit einem vorsichtigen Lächeln. Mama starrt nur. Er schlägt den Blick nieder und tritt ein wenig gegen das nasse Laub. Dann guckt er sie wieder an. »Ja, ich...« sagt er. Dann verstummt er. Ebba und Didrik lauschen in der Küche. Alle sind stumm. Der Stuhl in Mamas Hand zeigt mit den Bei-

nen genau auf Papa. Er schlägt erneut den Blick nieder, sammelt Kraft, räuspert sich.
»Ja, ich bin zurück ... wenn ich darf. Ich komme, um ... um zu fragen, ob ... ich glaube, ich muß dir vieles erklären ... jedenfalls will ich ... ich wollte fragen, ob ... ich möchte wieder zu dir zurück!«
Mama schweigt. Papa kratzt sich am Kopf und streicht sich mit der Hand durchs regennasse Haar. Er muß seinen ganzen Mut zusammennehmen, um sie wieder anzugucken.
»Also, um hierzubleiben ... wenn ich darf?« Mama sagt immer noch nichts. »Wegen nichts anderem«, beeilt er sich hinzuzufügen. Der Regen läuft ihm in kleinen Bächen übers Gesicht. Die Straßenlaterne scheint wie ein Mond über seine Schulter. »Weil ... weil ich mich so gesehnt habe ...«
Seine Stimme zittert. Tränen steigen ihm in die Augen.
»Fredrik ...« sagt da Mama ganz leise.
Sein Gesicht erhellt sich ein klein wenig. »Glaubst du ... daß ich es darf? Vielleicht ...?«
Die Zeit steht still in der Küche, während Ebba und Didrik lauschend dasitzen.
»Ja?« Er streckt die Hände aus, um sie anzufassen. »Ach, Lena!«
Aber der Stuhl ist im Weg.
»Glaubst du, daß du den ein bißchen beiseite nehmen könntest? Was wolltest du übrigens damit?«
»Ich wollte ihn nur ein bißchen lüften ...«

Mama stellt den Stuhl weg, Ebba und Didrik kommen aus der Küche geschossen. Mama kehrt zu Papa zurück, und sie umarmen sich fest. »Ach, Lena, meine liebe Lena«, murmelt Papa in ihrem Haar und schlingt seine Arme so eng um ihren Körper, als wollte er sie nie wieder loslassen. Sie legt ihre Hände um seinen Nacken, und dann weinen alle beide. Sie küssen sich lange im Regen auf ihrer eigenen alten Treppe. Ebba und Didrik stehen daneben und schauen zu.
»Papa Reng...« sagt Ebba.

24

Ein Vollmond mit kräftigem, weißem Licht steht hoch am schwarzen Himmel. Ebba schleicht durch das Haus. Sie öffnet vorsichtig die Tür zu Didriks Zimmer. Er schläft ruhig, seine Decke ist zu Boden gefallen. Sie hebt sie auf und legt sie vorsichtig wieder über ihn. Einen Moment zögert sie und betrachtet ihn. Er schläft mit lächelnd geöffnetem Mund und ist sehr schön, findet Ebba. Sie geht weiter zu Mamas und Papas Zimmer. Sie öffnet dessen Tür ein Stückchen und lugt hinein. Da liegen sie, dicht aneinandergeschmiegt unter der Decke. Ebba steht in der Tür und lauscht ihren ruhigen Atemzügen.
Dann geht sie weiter durch das schlafende Haus. Sie holt das Telefon aus der Küche und setzt sich hinter

einen Sessel im Wohnzimmer. Das weiße Licht des Mondes scheint auf ihre Zehen. Sie wählt die Nummer.

»Joëlle Clavelle, hallo?«

Ebba vernimmt durch den Hörer Musik und Vögel, die zwitschern.

»Hallo, ich bin's ...« sagt sie.

»Ebba! Wie geht's dir?«

»Ja, ich würde gern Phi ...«

»Oh, warte mal! Warte mal, Ebba«, unterbricht Joëlle und geht vom Telefon weg. Ebba hört sie klappern und mit sich selbst französisch reden.

»Entschuldige, Ebba, ich mußte nach meinem Garn gucken. Ich bin beim Färben, weißt du, und ich dachte, daß es zu heiß wird, aber es ist alles in Ordnung. Na, wie geht es dir, Ebba?«

»Danke. Ich wollte wissen, ob Philip zu Hause ist ...«

»Natürlich! Aber er schläft.«

Ebba seufzt tief.

»Ja ... doch, natürlich kannst du mit ihm reden!« sagt Joëlle nach einer kurzen Pause. »Ich werde ihn wekken, warte einen Moment.«

Ebba hört, wie Joëlle die Tür zu Philips Zimmer öffnet und etwas auf französisch sagt. Dann wird es still. Sie – oder er – hat den Hörer aufgelegt.

»Hallo?« sagt Ebba unruhig.

Und im gleichen Augenblick nimmt Joëlle den Hörer in Philips Zimmer ab.

»*Bonne Chance!*« flüstert Joëlle Ebba zu, dann legt sie

den Hörer an Philips Wange und wendet sich wieder ihren Garnen zu.
»Hallo Philip! Ich bin's. Ebba . . .«
»Mmh«, stöhnt Philip.
Ebba beißt sich auf die Lippen. »Schläfst du?« fragt sie, weil sie nicht weiß, wie sie anfangen soll.
»Nein, ich habe seit zwei Jahren nicht geschlafen«, murmelt er.
»*Zwei Jahre?!*« ruft Ebba entsetzt aus.
»Na, so ungefähr«, antwortet Philip.
»Ich auch nicht . . .« murmelt sie beschämt.
»Du? Du schläfst doch wie ein Bär.«
»Wie geht es Birgit?« fragt Ebba.
»Gut.«
»Frißt sie genauso Samen wie die anderen Vögel?«
»Ja, klar.«
»Wir haben einen Brief gekriegt«, beeilt sich Ebba zu sagen.
»Jaha«, sagt Philip ohne großes Interesse.
»Von Kai Husell. Aus Sydney, Australien.« Sie zieht den zerknitterten Brief aus ihrem Pyjama. »Soll ich ihn vorlesen?« möchte sie wissen.
»Mmh«, sagt Philip.
»Hier steht: ›Liebe Ebba und lieber Philip!‹ . . . Das steht so da . . .« Sie wartet auf seine Reaktion, aber er sagt nichts.
»Ja«, fährt sie fort. »Er schreibt: ›Endlich habe ich in der Oper singen können! Es war ein zauberhafter Abend. Das Orchester war phantastisch, und der Di-

rigent hatte ein feines Ohr. Und welch ein Publikum! Sie saßen atemlos da, bis mein letzter Ton verklungen war. Danach folgte ein Augenblick ergriffener Stille – und dann brach der Applaus mit so einer Gewalt los, daß die Wände einzustürzen drohten. Das Publikum hat mich immer wieder auf die Bühne gerufen. Welch göttlicher Abend! Ihr hättet dabeisein sollen. Endlich bin ich glücklich, endlich habe ich meinen Platz gefunden!‹ «

»Platz?« wiederholt Philip.

»Ja, das steht hier, und dann noch: ›Ich denke viel an Birgit, aber ich weiß ja, daß sie es gut hat bei Philip.‹ «

»Das hat sie.«

» ›Ich vermisse euch, und ich wünsche euch, Ebba und Philip, alles Gute, alles Liebe, alles, was schön ist im Leben. Laßt niemals eure Sinne abstumpfen! Eines Tages werden wir uns wiedersehen! Euer ewig ergebener Kai Husell.‹ «

»Wie schön«, sagt Philip.

»Ja.«

Dann verstummen beide. Es wird so still, daß beide den Atem anhalten müssen.

»Mein Papa ist zurückgekommen«, sagt Ebba schließlich.

»Wirklich?«

»Ja. Heute abend.«

Philip lauscht intensiv.

»Er fand es nicht gemütlich bei dieser anderen Tante . . .«

Philip hört weiter zu.
»Das hat er festgestellt. Er sagt, daß er Mama liebt. Am meisten auf der Welt.«
Durch den Spalt zwischen Philips Rollo und dem Fensterrahmen scheint der Mond herein. Er liegt da und schaut auf die helle Kerbe in der Dunkelheit. Er lauscht.
»Das tut er«, sagt Ebba.
»Jaha...« sagt Philip.
»So sieht es aus.«
Sie horchen auf ihre gegenseitige Stille.
»Wird er jetzt bleiben?« fragt Philip.
»Ja. Das wird er.«
»Und das sagt er nicht nur so?«
»Nein.«
»Sicher?« fragt er.
»Ja«, antwortet sie.
Es ist so still, daß Ebba glaubt, er müßte ihr Herz schlagen hören. Philip sagt nichts, aber er ist plötzlich hellwach.
Ebba nimmt all ihren Mut zusammen. »Wenn du willst... dann könnten wir die Laube doch wieder aufbauen?«
Dann bekommt sie Angst. »Aber nur wenn du willst... vielleicht?« fügt sie vorsichtig hinzu. Sie wünscht, sie könnte sein Gesicht sehen.
»Ja«, antwortet er.
»Willst du?«
»Ja.«

Danach sagen sie nichts mehr, sie versprechen sich nicht ewige Freundschaft.
»Dann können wir ja jetzt schlafen«, sagt Ebba, und ihre beiden Hände schließen sich fest um den Hörer.
»Ja, machen wir«, antwortet Philip.
»Kuß und Umarmung«, sagt Ebba.
»Mmh, genau«, antwortet Philip. Dann holen beide Atem und sagen gleichzeitig: »Eins, zwei, drei!«
Und dann legen sie den Hörer auf.